Rachel Ward

REVIENS-MOI

Traduction de l'anglais
par Marianne Roumy

Michel LAFON

Déjà parus :
Intuitions, tome 1
Intuitions, tome 2 : *Chaos*
Intuitions, tome 3 : *Infini*

Titre original : *The Drowning*.
Publication originale en 2013 par The Chicken House,
2 Palmer Street, Frome, Somerset, BA11 1DS

7-13, boulevard Paul-Émile-Victor – Île de la Jatte
92521 Neuilly-sur-Seine Cedex

www.lire-en-serie.com

Pour Ozzy, Ali et Pete,
qui m'aident à garder la tête hors de l'eau.

Avant-propos

C'est une histoire qu'a racontée l'un de ses collègues à mon mari qui m'a donné l'idée de ce livre. Il avait été frappé par la foudre alors qu'il nageait dans un lac avec deux amis. La foudre a disparu, mais l'idée des trois personnes coincées dans l'eau est restée. J'ai écrit ce livre en congé sabbatique, et il s'est transformé en espèce de déclaration d'amour tordue à une ville où j'ai travaillé pendant dix ans. Que les choses soient claires, il ne s'agit pas d'un ouvrage sur cet endroit, ni sur les personnes que j'y ai rencontrées. Il n'a pas non plus été directement inspiré par les événements tragiques qui ont eu lieu au Royaume-Uni, et au-delà, au cours d'une année 2012 particulièrement pluvieuse. Malheureusement, la noyade est un incident extrêmement banal, et à mesure que j'écrivais ce livre, j'ai pris douloureusement conscience du drame que vivaient les familles touchées par ces épisodes et par les conséquences tragiques des inondations. Je ne souhaite accentuer la douleur de personne, mais le fait est que j'écris sur les vrais problèmes qui nous touchent chaque jour. Si vous avez été frappé par une noyade ou par des inondations, alors ce livre n'est sans doute pas pour vous. J'espère qu'il plaira à tous les autres… et qu'il saura vous donner des frissons.

Rachel Ward, Bath, novembre 2012

Prologue

– On arrête. C'est fini, tout le monde, on a fait ce qu'on a pu. On s'arrête là. Il est 16 h 17.

J'ouvre les yeux. Une goutte de pluie touche mon œil gauche. En plein milieu. Je le referme vite. Prudent, je décide de le plisser. La pluie arrive tout de même à y entrer. Des bombes à eau qui tombent d'un ciel gris. Il y a des trucs dans ma bouche. De la boue. Des graviers.

Je tourne la tête et crache.

Il y a un visage à un mètre du mien. Cheveux collés sur le front en serpents brillants, lèvres fines entrouvertes, un filet d'eau qui s'échappe du coin de la bouche. Peau pâle, maculée de boue. Yeux fermés, cils rabougris qui forment deux lignes courtes et épaisses.

C'est mon visage.

Quelque chose remonte le long de ses jambes en froufroutant, passe sur sa taille, monte jusqu'à ses épaules. La main qui tire sur la fermeture s'arrête une seconde, puis finit son boulot et ferme entièrement le sac. Un sac de couchage. Ils l'ont mis dans un sac de couchage. Parce qu'il dort. Mais il n'y a pas d'ouverture. Ils l'ont enfermé dedans. Comment va-t-il respirer ?

Ensuite, ce sera mon tour. Je le sais. Mais je ne dors pas, je suis réveillé.

« Ne m'enfermez pas ! » J'entends les mots dans ma tête, mais mes lèvres ne bougent pas. « Ne m'enfermez pas ! » Ma voix, qui essaie de sortir, étranglée dans ma gorge.

Quelqu'un m'attrape les jambes. Quelqu'un d'autre les bras. C'est mon tour. Ils vont me fourrer dans un sac. Ils vont m'enfermer à l'intérieur. J'essaie de résister, mais mes jambes et mes bras sont bien trop lourds. Je ne peux rien faire. Je ne peux ni bouger, ni parler ni réfléchir.

Me voilà désormais sur une sorte de planche, on me soulève d'un coup et on m'enfourne dans une camionnette. Les portes se referment brusquement. Nous partons sans lui.

Mais non, les portes se rouvrent soudain. À son tour. Des bruits de pas, des grognements quand ils le hissent. Je regarde. Si le sac est toujours fermé, je vais essayer de retrouver ma voix, de leur demander de l'ouvrir légèrement afin que je puisse voir son visage, afin qu'il puisse respirer.

Mais ce n'est pas lui. Il y a une fille à sa place. Elle regarde pile vers moi. Son mascara a coulé partout sur sa figure, comme si elle était en train de fondre, mais ses lèvres sont bleues, ses bras recouverts de chair de poule, et elle frissonne. Elle me fixe, puis elle cille – une fois, deux fois – et se met à hurler.

1

La femme qui prétend être ma mère appelle un taxi pour nous raccompagner à la maison. Elle s'assied d'un côté, moi de l'autre, comme si nous nous cramponnions aux fenêtres. Quarante centimètres de siège en plastique entre nous. Ceintures attachées.

L'odeur qui flotte là-dedans ne cesse de chatouiller le fond de ma gorge. Un mélange de plastique, de cirage et de vomi. Un petit arbre bleu est accroché au rétroviseur. Il porte l'inscription « Senteur voiture neuve ». Si c'est ça, l'odeur d'une voiture neuve, qu'ils se la gardent !

Mon chez-moi. Je n'arrive pas à me le représenter, mais je sais que je ne veux pas y aller. Je veux retourner à l'hôpital. L'infirmière était gentille avec moi, pas comme la femme dans la voiture en survêtement brillant trop grand pour elle, qui s'est épuisée à force de pleurer. Elle n'a pas l'air d'avoir plus envie d'être avec moi que moi avec elle. Elle a du mal à me regarder et n'a pas dit un seul mot ; ses lèvres sont serrées, jointes en une ligne mince et douloureuse.

Je reviendrai. Est-ce que je vais le faire ? Attraper la poignée et ouvrir la porte d'un coup de pied ? Sortir d'un bond et me mettre à courir ? Trop tard. Le taxi tourne au coin et accélère, l'hôpital a disparu.

Je suis pris au piège.

Je colle mon front à la vitre. Elle est froide sur ma peau. J'aime cette sensation. Elle est apaisante. Je fais rouler mon visage dessus, le plaque le plus possible contre le verre dur et lisse, de sorte que ma bouche et mon menton se touchent, j'écrase mon nez de côté. J'appuie plus fort, mes lèvres s'allongent, telles deux limaces. La femme, les yeux rouges, jette un coup d'œil rapide sur moi.

– Qu'est-ce que tu fais ? dit-elle. Arrête, Carl, bon sang !

Elle tend la main et tire sur mon bras. Je résiste. Elle le lâche et me gifle très fort derrière la tête. La force de sa main fait glisser mon visage vers l'avant, sur le verre maculé de bave qui barbouille ma joue. Et immédiatement, je retrouve des échos de toutes ces fois où elle m'a frappé, qui s'étirent comme un couloir tapissé de miroirs. Elle se retire à l'autre bout du taxi, des larmes ruisselant sur sa figure. Et je sais que c'est vrai, ce que tout le monde dit. *C'est* ma mère. Mon estomac fait des embardées alors que des bribes de souvenirs traversent ma tête en faisant la roue. Ses cheveux tirés en arrière. L'odeur de bière de son haleine. La brûlure de sa main sur ma peau. Des voix rageuses. Un homme qui crie. Une femme qui hurle. Des portes qui claquent. D'autres souvenirs aussi, un immense fouillis sur lequel je n'arrive pas encore à mettre la main. Mais une chose est certaine.

Elle est ma mère. Elle est la seule que j'aie. Je ne sais pas si je l'aime ou la déteste, si j'ai peur d'elle ou si je la plains.

Je m'éloigne de la vitre et m'essuie le visage sur ma manche.

– Regarde ce bazar ! Bon sang, quel âge as-tu ? Ton frère vient de mourir. Tu ne peux pas avoir un peu de respect ?

Quel âge j'ai ? Je ne le sais même pas.

Elle sèche ses larmes.

– On ne fait pas ce genre de chose quand on a quinze ans, bon sang !

Je secoue la tête, tâchant de chasser les larmes qui menacent de se déverser. Puis j'entends une voix intérieure qui répète inlassablement : *Il ne faut pas qu'elle te voie pleurer ; sinon elle aura gagné. Les garçons ne pleurent pas, Cee.* Je cille, me mords les lèvres et me détourne d'elle, vers la vitre.

Le monde que nous traversons a l'air tellement normal. Il y a des boutiques, des logements, des voitures et des gens. Je ne reconnais rien. Nous croisons de grandes maisons, et je me demande laquelle est la nôtre, mais quelque part je sais qu'elle n'est pas ici. Pourquoi est-ce que je ne me souviens pas ? En sortant de la ville, nous voyons des villages, les uns à la suite des autres le long de la route, puis entrons dans une agglomération plus petite, passons devant une immense usine en brique en périphérie. Je regarde d'un œil triste les boutiques de plats à emporter et autres *charity shops*[1], et les fenêtres recouvertes de planches dans la grand-rue. Un chevalet publicitaire trône sur le trottoir devant un marchand de journaux. Nous sommes allés trop vite pour que je puisse lire la première affiche, mais j'arrive à déchiffrer la seconde : « TRAGÉDIE DU LAC : LES DERNIÈRES RÉVÉLATIONS ! »

1. Magasins dont les employés sont des bénévoles, et dont les bénéfices servent à subventionner une œuvre d'utilité publique.

Une vieille femme passe devant en poussant un chariot. Elle est en chaussons.

– On y est presque, annonce maman quand nous quittons la grand-rue et entrons dans une résidence. Trois minutes plus tard, nous contournons l'arrière de toute une série de magasins, et nous arrêtons. Le compteur affiche 12,60 livres. Maman sort son porte-monnaie de son sac. Elle extirpe un billet de dix livres, puis cherche les pièces.

– Une, deux, dit-elle. Et vingt, trente, bon sang, je ne trouve pas ces foutus trucs !

Elle cherche l'appoint, fouille désespérément dans la doublure du porte-monnaie, ressort sa main, examine l'argent et fouille encore. Et c'est là que je remarque qu'il lui manque le bout de l'auriculaire droit. Pas de bout de doigt, pas d'ongle, il s'arrête simplement à la dernière articulation. Et je sais qu'elle n'est pas née comme cela, mais je ne me souviens pas comment elle l'a perdu. On me l'a dit un jour. On me l'a dit.

– Quarante-deux, quarante-quatre.

Elle n'a pas la monnaie. Elle n'a pas assez.

Le type la regarde sans émotion. Il attend son argent – n'importe qui pourrait comprendre qu'elle n'en a pas – mais on dirait qu'il souhaite qu'elle le confirme. Et, en fin de compte, elle n'a pas le choix :

– Je n'ai pas assez, annonce-t-elle. Douze quarante-sept. C'est tout.

Il la regarde fixement pendant une minute, puis décide qu'il sera mieux sans nous. D'un seul coup, il a hâte de se débarrasser de nous.

– Donnez-moi ça, répond-il en tendant la main.

La voiture démarre déjà, alors que je referme la portière. Les pneus crissent quand il s'enfuit.

– Maintenant, il faut que je trouve mes foutues clés ! (Maman fouille encore dans son sac. Nous sommes au bas de marches en béton.) Tu montes, dit-elle. Je te suis.

Je lève les yeux sur la courte volée de marches qui mène à une passerelle. Une image apparaît dans ma tête. Un garçon qui me ressemble, qui les descend bruyamment et qui saute par-dessus le mur. Et quelqu'un d'autre qui attend là où je suis – une fille aux longs cheveux bruns. Je repasse la scène sans arrêt, le vois franchir le mur en volant comme Batman, la vois lever les yeux, vois le sourire se dessiner sur ses lèvres. Elle essaie de ne pas montrer qu'elle est impressionnée. Mais elle l'est. Le garçon. La fille. Je les connais, mais rien ne se met en place. Ce doit être mon frère. Sûrement.

Les images dans ma tête sont comme des toiles d'araignées tendues au-dessus des marches. Fragiles. Je ne veux pas passer au travers et les détruire. Je ne veux pas qu'elles s'en aillent. Je veux rester ici et regarder jusqu'à ce que je comprenne. Jusqu'à ce que je le sente. Ça viendra, je le sais. C'est comme un mot sur le bout de la langue. Si je reste ici et regarde…

Maman me bouscule en passant.

– Les ai trouvées, dit-elle. Viens, il faut que je boive quelque chose.

Je continue à contempler les marches, mais maman arrive, elle les monte lentement et le charme est rompu. Son pantalon de jogging est trop long, le bas qui traîne par terre est tout effiloché. Elle se retourne en haut du petit escalier.

– Viens ici, Carl ! (Elle secoue la tête pour souligner ses propos. Puis me fixe. Elle attend.) Carl ?

– Maman, je…

– Qu'est-ce qu'il y a ? Monte tout de suite ! Entrons ! Buvons un coup et oublions un moment cette sale journée !

Je me traîne sur les marches, vers elle. Elle joue avec les clés dans sa main, les regarde au lieu de me regarder, moi. Je suis là, à présent, mais elle ne bouge pas.

– Maman, dis-je.

Elle ne lève toujours pas les yeux. Sa tête est baissée, des cheveux fins et ternes, décolorés, tombent de part et d'autre de son visage. Sa raie est un zigzag d'un rose saisissant sur des racines brunes. Quelque chose éclabousse ses doigts. Et encore. Un bruit étouffé sort de sa gorge. Oh ! non, elle pleure encore. J'essaie de dire quelque chose pour qu'elle s'arrête.

– Maman, ne pleure pas, tout va bien.

Quelque part, c'était plus facile quand elle hurlait après moi. C'est pire, bien pire.

Je ne suis pas grand, mais je suis plus grand qu'elle. Je pourrais passer mon bras autour de ses épaules, mais je ne pense qu'à une chose, à la gifle qu'elle m'a donnée dans le taxi.

Ses larmes gouttent maintenant sur le béton. Elle est là, petite et seule, en train de tripoter ses clés et de pleurer. Et c'est horrible, tellement horrible. Je dois faire quelque chose.

Je me rapproche d'elle en traînant les pieds et lève le bras. Je le laisse en l'air, en suspens dans le vide, à quelques centimètres d'elle, puis le redescends tout doucement pour le poser sur ses épaules, courbant légèrement les doigts pour la retenir. Au début, elle ne réagit pas, et je me sens bête, mal à l'aise, mais alors que je suis sur le point d'ôter mon bras, elle incline la tête de côté vers moi. Un tout petit peu, mais le sommet de son crâne effleure ma mâchoire. Je ne sais pas quoi faire. Je lâche son épaule et lui tapote le dos plusieurs fois.

Elle recule le visage et renifle bruyamment.

– À toi, dit-elle, tellement indistinctement que j'arrive tout juste à la comprendre. Et elle me donne les clés. Elles sont toutes mouillées de larmes, je les essuie sur mon vêtement et me mets en route sur la passerelle. Chaque maisonnette possède un petit bout de jardin, séparé du passage à l'aide d'une clôture. Il y a deux clapiers au numéro 1, des jouets en plastique colorés éparpillés partout, un tricycle. Il n'y a rien au numéro 2, juste une poubelle dans un espace vide. Au numéro suivant, il y a autant d'ordures par terre que dans la poubelle, des bouteilles, dont deux cassées, des conserves. Il y a deux chaises en plastique, à la blancheur desquelles je m'habitue peu à peu – l'une a un pied bancal – et un vieux fauteuil dont le rembourrage ressort. Il y a aussi des fleurs. Des tas et des tas, emballées dans du plastique, entassées près de la porte. C'est comme cela que je sais que c'est chez nous.

Les fleurs sont pour mon frère qui s'est noyé. On n'a pas cessé de me le répéter, mais c'est juste une histoire. Quelque chose qui est arrivé à quelqu'un d'autre. Je ne me souviens de rien. On m'a assuré que je retrouverais la mémoire, mais c'est difficile à croire quand vous ne parvenez même pas à vous rappeler où vous habitez.

Je m'arrête au portail. Maman vient près de moi, et nous restons plantés devant notre petit jardin.

– Je ne savais pas qu'il avait autant d'amis, observe-t-elle faiblement.

Je pousse le portail et monte jusqu'à la porte, me fraie un chemin en dégageant les fleurs avec mes pieds. Sur certaines, des petites cartes sont agrafées, avec des messages manuscrits.

– Ne leur donne pas de coups de pied, me lance maman.

Elle m'emboîte le pas, et les ramasse.

J'introduis la clé dans la serrure. Ma main tremble. J'ouvre et laisse passer maman, les bras chargés de fleurs. Je récupère celles qu'elle n'a pas prises et entre dans le couloir. Ça sent le rassis, tabac froid et alcool. Je la suis dans une cuisine : plans de travail en plastique gris, portes de placard grises, et une petite table poussée contre le mur.

Elle dépose les fleurs en tas par terre et se dirige vers le frigo. Depuis le seuil, je constate qu'il contient deux packs de six de bière blonde, cinquante centilitres de lait, une bouteille de ketchup et une autre de *brown sauce*[1].

Maman sort une cannette et l'ouvre d'un coup, renverse sa tête en arrière et la vide dans sa bouche. Sa gorge tressaute quand elle avale gorgée après gorgée, jusqu'à ce qu'il n'y en ait plus. Elle en prend une autre.

– Tu en veux une ?

Elle me tend une bière.

– D'accord.

Tout est bon pour atténuer la tristesse de revenir dans ce trou.

Je pose les fleurs sur la table et prends la cannette.

1. Sauce typiquement britannique préparée à partir de tomates séchées, d'oignons et d'épices, la *brown sauce* est le deuxième produit le plus consommé en Angleterre.

Je l'ouvre et en bois une gorgée. Le goût amer envahit ma bouche et déclenche un nouvel interrupteur dans ma tête. Allongé sur l'herbe, de l'eau qui clapote à mes pieds. Le garçon est là, celui qui me ressemble, nous nous soûlons comme des ivrognes, torse nu pour bronzer. Je sens la chaleur du soleil sur mon visage et mes épaules, l'herbe qui me pique le coude sur lequel je m'appuie. Il tire une longue taffe sur sa cigarette et souffle la fumée en direction du lac.

Il y a une grosse boule dans ma gorge. Comme si j'allais vomir. Je déglutis, fais descendre la bière de force. Maman sirote sa deuxième, comme si sa vie en dépendait. Elle la finit et pose la cannette vide sur le côté. Le frigo est toujours ouvert. Elle tend la main.

– Tiens, elle est pour toi, dis-je en poussant la mienne, presque pleine, vers elle.

– Non, c'est la tienne. C'est bon.

Elle en a pris une troisième qu'elle se met à vider comme les deux dernières. Elle sera bientôt bourrée. Je tiens la mienne, mais je ne bois plus. Je me contente d'observer.

– Maman…

Je veux l'arrêter, lui parler du soleil et de l'eau. Je veux l'interroger sur le garçon. Le garçon qui fendait l'air et retombait sur ses pattes comme un chat.

Mon frère.

Rob.

– Quoi ? dit-elle.

– Est-ce qu'on peut… discuter ?

Elle me jette un coup d'œil, puis détourne rapidement les yeux. Elle semble prise au piège, acculée. Comme si l'idée de parler lui faisait peur.

– Je suis fatiguée, Carl. Tout cela a été tellement… Laisse-moi boire un coup. Nous discuterons plus tard, promis.

– Mais…

– Ne commence pas, Carl. J'en ai besoin, me rembarre-t-elle d'un ton sec, la voix fragile, proche de se briser, au bord des larmes.

Je ne veux pas la revoir pleurer, alors je me pousse quand elle se dirige vers le séjour. Elle s'installe sur le canapé, munie d'une cannette, les autres par terre à côté d'elle à portée de main. Je reste sur le pas de la porte. Elle ne me regarde pas, n'essaie pas non plus de me parler.

– Maman…, dis-je au bout de quelques minutes.

Elle sera bientôt complètement défoncée, et je ne sais même pas où se trouve ma chambre.

Elle lève les yeux, surprise, comme si elle avait oublié jusqu'à ma présence.

– Quoi ?

– Où est-ce que je dors ?

Elle se frotte les yeux, essaie de comprendre ce que je veux dire.

– Ta chambre, répond-elle sur un ton qui signifie que je suis un idiot.

Affaire classée. Fin de l'histoire. Elle se retourne vers la télé qui n'est pas allumée. Je ne peux plus supporter d'être avec elle. Apparemment, il n'y a pas de chambre en bas, donc je monte, mais je me retrouve coincé à mi-chemin. Ce devrait être simple – aller à l'étage et entrer dans une chambre. Rien d'exceptionnel. Juste un pied devant l'autre.

Mais j'ai l'impression d'entrer par effraction chez quelqu'un d'autre.

Je lève les yeux, je vois trois portes et mes jambes s'arrêtent. Dans l'une d'elles, il y a trois trous. Pendant une minute, je les regarde fixement, me demandant comment ils sont arrivés là. Mais j'entends ensuite le bruit lorsque Rob les a martelées de coups de poing. Un, deux, trois – les poings serrés en boule, et lui dans une fureur noire. Puis, en un éclair, il fait volte-face vers moi et son poing vole dans mon visage.

Je me retourne. M'assieds et bois une gorgée à la cannette que j'ai encore à la main.

Pourquoi était-il autant en colère ?

Une autre gorgée. Et une autre. Il y a moi, la bière, l'escalier et le noir. Je m'assieds et bois jusqu'à ce qu'il n'y en ait plus du tout. Le liquide est lourd dans mon ventre, mais il fait son boulot. Je me sens m'adoucir. Je me sens fatigué, aussi. M'allongerais bien volontiers. Allez, Carl. Je laisse ma cannette vide sur la marche, me lève d'un coup et monte, traînant les deux mains sur les murs, de chaque côté. Il y a comme des bosses sous mes doigts. Les copeaux de bois incorporés au papier peint dégagent quelque chose de réconfortant. Combien de fois ai-je fait cela, ai-je senti ces murs ? Est-ce que je fais toujours cela quand je monte ?

J'avance sur le palier et passe devant la première porte. Elle est ouverte. Il y a un lit à deux places, des vêtements de femme éparpillés par terre, des flacons et des tubes et toute sorte de maquillage qui jonchent une commode miteuse. À côté, c'est la salle de bains. J'avance et m'arrête devant la dernière porte. Je ferme les doigts et enfonce mon poing dans l'un des trous dans la porte. Il reste de la place tout autour. Il était plus grand que moi. Mon grand frère.

Je pousse la porte et j'entre.

2

L'odeur de rassis emplit ma tête. Je ne peux pas l'identifier précisément, mais elle m'envahit de sensations, de choses dont je me souviens à moitié. Il y a deux matelas parallèles le long des murs, séparés d'environ un mètre. Et pas grand-chose d'autre. Des vêtements un peu partout. Des magazines. Des cannettes vides. Deux cannes à pêche debout dans un coin.

Deux matelas, pas d'oreillers, pas de draps comme à l'hôpital ; juste des sacs de couchage dessus. Un orange et un vert. Le vert est à moi. Comment je le sais ? Je m'assieds dessus, puis, n'ayant rien d'autre à faire, je me faufile à l'intérieur, avec mes chaussures et tout. Je remonte les bords en Nylon des deux mains, de façon que seuls mes yeux et mon nez sortent. Je m'allonge sur le côté, regarde à l'autre bout de la pièce ainsi que le matelas de Rob, son sac de couchage orange tout chiffonné en boule.

Et voilà que j'entends la fermeture passer devant sa figure, puis au-dessus de sa tête. Vois son visage maculé de boue – il était là il y a une minute, puis il a disparu juste après. Enfermé hermétiquement.

Je ferme les yeux et je suis sous l'eau. Il y a un enchevêtrement de bras et de jambes qui se débattent devant moi. L'eau m'appuie dessus, mes poumons me font mal, une douleur qui se transforme en supplice. Je ne peux pas respirer. Il me faut de l'air. Il me faut…

J'ouvre les yeux, et il n'y a que moi, dans ce fouillis de chambre sale et vide. Je respire péniblement, et l'air qui entre et qui sort est comme de seconde main. Il laisse un goût acide sur ma langue. Je repense à ma chambre d'hôpital qui était claire, blanche et propre. Elle sentait l'antiseptique. Voilà que je fourre mon nez dans le tissu du sac de couchage et inspire. C'est l'odeur fétide de vieille transpiration. Elle me dégoûte, mais me rassure aussi quelque part. C'est moi, ça doit être moi. C'est mon sac de couchage. C'est mon odeur.

Mais qui suis-je ? Et qui était mon frère ? Est-ce que je l'aimais ? Est-ce qu'il m'aimait ? Non, si l'on se fie au souvenir de l'escalier.

Je pense à ce que l'on m'a dit. « Ton frère est mort. C'était un accident. Il s'est noyé. » Pourquoi est-ce que je ne ressens rien ? Je dois être un monstre de ne pas éprouver de tristesse.

Je reste allongé un moment sans bouger. Il fait nuit à présent, mais la lumière du palier filtre à travers la porte ouverte. Je regarde et écoute, essaie de tout absorber – cet endroit. Chez moi. Tout est silencieux, il n'y a pas un bruit en bas, mais j'entends la télé à côté, et des gens qui marchent dans la rue, des voitures qui vont et viennent, des portes qui claquent. Il y a une tache noire au plafond, dans le coin, au-dessus du matelas de Rob. Il y a des gribouillis sur les murs.

J'ai l'impression d'être tombé d'une autre planète. Qu'on m'a lâché dans la vie d'un autre et que je dois faire avec. Je veux retourner à l'hôpital. Ce n'est pas chez moi, ici. La femme en bas n'est pas ma mère. Le garçon qui est mort n'était pas mon frère. Il y a une erreur, une terrible, terrible erreur.

Je tremble à présent. J'ai peur. Je ne peux pas gérer cela. Je ne veux pas être ici.

Je sens de nouveau cette odeur. L'odeur qu'un corps laisse à l'endroit où il a dormi nuit après nuit. Et mon nez me dit que je me trompe. Je suis chez moi ici. Il n'y a aucune échappatoire.

J'enroule mes bras autour de moi et me recroqueville un peu plus dans mon sac de couchage, mais je n'arrive toujours pas à me détendre. Sans réfléchir, je déroule un bras, le glisse sous le matelas, et mes doigts se referment sur quelque chose de dur et de plat. Je le sors. À la douce lumière, je vois la couverture d'un livre cartonné. Les lettres du titre sont grosses, blanches sur fond noir. *Des souris et des hommes.* Allongé sur le côté, je l'ouvre et trouve la première page. La lumière n'est pas suffisamment bonne pour que je puisse distinguer les caractères d'imprimerie, mais je n'ai pas besoin de les voir, les mots me viennent de quelque part dans le brouillard de mon cerveau. *À quelques milles au sud de Soledad, la Salinas descend tout contre le flanc de la colline et coule, profonde et verte. L'eau est tiède aussi, car, avant d'aller dormir en un bassin étroit, elle a glissé, miroitante au soleil, sur les sables jaunes.*

« Bon sang, Cee, éteins cette foutue lumière !

– Je lis !

– Ça fait six cents fois que tu lis ce truc !

– Et donc ?

– Et donc, tu éteins cette foutue lumière ! Je suis naze ! »

Tenant le livre contre ma poitrine, toujours recroquevillé dans mon sac de couchage, j'avance sur le sol en gigotant jusqu'à ce que mon visage se trouve au-dessus du matelas de Rob, son sac de couchage orange. Je me repose, respire péniblement. Le tissu sous mon nez sent fort, aussi fort que le mien, mais différemment. Je referme les yeux, et je peux l'entendre respirer.

Dis bonne nuit, Cee, dit-il. Et je sais que c'est ce qu'il fait chaque soir. Faisait. C'est ce qu'il faisait.

Il me demandait de dire bonne nuit en premier, alors je lançais : « Bonne nuit, Rob. »

Et lui : « Bonne nuit, Cee. »

Tous les soirs.

Maintenant, je dis : « Bonne nuit, Rob » et je garde les yeux fermés, mon corps étendu dans le trou qui sépare nos deux lits, ma tête sur son matelas.

Son souffle est régulier, et lent, et voilà que je respire en rythme avec lui. Le livre tombe et je sombre. Sombre lentement dans le sommeil.

3

Je me réveille dans le noir et dans le calme. Je ne sais pas du tout où je suis, ni quelle heure il est ni qui je suis. Puis, lentement, cela me revient.

Je m'appelle Carl Adams.

J'ai quinze ans.

Mon frère est mort.

Cette pensée s'égare dans ma tête. Rob est mort. Rob est mort. Je sais que c'est énorme, mais ce ne sont que des mots, que des mots.

Je me souviens m'être endormi ici, avoir entendu sa respiration, sa voix. À présent, il n'y a plus rien. Aucun bruit extérieur, aucune télé allumée. Juste un robinet qui goutte quelque part dans l'appartement. C'est un bruit indistinct, mais tout est si calme que je peux l'entendre clairement. Et mon esprit se concentre dessus. *Plip, plip, plip*. Comme les secondes qui s'égrènent sur une horloge.

Le haut du sac de couchage est mouillé à l'endroit où j'ai bavé dans mon sommeil. Je l'éloigne de moi et m'essuie la bouche sur le dos de ma main. J'ai mal à la tête et ma gorge est sèche. Je sors du sac non sans mal et trébuche sur le palier. La lumière est toujours allumée. Je me dirige vers la porte de la salle de bains, d'où provient le bruit de l'eau qui goutte. Je ne prends pas la peine d'allumer.

C'est le robinet d'eau froide du lavabo. Je l'ouvre complètement, mets mes mains en coupe et m'éclabousse le visage. Un garçon crie. Une fille hurle. De l'eau sur ma figure, mes yeux, mes oreilles. Mon cœur bat la chamade. Je suis tout près d'eux, à présent. Si près que je peux les voir battre des bras et des jambes, voir la mâchoire du garçon serrée d'effort, le visage de la fille crispé de terreur.

Je m'éloigne du lavabo d'un bond et cherche une serviette à l'aveuglette. Ma main trouve le cordon de la lampe. Je tire dessus et la lumière s'allume. J'attrape une serviette par terre, me frotte frénétiquement la figure, puis jette un coup d'œil à travers la pièce. Il n'y a personne ici. C'est tout petit, lavabo, toilettes, bain avec une douche à une extrémité, et un rideau en plastique tout fripé. Moisissures noires entre les carreaux et au plafond. Mon cœur bat encore comme un fou dans ma poitrine.

J'y étais, au lac. J'y étais, quand mon frère est mort. Je respire à fond, aspire l'air froid et humide pour essayer de me calmer.

Le robinet coule toujours, l'eau jaillit à flots dans l'évier et descend en glougloutant dans le tuyau. Je n'en veux pas sur mon visage, ni dans mes yeux, mais j'ai soif. Je tourne le robinet qui n'est plus qu'un goutte-à-goutte. Je me penche de nouveau, passe délicatement la tête en dessous, et retourne mon visage pour pouvoir attraper l'eau dans ma bouche.

Elle est froide et claire. Je me rince la bouche, l'eau gicle entre mes dents, éclabousse mes gencives, je la fais passer dans mes joues gonflées, puis je crache. J'avale une autre gorgée, puis une autre, sens sa fraîcheur descendre en moi. Je meurs de soif. Plus je bois, plus cela empire visiblement. Je fais couler plus fort, avale une goulée, déglutis et en avale encore une autre. L'eau s'échappe de ma bouche, dégouline sur mon menton et ma joue.

Cee.

Quelqu'un prononce mon nom – pas comme les cris et les éclaboussures que j'ai perçus – c'est près, tout près, ici, dans cette pièce. Je me redresse, coupe le robinet et regarde derrière moi. Il n'y a personne. Je secoue la tête, enfonce le coin de la serviette dans mes oreilles pour en faire sortir l'eau.

On aurait dit… Mais non, ce n'est pas possible. Je l'ai entendu hier soir, pourtant, alors que je m'assoupissais. Mais c'est différent, non ? Quand on est à moitié endormi, tout devient flou, et on est à moitié dans ses rêves, n'est-ce pas ? Me voilà réveillé. L'eau froide y est pour quelque chose.

Quelqu'un se moque de moi, me joue des tours.

Je fais deux pas à travers la pièce et ouvre le rideau de douche en plastique d'un coup sec. La baignoire est vide. La pièce est vide. Mais il y avait quelqu'un… j'ai entendu quelqu'un.

Je me rends sur le palier, m'arrête une minute et écoute. C'est calme. Quelque part au loin, une sirène hurle, mais même cela disparaît peu à peu. Je me dirige vers la chambre de maman.

J'y entre doucement. Il n'y fait pas aussi noir que dans la mienne. Les rideaux sont ouverts, et dehors, les réverbères projettent une lueur jaune sur le papier peint à motifs. Le lit est vide. Le sol est toujours jonché de vêtements et d'assiettes abandonnées.

Je sais qu'elle n'est pas là, mais je lance tout de même : « Maman ? » dans le vide. Pas de réponse.

Je repars dans ma chambre, la mienne et celle de Rob, la chambre aux trous dans la porte. L'idée d'y retourner me rend légèrement malade. Et si quelqu'un m'y attendait ? Mais la lumière du palier m'indique qu'il n'y a rien, juste les deux matelas. Les deux sacs de couchage froissés.

À la lueur cruelle de l'ampoule nue au plafond, la pièce semble plus petite et plus triste que jamais. Je consulte ma montre : 3 h 10. Ça doit être 3 h 10 du matin. Je vais jusqu'à la fenêtre et ouvre les rideaux. Elle donne sur un parking vide, éclairé par des réverbères et une étendue d'herbe au-delà, bordée de maisons attenantes identiques. Il n'y a personne dehors. Je pose les coudes sur le rebord, mon menton dans les mains, et regarde au loin. Je ne m'en souviens pas parfaitement, mais il y a quelque chose de rassurant là-dedans qui me donne l'impression de l'avoir déjà fait. De m'être tenu là. Et d'avoir regardé.

Au bout d'un moment, j'ouvre le carreau supérieur de la fenêtre et le pousse le plus loin possible en fixant la cheville en métal dans l'un des trous de la poignée. La nuit est calme, mais l'ouverture fait entrer un peu d'air frais dans la chambre et une espèce de quiétude ambiante, rien que l'on puisse définir, juste le bruit qu'une petite ville fait dans son sommeil.

Pas de possibilité de me rendormir. Je suis réveillé à cent pour cent.

Je commence à fouiller dans les affaires par terre. T-shirts, chaussettes, pantalons. Apparemment, il n'y a pas de frontière, rien qui indique ce qui m'appartient et ce qui lui appartient. Ce qui lui appartenait, devrais-je dire. Et rien qui indique ce qui est propre et ce qui ne l'est pas, non plus. J'imagine que rien n'est propre.

Il y a des boîtes en carton, des cannettes de Coca vides, et des papiers de bonbons, le tout mélangé aux vêtements. C'est une espèce de soupe. Je fais le tri. Les chaussettes sur un tas, les T-shirts sur un autre. Les cannettes alignées l'une contre l'autre. Je ne sais même pas pourquoi je me donne tout ce mal, mais c'est quelque chose à faire. Des bouts de plancher apparaissent peu à peu. Il y a un tapis sous tout cela, j'ignore de quelle couleur il était au début, mais là il est gris, tacheté de marron.

Je jette les vraies ordures dans un vieux sac en plastique. Cellophane, papier, bouts de chewing-gums si j'arrive à les décoller. Bien vite j'ai vidé la moitié du trou entre nos deux lits. Je ramasse un autre petit morceau de papier déchiré. J'en ai déjà trouvé des identiques, les ai mis dans mon sac, mais là je me rends compte que ce n'est pas qu'un bout de magazine. Il est trop épais. La surface est lisse, brillante. C'est une photo. Un côté est blanc, mais l'autre laisse apparaître une partie de photo. Je la dépose dans la paume de ma main et la retourne. Il y a la moitié d'une bouche, un menton, une ombre au-dessus d'un cou.

Je fouille dans le sac-poubelle, d'où j'extirpe deux autres morceaux. Je pose par terre ceux que j'ai récupérés et les fais glisser, je joue avec, j'essaie de les assembler. Et cela marche pour deux. Un œil et une moitié de nez s'imbriquent au-dessus de la bouche. C'est une fille. J'ai le sentiment de l'avoir déjà vue.

Je cherche d'autres morceaux à tâtons. Je vide le sac, mais il n'y en a pas d'autres. Je laisse les ordures où elles sont et vais fouiller le reste par terre. Je ne fais pas le tri, non, je tamise, prends des choses dans un tas et les jette sur un autre derrière moi. Chaque bout de photo est comme un trophée. Une nouvelle pièce d'un puzzle que je dois résoudre. J'en trouve deux de plus. Il y a une chaîne en argent autour de son cou. Le haut d'un T-shirt. Elle a deux petits anneaux à l'oreille droite, l'un au-dessus de l'autre. Pourtant, il me manque encore son côté gauche. Je continue à chercher.

Les morceaux sont éparpillés partout dans la chambre. Je les trouve tous, sauf deux, mais je pense que ces deux-là viennent du bord, ils ne sont donc peut-être pas importants. Après quelques tribulations et errances, j'ai reconstitué son visage. C'est une fille sublime : longs cheveux bruns raides placés derrière l'oreille, raie au milieu. Peau lisse – pas d'aspérités comme moi – et yeux magnifiques. Marron foncé. Dansent avec la lumière. On ne peut s'empêcher de les regarder. Elle fait la moue, rentre les joues, fixe l'objectif. Je crois que c'est l'une de ces photos que l'on prend tout seul, vous savez, en tendant le bras devant soi.

Quelque chose, aussi, est écrit dessus. Elle a signé au bas. Comme c'est l'un des morceaux qui manquent, tout ce que je peux voir, c'est : « Bisous, N… »

Bisous.

La photo se trouve dans notre chambre, la mienne et celle de Rob. Alors, à qui envoyait-elle ces bisous ?

Je passe la pièce en revue, et je pense à ce que je sais de ma vie, de mon retour ici hier, debout dans la cuisine à assister au bourrage de gueule de maman à la bière, puis je retourne à la photo et regarde de nouveau les yeux de la fille. Et je souhaite tellement, tellement que ce soit à moi que ces baisers soient destinés.

Mais non, ce n'est pas possible. Parce que la dernière fois que je l'ai vue, elle hurlait après moi.

C'est la fille de l'ambulance.

4

La fille de la photo. La fille de l'ambulance. Il faut que je découvre qui c'est. Maman le saura. Mais où est-elle, si elle n'est pas dans son lit ? Je laisse la photo rapiécée par terre et commence à descendre. J'ai posé le pied sur la deuxième marche quand j'entends de nouveau le robinet.

Plip, plip, plip.

J'aurais pu jurer l'avoir fermé. Le joint doit être fichu, un truc comme ça.

Je repars dans la salle de bains. Évidemment, c'est encore le robinet d'eau froide. Je le tourne et le serre bien fermement. Involontairement, je courbe les épaules et je sens un frisson descendre jusqu'au bas de ma colonne vertébrale. Au même moment, il y a un grand fracas dans le couloir, une porte qui claque. Mon cœur s'arrête. Je m'esquive sur le palier et c'est ma chambre, ma porte.

Mon cœur se remet en route ; il bat vite et fort. Je sens mon pouls vibrer dans mon cou. Je respire profondément, tâche de me calmer avant de retourner à ma chambre sur la pointe des pieds, d'attraper la poignée et de la tourner lentement… délicatement. J'ouvre doucement, interroge l'intérieur de la pièce et finis par y entrer, puis vérifie attentivement derrière la porte. C'est vide, bien sûr. La seule différence, c'est que la photo ne se trouve plus sur le tapis, du moins les morceaux ne sont-ils plus tous au même endroit. Il y a des bouts sur mon sac de couchage et sur celui de Rob, éparpillés partout. Comme si quelqu'un les avait ramassés et lancés vers le plafond. Bizarre.

Je passe la main par la fenêtre. Il n'y a pas un souffle de vent. J'enlève le bras du loqueteau et la referme, puis je me penche pour récupérer les morceaux. Je pourrais les coller avec un peu de Scotch, si nous en avions. Je les garde dans ma paume et descends chercher maman, ou du ruban adhésif, ou les deux.

Les lumières sont toutes allumées, et maman est toujours sur le canapé. Le bruit de la porte qui claque ne l'a pas dérangée. Elle dort comme une souche, la main au doigt coupé tombe vers le sol, comme si elle désignait la cannette qu'elle avait lâchée. Elle est soûle.

La voir ainsi fait surgir un autre souvenir.

« C'est comme ça que papa a fait. »

La lame du couteau de Rob s'enfonce dans ma peau, dans le pli qui marque la dernière articulation de mon petit doigt. Ses yeux sont froids, durs. Un mot malheureux de ma part, et il me tailladera.

« OK, je te crois.

– Sauf que c'était rapide, très rapide. Il a pris sa main puis il a baissé le couteau, comme ça… »

Je tremble à l'idée que Rob me coince la main, tremble en pensant à ce que maman a vécu, toutes ces années auparavant. Les souvenirs contenus entre ces murs sont aussi toxiques que l'air. Pas étonnant que maman les efface à coups de cannettes de bière.

Je traîne sur le pas de la porte, me demandant ce que je vais bien pouvoir faire maintenant. Ça me gêne de fouiller pour trouver du Scotch, je ne veux pas la déranger.

Il y a des photos de famille au-dessus de la télé. Je passe devant maman sur la pointe des pieds et les examine. Trois portraits dans des cadres en carton, les deux mêmes garçons. Elles forment un tout, racontent une histoire : mon frère et moi, petits. Notre vie en trois clichés. Bébés, écoliers, collégiens. Bambins, petits garçons, adolescents.

Si nous nous trouvions parmi une foule de mille personnes, vous devineriez aussitôt que nous sommes frères. Mêmes cheveux ébouriffés, mêmes yeux bleu-gris plissés qui tombent sur les bords externes, mêmes pommettes. Frères, mais pas jumeaux. Rob est clairement plus âgé, il est plus grand que moi sur chaque photo. Et il dégage une impertinence que je n'ai pas. Sur l'une d'elles, la plus récente, sa tête est légèrement inclinée en arrière et il baisse les yeux devant l'objectif. Très légèrement, mais suffisamment pour dire : « Oui, c'est moi, Rob, et alors ? » Mes yeux non plus n'entrent pas en contact avec l'objectif – je ne regarde pas directement, mais légèrement de biais.

Maintenant je pense à l'autre photo, celle qui est en morceaux dans ma main. Si vous ajoutiez cette fille à l'un des clichés de Rob et moi, où irait-elle ? À côté de Rob ? À côté de moi ? Devant ? Entre nous ? Où est sa place ?

Derrière moi, maman grogne dans son sommeil. Je me retourne. Elle bouge un peu, se met sur le dos, puis sa bouche s'ouvre de nouveau grande, et elle grommelle suffisamment fort pour faire trembler les fenêtres.

Elle est tellement endormie, et moi tellement éveillé. Je ne peux pas rester ici à écouter ça, mais je ne veux pas remonter et me prendre la tête avec des robinets et des portes toute la nuit, à flipper à cause de gens qui ne sont pas là.

Je range les morceaux de la photo dans une poche de mon jean et me dirige vers l'entrée. J'attrape une veste sur une patère dans le couloir. La mienne ou la sienne ? Peu importe. Je l'enfile. Après réflexion, je prends un autre manteau, repars sur la pointe des pieds et en drape maman. Puis je retourne à la porte sans faire de bruit et l'ouvre tout doucement.

De nouvelles fleurs sont apparues dans notre jardin, elles sont appuyées contre la porte. Elles tombent sur le paillasson dès que je l'ouvre. Je les installe dans l'entrée et les y laisse, puis tire la porte derrière moi.

Toutes ces fleurs. Les gens devaient l'adorer, non ? Il devait être aimé, non ? Ou sont-elles juste pour maman… par compassion pour une femme qui a perdu un fils ? Je ne peux m'empêcher de penser aux trous dans la porte de notre chambre, me rappelle la froideur dans ses yeux quand il a tendu le couteau vers moi. Gardait-il tout cela, cette violence, cette haine, à l'intérieur de la maison ? Nous les réservait-il simplement, à maman et à moi ?

Je traverse la cour et me rends sur la passerelle en béton, m'arrête pour regarder par-dessus la rambarde. Dans les garages et les appartements de l'autre côté, tout est calme et feutré, un monde jaune orange. Il flotte comme une douceur dans l'air que je respire, un soupçon de chocolat. L'équipe de nuit à l'usine doit être bien occupée. Je lève les yeux, essaie de distinguer le ciel derrière les halos des réverbères. Je ne vois pas d'étoiles.

En haut des marches, j'hésite. Puis me lance, saute, quatre à la fois, une, deux, et je m'appuie sur le bord, mes mains attrapent le mur en béton et je relève mes jambes d'un coup, et je suis passé. C'est une chute de deux mètres. Je me fracasse par terre, de l'autre côté, mes jambes se dérobent sous moi. Mes paumes s'écrasent sur le tarmac, et je reste accroupi quelques secondes, à essayer de voir si je vais bien ou pas. Quand je me relève, j'enregistre une douleur dans ma cheville gauche et une autre dans mon genou gauche. J'ai dû me tordre la jambe en tombant.

Je regarde autour de moi, en espérant que personne n'ait assisté à mon atterrissage. On dirait que je m'en sors bien. Je m'époussette les mains sur le haut de mes jambes et je grimace lorsque des bouts de chair éraflés touchent le denim. Merde !

En reposant les yeux sur l'escalier, je me demande comment Rob pouvait y arriver aussi facilement, et je me le représente encore. Il passe par-dessus le mur, atterrit avec la légèreté d'un chat et danse autour de la fille.

« Salut, Neisha, dit-il, quoi de neuf ? »

Il lui attrape la main et l'attire contre lui. Et elle rit, et ses longs cheveux bruns s'évasent quand ils tourbillonnent dans le parc, en accord l'un avec l'autre, bougent en rythme. Une bande sonore que je ne peux pas entendre.

Neisha.

Cette fille s'appelle Neisha.

Je tourne au coin et prends à travers le parking. Peut-être que faire un tour va réveiller d'autres souvenirs. Je sais que tout est là. En moi. Le docteur m'a expliqué que c'était comme les tiroirs d'un meuble que l'on ne pouvait pas ouvrir : plus on les tire, plus ils restent coincés. Mais ils glissent, tout doucement. Est-ce que je ne viens pas de me souvenir d'un nom dont j'ignorais totalement l'existence quelques minutes plus tôt ?

Rien par ici ne m'est familier, mais je vais me balader un peu et prendrai la même route pour rentrer.

Il y a un grand espace herbeux ouvert devant moi. Un terrain de jeux. Les seules lumières sont celles qui balisent le chemin qui le traverse. L'herbe de chaque côté brille dans les cercles de lumière qu'ils projettent, le reste est dans l'obscurité. Les zones de but ressemblent à des fantômes dans le noir. Une aire de jeux est vide, à l'intérieur d'une clôture de métal qui m'arrive aux genoux. L'air est épais, pas exactement mouillé, pas suffisamment pour être du brouillard, mais pas sec non plus, et voilà que je pige que si je ne peux pas voir les étoiles, c'est parce qu'il y a une épaisse couche de nuages bas au-dessus de moi.

Je remonte mon col, fourre mes mains dans mes poches, voûte les épaules pour essayer de me protéger de l'air froid et mouillé. Je suis le chemin jusqu'à l'autre côté du terrain de jeux, là où il descend entre les portails des jardins et forme une allée étroite. Il fait plus sombre par ici. Je ne peux pas voir sur quoi je marche, mais je continue d'avancer en me disant que mes pieds vont trouver quelque chose de solide, qu'il y aura bientôt de la lumière, que cela aboutira forcément quelque part.

Le sentier ne tarde pas à s'ouvrir et je me retrouve au milieu d'une résidence constituée de bungalows. Ils sont carrés, propres et bien tenus. Il y a des rampes qui mènent jusqu'aux portes et des bacs à fleurs à l'extérieur. Ce lieu a l'air complètement artificiel, comme s'il était en Lego, quelque chose comme cela.

Le petit ensemble donne directement dans la grand-rue. Je la reconnais après mon retour chez moi en voiture, mais à 3 h 30 du matin, l'ambiance est différente. La moitié des boutiques ont les yeux fermés – volets baissés et verrouillés. Les poubelles débordent. Sachets de chips vides, bouteilles, prospectus et vieux journaux. Un bout de papier détrempé colle à ma chaussure. Je l'ôte d'un coup de pied, mais mon œil est attiré par un journal à côté.

C'est le journal local, et je fais la une.

C'est la photo avec Rob qui baisse les yeux, et moi, qui ne regarde pas vraiment l'objectif. Et à côté, une de Neisha, pas celle que j'ai dans ma poche. C'est une photo de classe. Cheveux brossés. Pas de boucles d'oreilles. Chemisier blanc, cardigan et cravate bordeaux.

Je m'accroupis et lis l'article, que je lève à la lumière :

« La police qualifie la mort de Robert Adams dit Rob, dix-sept ans, un adolescent du coin, d'accident tragique. Robert est mort mardi après que les services d'urgences furent appelés au lac d'Imperial Park, Kingsleigh, aux alentours de 4 h 30 du matin. Les plongeurs de la police ont sorti son corps de l'eau et il a été déclaré mort sur les lieux.

Il semblerait qu'il nageait en compagnie de son frère Carl, quinze ans, et d'une amie, Neisha Gupta, seize ans. Les conditions météo semblent avoir été atroces, Kingsleigh étant frappé par une violente tempête à peu près à ce moment-là.

L'inspecteur Dave Anthony, de la police de Kingsleigh, a déclaré que les premiers éléments de l'enquête montraient tous qu'il s'agissait d'un accident tragique. C'est un lac bien connu, où les jeunes du coin ont l'habitude de venir nager en dépit des panneaux d'avertissement, et malheureusement, il semblerait que le jeune Rob se soit attiré des problèmes ayant causé sa mort. Nous parlerons aux autres jeunes concernés quand ils seront prêts, pour découvrir exactement ce qui s'est passé. Nos pensées vont vers sa famille et ses amis.

Les sources confirment qu'une autopsie a été pratiquée. Les résultats seront transmis au coroner. Kerry Adams, la mère de Robert, éperdue de douleur, n'a pu faire de commentaires au moment du bouclage ».

Je le relis plus lentement, ce coup-ci, tâchant d'absorber chaque mot. La première lecture semblait juste confirmer ce que je savais déjà, que mon frère s'était noyé dans un lac. Cette fois, je comprends que cela ne s'arrête pas là. Neisha, c'est Neisha Gupta. Elle a seize ans. Il y avait une tempête. La police souhaite m'entendre. Il y a eu une autopsie. La presse a voulu parler à maman.

J'essaie de comprendre tout cela. Pour une raison quelconque, mon esprit reste bloqué sur le mot « autopsie ». Bon sang, ils l'ont coupé en morceaux. Je ne veux pas y penser, mais je ne peux pas m'en empêcher. Quelque part gît le corps de mon frère. La fermeture passe sur son visage, au-dessus de sa tête. Ils l'ont charcuté, ont regardé à l'intérieur. Je jette un œil sur la photo et je n'arrive pas à associer les deux éléments : un collégien légèrement insolent, et un corps découpé sur une table d'autopsie. Merde.

Une goutte d'eau atterrit au milieu de la photo. Je lève les yeux et sens une éclaboussure sur mon visage, juste à droite de mon œil. Froide et légère. Une autre touche le papier, puis une autre. Il se met à pleuvoir.

La pluie martèle la surface, rebondit, crée une couche de gouttelettes fines. On dirait que le lac est en train de bouillir. Je ne vois plus la rive. Je ne vois plus rien ni personne. La pluie me fait tomber, l'eau me renverse. Rob et Neisha ont disparu. Je ne peux ni les voir ni les entendre, je nage sur place, tourne la tête à gauche et à droite. J'essaie de distinguer ce que je peux à travers ce mur de pluie ininterrompu. Chaque fois que je respire, je mets de l'eau dans ma bouche. Elle se prend dans ma gorge, je crache et inspire de nouveau, et c'est pareil.

Je ne veux pas être sous la pluie. Je ne veux pas être mouillé. Ma panique est physique. J'ai une boule au fond de la gorge et mon cœur bat plus vite. Je transpire et mes jambes tremblent. Je dois sortir d'ici. Je dois trouver une cachette.

Je me redresse et fourre le journal dans ma poche. Puis je me mets à courir. Il pleut à verse. Devant moi, quelqu'un se rue sous le porche d'un magasin. Quelqu'un d'autre dans la grand-rue, en pleine nuit. J'y suis presque. Une grosse corniche en surplomb, au-dessus du double pas de porte d'un commerce discount. D'un seul coup, je ne suis pas sûr de vouloir me retrouver dans cet espace avec un inconnu, mais la pluie qui martèle ma tête m'en persuade. Eau dans mes yeux, mon nez, ma bouche. Eau qui se fraie un chemin de force dans mon gosier. Il faut que je me sèche.

Je me faufile sous l'abri. Il est vide. Il a dû entrer dans le magasin, mais il n'y a pas de lumière à l'intérieur. Je ne vois rien bouger. J'en ai des frissons. Quelque chose ne va pas. Mon visage et mes mains sont mouillés. Je commence à prendre froid.

Je regarde vers la grand-rue, la pluie redouble. Elle fait du bruit quand elle touche la route et scintille. Je ferme les yeux, et quelque part je sais que j'aimais ce bruit avant, quand l'eau tapait à la fenêtre alors que j'étais bien au chaud, à l'abri à l'intérieur. Là, il déclenche des alarmes dans ma tête, il m'arrache l'estomac de ses doigts nerveux et affairés. Une goutte d'eau dégouline de mes cheveux le long de mon visage.

Espèce de salaud, Cee.

La voix est proche et menaçante. À côté de moi, qui me chuchote à l'oreille. J'ouvre les yeux et regarde alentour. Qui a dit cela ? Qui est là ?

Je suis seul, une rue vide devant moi, du verre solide et une boutique enténébrée derrière moi. Je frissonne de nouveau. Je suis mort de trouille. Je vois des choses, entends des choses, des choses qui ne sont pas là. La pluie n'a pas l'air de se calmer. Mais je prends la décision de courir, de la traverser à toute allure et de rentrer chez moi. Ce n'est pas loin.

Je remonte mon col et me mets en route, galope sur le trottoir. La pluie crée peu à peu des rigoles dans le caniveau. De l'eau dégouline dans ma nuque, entre mes épaules. Mes pieds claquent sur le trottoir, tapent dans les flaques d'eau. Derrière moi, j'entends des pas. Je jette un coup d'œil dans mon dos, mais je ne vois personne. La grand-rue m'appartient, il n'y a que la pluie et moi. Ce doit être moi-même que j'entends. Le bruit de mes pieds se répercute sur les immeubles de chaque côté.

L'eau frappe mon visage et le dessus de ma tête. Elle coule, dégouline, tombe goutte à goutte. On dirait qu'il y a quelque chose de vivant entre mes vêtements et moi. Quelque chose rampe sur ma peau. Je laisse échapper un hurlement.

Il y a un éclair et je peux voir toute la grand-rue en une nanoseconde de clarté surnaturelle. Quelques instants plus tard, le bourdonnement grave du tonnerre commence.

Je dérape en tournant au coin de la rue, sur le chemin des bungalows, perds l'équilibre et glisse sur l'herbe. Mes pieds s'écartent, et je patine, peu élégamment, me tords le genou où je m'étais fait mal tout à l'heure, et je jure. Je tends les mains pour stopper ma chute, mais elles glissent devant moi dans la boue, jusqu'à ce que je tombe dedans la tête la première. Et je peux la sentir, la boue mouillée dans mes narines, et la pluie qui martèle l'arrière de ma tête. Ça recommence. Je me noie.

Je me tourne et vois le visage de Rob : blanc, sans vie et maculé de boue. Et la fermeture Éclair qui monte et se referme sur lui.

Je me relève tant bien que mal. Il n'est pas là, bien sûr. Il n'y a personne, personne d'autre n'est assez stupide pour se retrouver coincé sous une pluie torrentielle au milieu de la nuit. Je pourrais être chez moi en cinq minutes. Mais la pluie tombe maintenant avec violence. Le tonnerre gronde, des explosions assourdissantes, comme si le ciel s'ouvrait d'un coup.

Je me baisse vivement sous le porche du bungalow le plus proche, m'adosse à la porte peinte en bleu. Je m'apprête à m'essuyer le visage avec les mains, mais mes paumes sont couvertes de boue séchée. Je les frotte alors sur mon jean, puis les fourre dans les poches de ma veste, espérant trouver un mouchoir ou un Kleenex. Elles sont profondes. Mes doigts en dénichent un tout froissé. Il a été utilisé et j'hésite un moment : ma morve ou la sienne ? Cela importe-t-il même ? Je fais de mon mieux pour me nettoyer avec. Puis mes mains plongent de nouveau dans mes poches, car il n'y a pas que des mouchoirs dedans.

Je sors un paquet de clopes et un briquet. Deux garçons au bord du lac. Qui boivent et qui fument. Qui rient au soleil. Rob et moi.

Mes mains tremblent quand j'extirpe la clope. J'ai du mal à ne pas faire bouger le briquet pour l'allumer. J'avale la fumée. Elle se retrouve coincée dans ma gorge, exactement comme l'eau juste avant, et d'un seul coup, je lutte pour recouvrer mon souffle, je tousse, m'étrangle, me penche pour essayer de vider mes voies respiratoires. Toujours penché, je laisse tomber la cigarette et l'écrase. Deux garçons au bord du lac, pensé-je amèrement. Seulement l'un d'eux qui fume, et ce n'était pas moi.

C'est donc le paquet de Rob. Sa veste.

Je tâtonne de nouveau à l'intérieur, et cette fois, je sors un téléphone. Celui de Rob. C'est un écran tactile bon marché. Je le retourne dans ma main, appuie sur l'un des boutons au bout et l'écran s'allume.

Je me sens coupable. Un frisson de culpabilité. Les portables contiennent des noms, des numéros, des messages, des photos. Les portables contiennent la vie des gens.

Je passe le répertoire en revue. Il n'y a pas beaucoup de noms, une douzaine, tout au plus. Neisha Gupta en fait partie.

Ensuite, textos. Boîte de réception et envoyés. Les plus récents se trouvent en haut de l'écran.

Envoyés à Neisha Gupta. 13 h 29. `3 h 30. Tu seras là ?`

Reçus de Neisha Gupta, 13 h 32. `C'est ce que je t'ai dit, non ?`

Je lève les yeux, reporte mon attention du carré qui brille entre mes mains au monde obscur et mouillé au-delà du porche. Avant de faire la mise au point correctement, je crois avoir aperçu une silhouette pâle sous la pluie, à quinze ou vingt mètres. Je plisse les yeux et me concentre encore plus, mais elle a disparu.

Il sait que j'ai son téléphone, je pense. Mais c'est débile. Il est mort. Rob est mort.

L'écran est passé en mode veille, une vague image de lui-même ; presque pas là. J'appuie sur le bouton ON pour le ranimer et parcours le menu.

Galerie : la première ressemble un peu à la photo déchirée que j'ai dans ma poche. Neisha, qui fixe l'objectif en faisant la moue. Elle est plus vivante sur l'écran que sur le papier, plus réelle. Mon estomac bascule lorsque je regarde de nouveau ses yeux. Elle est magnifique. Sexy. Mais maintenant, je n'ai plus aucun doute : elle regardait l'objectif, ce téléphone, quand cette photo a été prise. Elle regardait Rob.

Neisha Gupta. La copine de Rob.

Je passe mon doigt sur l'écran pour voir la suivante. Il n'y a pas que son visage, cette fois. C'est un plan plus large pris dans une chambre, mais pas la nôtre. Elle est en culotte et soutien-gorge, assise sur le lit, penchée vers l'objectif. L'une de ses bretelles tombe sur son épaule. Elle ne fait plus la moue, mais elle ne sourit pas non plus. Son expression est hésitante. Comme si elle ne savait que faire de son visage. Mais ce n'est pas son visage que je regarde.

Mes doigts transpirent quand je passe à la suite. Elle sourit à présent, mais uniquement du bout des lèvres, le reste de son visage est terrorisé. Sa pommette gauche est plus rouge que l'autre, et je ne peux m'empêcher de revivre ce que j'ai ressenti lorsque maman m'a giflé dans le taxi. Elle implore l'objectif du regard. L'implore de quoi ? La mater me donne l'impression d'être un gros pervers. Mais je ne veux pas, ne peux pas m'en empêcher. Mes yeux se perdent dans ses courbes douces, les nuances miel de sa peau. Elle porte encore son collier. Un médaillon en forme de cœur pendille au bout d'une chaîne en argent, pile entre ses seins nus.

« Donne-moi ton collier, et je m'en irai. »

La voix de Rob est dans ma tête. Un souvenir se forme, que je n'arrive pas à identifier. Il ne parlait pas à Neisha. Alors, à qui était-ce ?

J'entends un bruit derrière moi. J'appuie sur le bouton OFF et fourre le portable à toute vitesse dans ma poche. Une lumière s'allume dans la maisonnette contre laquelle je suis adossé. Merde.

La pluie s'est un peu calmée. Je remonte le col de ma veste et déguerpis. Ma tête est emplie de la culpabilité brûlante d'avoir regardé les photos sur le téléphone. Ce n'est que lorsque j'ai traversé à moitié l'aire de jeux que je pense à la lumière, aux rangées de bungalows les unes en face des autres, autour d'un petit carré d'herbe broussailleux, et cela fait surgir un autre souvenir.

Rob est devant moi, dans une maison plongée dans l'obscurité ; j'entends aboyer. Puis il y a un glapissement et l'aboiement cesse. Rob se dirige dans le salon… je distingue quelque chose par terre, entre lui et moi, un tas immobile, une forme de chien.

« Que se passe-t-il, Winston ? fait une voix de femme, vieille et chevrotante.

– Rob, sors, sors tout de suite ! » sifflé-je.

Puis une lumière s'allume.

J'ai arrêté de marcher. Me voilà en plein milieu du terrain de jeux. L'aire réservée aux jeunes enfants se trouve sur ma droite. Il y a d'horribles barres parallèles en métal, qui ne protègent de rien du tout, sur ma gauche.

Hébété, je me dirige vers une coquille en métal et me perche sur les barres. Elles sont parsemées de pluie et je sens qu'elle imprègne mes vêtements, ce qui ne fait qu'intensifier l'humidité déjà présente. La pluie crépite doucement par terre, tout autour de moi, mais je ne l'entends pas. J'entends un chien glapir, puis une minute de silence, et la voix de la vieille dame qui supplie Rob. Qui l'injurie. J'entends ma voix, aussi. Terrorisée. Paniquée.

Je suis tout retourné, je me sens mal. Le mur de briques dans ma tête, le vide, c'était mieux que cela. Peut-être était-ce une des raisons pour lesquelles j'ai tout oublié. Peut-être était-ce la raison. La vérité, mieux vaut l'oublier.

Aucune vibration ne traverse le métal ; il n'y a pas de bruit, mais d'un seul coup, je sais que je ne suis plus seul. Il y a quelqu'un tout près de moi. Je le sens et j'ai la chair de poule en pensant à l'ombre qui se précipite sur le pas de la porte, à la silhouette pâle de l'autre côté de la rue.

Je me force à me retourner d'un coup et à regarder entre les barreaux de métal. Je sursaute. Un visage me rend mon regard. Les yeux sont rivés aux miens. Les lèvres bougent.

Espèce de salaud, Cee.

Un battement de paupières, et il est parti.

Merde ! Il faut que je sorte d'ici. Rentre chez moi. Je deviens fou. Mon esprit me joue des tours.

Je descends de mon perchoir d'un bond et traverse l'aire de jeux d'un pas chancelant, en regardant autour de moi. Je retourne en courant derrière la rangée de maisonnettes et me hisse sur les marches. Il y a un trousseau de clés dans l'autre poche. J'entre et monte directement. Je pénètre dans la chambre, laisse tomber la veste, enlève mes vêtements mouillés et me sèche les cheveux avec un T-shirt sec du tas par terre, m'affale lourdement sur le matelas. Je m'allonge sur le côté droit, face au mur, de manière à ne pas voir le sac de couchage de Rob. Et je ferme les yeux bien fort.

Cette fois, je ne l'entends pas respirer quand je sombre dans le sommeil, et je ne l'entends pas me dire bonne nuit, mais à la dernière minute, quelque chose s'enclenche dans ma tête, et juste avant de sombrer, je murmure les mots : « Bonne nuit, Rob. » Et c'est la dernière chose que j'entends, ma propre voix... et le robinet de la salle de bains, qui goutte, goutte, goutte...

5

J'ai le sommeil agité, je fais des rêves où je ne sais pas si je dors ou si je suis éveillé, ce qui est réel et ce qui ne l'est pas. Des rêves de moi, de Rob, de Neisha. Habillée. Nue. Quand je finis par me réveiller, la première chose qui me vient à l'esprit, c'est : *Mon frère est mort. Rob est mort.*

Je suis dans notre chambre, seul, et il est mort. Ces mots commencent à vouloir dire quelque chose à présent. Il était mort hier, et il l'est encore aujourd'hui. Est-ce qu'il en sera toujours ainsi ? Ce coup de massue ? Est-ce ainsi que je vais me réveiller le reste de ma vie ?

Il fait jour. Je sors la main des plis moites et froids de mon sac de couchage, cherche à l'aveuglette ma montre par terre. Elle indique qu'il est 3 h 10. Je secoue la tête et regarde de nouveau. La deuxième aiguille avance, donc elle fonctionne. Ce doit être l'après-midi.

Je laisse le sac de couchage en tas sur mon matelas. Là où les rideaux sont ouverts, je peux voir de la condensation embuer la fenêtre, cachant le monde extérieur. J'entre dans la salle de bains d'un pas chancelant, tâchant de ne pas mettre trop de poids sur ma jambe gauche endolorie. Le robinet d'eau froide goutte encore ; c'est même pire, maintenant.

En voyant mon reflet dans le miroir, je tressaille. La forme de mon visage, l'angle des yeux bleu-gris, le contour de ma bouche et les traces de terre. Toutes ces choses disent : « Rob. » Le visage sur lequel ils ont tiré une fermeture Éclair – yeux ouverts, peau pâle et maculée de boue.

Mais je ne suis pas Rob. Il faut que je m'en souvienne. Je lui ressemble, mais cela s'arrête là. Nous étions au lac ensemble, nous y étions, nous nous battions dans l'eau… mais je m'en suis sorti sain et sauf.

La crasse sur mon visage doit remonter à cette nuit où je suis tombé près des bungalows. J'ai comme un mouvement de dégoût, mais je parviens à le chasser. Je peux me laver. Je tends la main vers le robinet d'eau chaude, mais je grimace : ma paume me fait mal. Il y a des petites irritations, comme des piqûres d'épingle rouge vif qui suintent, où la peau a été arrachée. Je mets la bonde et commence à tourner le robinet, puis je m'arrête. Je me souviens de ce qui s'est passé hier soir, quand j'ai éclaboussé mon visage d'eau.

Les souvenirs. La voix.

Mais c'était en pleine nuit. J'étais fatigué. Perdu.

Même, je jette un coup d'œil derrière moi. Il n'y a personne, bien sûr.

Je regarde l'eau goutter du robinet d'eau froide, former une flaque bien nette au pied du lavabo, et l'espace d'un instant, l'angoisse me prend au ventre.

Bon sang, lave-toi donc ! Regarde-toi ! Tu n'es pas présentable ! Une voix dans ma tête me presse de le faire.

Je tourne à fond le robinet d'eau chaude, qui jaillit et crachote partout, je plonge une main dans l'eau et la fais gicler pour vérifier la température. Je baisse les yeux, mais mon attention est attirée par quelque chose qui apparaît dans le miroir derrière moi, un mouvement. Il a disparu avant même que je sois sûr de l'avoir vu, mais je commence à avoir des haut-le-cœur et je sens la transpiration picoter ma lèvre supérieure. Je virevolte d'un coup, face à la pièce.

Elle est vide.

Je me retourne vers le lavabo. Allez, tu peux le faire. Il est presque rempli à ras bord. Je ferme le robinet d'eau chaude et serre le froid bien fort pour qu'il arrête de goutter lui aussi. Je plonge les deux mains dans l'eau, me penche et m'éclabousse le visage.

Elle hurle. Elle enlève les mains, essaie de les retirer de force de sa gorge. Je respire de nouveau profondément et nage vers eux. Je lève de nouveau les yeux. La pluie qui tombe à la surface donne l'impression que celle-ci est vivante, m'obscurcit la vue. Mais je l'entends tout de même. Son hurlement pour sauver sa peau.

Il y a de la sueur entre mes omoplates, mon estomac se contracte, mon cœur bat la chamade. Ce n'est pas réel, c'est un souvenir, c'est tout. Je me force à ramasser le savon et joins les mains. Je me penche de nouveau, me frotte les joues et le front, ainsi que le menton et autour de mes yeux.

Lave-toi, enlève tout cela.

Je verse encore de l'eau sur mon visage pour le rincer. Quand j'ouvre les yeux, les gouttes savonneuses ont fusionné avec le reste, obscurcissent l'eau dans la cuvette en dessous. Je parviens tout de même à distinguer le cercle foncé de la bonde au fond, mais il y a autre chose. Un visage qui me regarde.

Son visage. D'une pâleur mortelle. La peau marquée.

– Non !

Je recule, cherche la serviette à tâtons. Je me sèche la figure et m'approche petit à petit, regarde attentivement par-dessus le bord de l'évier. Il y a une ombre vague à présent, le contour d'un visage et un cou. En tremblant, je me rapproche. La forme s'agrandit. S'approche encore. S'agrandit encore.

C'est moi, bien sûr. Mon reflet à la surface de l'eau.

J'ôte la bonde d'un coup et regarde l'eau disparaître. Puis je m'observe dans le miroir.

Comment sait-on que l'on devient fou ? Est-on différent, physiquement ? Peut-on le voir dans ses propres yeux ?

6

C'est le bazar dans le salon. Des cannettes gisent au sol, là où maman les a laissées hier soir. Le manteau dont je l'avais recouverte est par terre. Mais elle n'est pas là. Je vérifie dans la cuisine, puis retourne en bas de l'escalier et crie :

– Maman ?

Je monte en courant et frappe à la porte de l'autre chambre.

– Maman ?

Pas de réponse. Je regarde rapidement à l'intérieur. Le lit est vide, la couette à moitié par terre. De vieux mouchoirs en papier et des cannettes jonchent le tapis. Mais pas de maman. Où est-elle donc ? Je viens de sortir de l'hôpital, et elle n'est pas là.

Je meurs vraiment de soif, de faim aussi. Mais il n'y a rien à manger ici, rien à boire, à part de la bière et de l'eau. Je veux quelque chose qui me redonne la pêche, qui me fasse avancer, qui mette de l'ordre dans mes idées – quelque chose avec des bulles, avec de la caféine.

J'attrape la veste d'hier soir par terre et descends bruyamment l'escalier. Je cherche de l'argent vite fait. Il doit bien y avoir du liquide quelque part, bon sang, des billets d'urgence planqués dans une boîte de biscuits ou sous une conserve dans le buffet. J'entreprends une recherche rapide dans la cuisine et dans le salon, passe la main derrière le canapé. Je trouve quinze pence entre les coussins, et c'est tout. Je fais tomber les pièces dans la poche de mon jean.

En sortant du salon, j'enfile la veste et fouille les poches. Mes doigts se referment sur le téléphone, et la chaleur de la culpabilité de la veille me traverse de nouveau. Ne regarde pas maintenant. Concentre-toi. Avec le paquet de clopes et le briquet, il y a quelque chose de lisse, de lourd, lorsque je referme la main dessus. Sans regarder, je devine que c'est un couteau de poche. Je peux le voir dans sa main, quand il fait entrer et sortir la lame d'un coup, entrer et sortir. Je le lâche et continue à chercher, à fouiller dans les coins de mes deux poches. Pas de pièces. Merde.

Je ferme la porte derrière moi. J'ai besoin de manger, mais je me demande bien comment je vais pouvoir me procurer quelque chose. Je descends les marches – je ne saute pas par-dessus la rambarde, aujourd'hui –, et cours sur le trottoir à petites foulées. Des jeunes jouent au football près des garages. Ils s'arrêtent quand ils me voient et me fixent en silence. L'un d'eux ramasse le ballon et le serre contre sa poitrine.

Je tourne au coin de la rue en trottant et pénètre d'un coup dans une boutique au bout du boulevard. C'est le genre de commerce qui vend de tout – journaux, PQ, bonbons, pain, alcool – si l'on a de l'argent, ce qui n'est pas mon cas. Pas un rond. J'espère juste que je vais trouver un moyen.

Le type à la caisse me repère dès que j'entre. Il lève la main à l'attention du client qui attend :

– Une minute, lui dit-il.

Puis il se penche par-dessus le comptoir et m'interpelle à l'autre bout de la boutique :

– Tu n'as plus le droit de rentrer ici, tu ne te souviens pas ? Je ne veux plus que mes marchandises disparaissent.

Je commence à m'empourprer. Dans la queue, tout le monde me regarde. C'est comme s'il venait de me traiter de voleur devant sa clientèle.

– J'aimerais juste acheter deux trois trucs, dis-je en essayant de rester calme.

Si ça se trouve, je peux lui demander de me faire crédit ou lui raconter que maman le remboursera plus tard.

Il secoue la tête.

– Pas ici.

– S'il vous plaît, je meurs de faim et de soif. Nous n'avons rien chez nous. Ma mère n'a pas pu venir acheter quoi que ce soit depuis… depuis, vous savez.

L'expression du type s'adoucit. Deux clients dans la queue détournent les yeux, la femme la plus proche de la caisse fait une grimace de compassion. Ils sont tous au courant.

– Juste un Coca et du pain ?

La mort dans l'âme, le type hoche la tête.

– D'accord, mais vite, alors.

J'ouvre le frigo et fais semblant de prendre mon temps pour choisir, passe la main sur le dessus des cannettes. Quand le vendeur s'occupe de la cliente, j'en profite pour en glisser une dans la poche intérieure de ma veste, puis j'en attrape une autre. C'est instinctif, ma main a été tellement rapide ! Et c'était simple, si simple – j'ai déjà dû le faire. Je me sens mal, mais je n'ai pas d'argent, n'est-ce pas ? S'il ne me laisse pas prendre celle qu'il peut voir, au moins j'aurai celle qui est dans ma poche.

Je suis l'allée qui tourne, prends du pain blanc tranché et une boîte de haricots blancs, puis je vais rejoindre la queue.

– Passe devant, mon chéri, me propose la femme tout près de la caisse. C'est bon, non ? demande-t-elle aux gens derrière elle. Ils marmonnent tous quelque chose qui pourrait vouloir dire oui, trop gênés pour sortir autre chose. Je les double en traînant les pieds et me mets à côté d'elle. Je ne sais toujours pas comment je vais payer.

– Puis-je vous régler plus tard ? demandé-je nerveusement au type.

Il me regarde, incrédule.

– Quoi ? dit-il.

– Je vous rembourserai plus tard ? Maman est sortie avec toute la monnaie.

Il tend la main d'un coup brusque et attrape le couvercle des haricots blancs. J'ai été stupide de tenter le coup, mais qu'étais-je censé faire d'autre ?

– Qu'est-ce qui te prend, de venir dans ma boutique sans argent ? Qu'est-ce que tu crois ?

Il parle beaucoup trop fort, et quelques postillons atterrissent sur le dessus de la main qui tient la boîte. J'entends quelqu'un râler derrière moi, mais la femme fouille dans son porte-monnaie. Elle me tend une pièce de deux livres.

– C'est bon, Ashraf, fait-elle. Tiens, Carl, prends ça.

Ashraf la regarde comme si elle avait complètement perdu la boule.

Je lui souris, reconnaissant, et fais glisser l'argent sur le comptoir vers Ashraf.

Il souffle lentement de l'air entre ses lèvres pincées, prend la pièce comme si elle avait le sida, et dépose ma monnaie sur le comptoir. Je la regarde, puis la femme.

– Garde-la, me lance-t-elle. Allez, prends-la. Comment se porte ta maman ?

Elle est violente. Elle pleure. Elle boit. Elle est en manque. J'ai les larmes aux yeux. Elle est beaucoup trop gentille, et je ne suis pas habitué à cela.

– Ça va, dis-je. Ça va.

– Transmets-lui toutes mes amitiés. Dis-lui que Sue, de la laverie automatique, pense bien à elle.

Je hoche la tête, puis empoche les pièces et fais une sortie rapide, mes affaires dans un sac en plastique fin. J'ouvre le Coca devant le magasin, il est froid, sucré et gazeux, avec ce côté piquant que l'on sent dès la première gorgée. Je le descends avidement en traversant le terrain de jeux, les bulles montent dans mon nez, et un autre souvenir surgit du brouillard dans ma tête.

Je lui passe la cannette, et elle en boit un bon coup, puis me la rend en riant, et en agitant la main devant son visage.

« Tu vas bien ?

– Oui, c'est monté dans mes narines ! Ça m'apprendra à boire aussi vite. »

Je porte la cannette à mes lèvres, avale bruyamment le liquide qui s'est amassé sur le dessus, conscient que ma bouche touche le gloss qu'elle y a laissé.

Elle étire les jambes devant elle, s'assied confortablement sur le banc, puis met ses mains derrière sa tête. Le soleil est vif sur notre figure et elle ferme les yeux.

« C'est agréable », observe-t-elle.

Je ne ferme pas les yeux. Je sirote le Coca et regarde le visage de Neisha, son magnifique visage au soleil.

Le terrain de jeux s'emplit d'enfants – des petits dans l'aire de jeux, des plus grands en uniforme qui traînent autour de l'abri ou qui balancent quelqu'un sur un pneu dans un arbre. Ils se déversent sur le carré d'herbe et de boue d'un seul côté, et il faut une minute pour que cela fasse tilt : ils sortent tous de l'école.

École. Maman n'en a pas parlé, et j'ai simplement tout oublié. Ça ne me semble pas, je ne sais pas, important. On ne va tout de même pas croire que je vais m'asseoir en classe pour écouter les cours alors que mon frère vient de mourir, n'est-ce pas ? J'ai quinze ans. Je ne me souviens même pas de mes camarades. Si tant est que j'en aie eu. Si ça se trouve, je ne serai plus obligé de retourner en cours.

Je m'adosse contre un arbre et finis mon Coca. Il y a comme une lourdeur derrière mes yeux, une sorte de pression, et je me rends compte que je suis à deux doigts de me remettre à pleurer.

Je regarde le terrain de jeux devant moi, traîne mes baskets dans la terre, puis jette ma cannette vide en direction de la poubelle. Loupé. Je la laisse par terre, tourne les talons et repars en direction de l'appartement, les yeux rivés au sol.

– Tu ne comptes pas la ramasser ?

Je lève les yeux. Une femme en uniforme s'approche de moi. Elle est jeune, plus que ma mère, peut-être, l'air robuste, des cheveux poil-de-carotte frisés qui essaient de s'échapper de sous sa casquette.

– Je vais la ramasser, dit-elle. Pour cette fois. (Elle se penche, prends la cannette et la jette à la poubelle, puis s'approche de moi.) Comment ça va, Carl ? Je suis étonnée de te voir dehors. Tu n'es rentré chez toi qu'hier, n'est-ce pas ?

Elle a l'air de tout savoir sur moi, mais, moi, je ne sais rien d'elle. Du moins, je ne crois pas. Je repense brusquement à la cannette dans ma poche intérieure, aux clopes, au couteau, au téléphone, aux photos. Oh non ! Je croise les bras sur ma poitrine.

– Ça va, dis-je en évitant son regard.

– J'ai appelé tout à l'heure, mais personne n'a répondu, poursuit-elle. Nous devons te parler de ce qui s'est passé mardi. Je sais que tu en as discuté avec quelqu'un à l'hôpital, mais c'est important. Nous devons revenir dessus. Tu rentres chez toi, là ?

– Oui, mais je ne sais pas…

Si la maison est encore vide. Où est partie maman. Si elle reviendra même un jour.

– C'est bon, je vais l'appeler. Voir si je peux passer. Il faudrait que ce soit aujourd'hui, vraiment. Le plus tôt sera le mieux.

Elle dit cela gentiment, mais des alarmes se déclenchent dans ma tête. Que veut-elle ? Je n'ai rien à lui dire. Tous les trucs dont je me souviens, ce n'est pas le genre de chose que l'on confierait à un flic.

– Oui, d'accord… dis-je d'un ton vague, et je m'en vais sans me presser.

– Je suis désolée pour Rob, reprend-elle. (Je m'arrête et fixe le sol.) Nous avons eu des hauts et des bas, mais j'ai été vraiment désolée d'apprendre ce qui s'est passé. Quelle tragédie !

J'opine plus ou moins et me remets en route. Faut que je me tire d'ici.

– Je te vois plus tard, d'accord ?

– Oui, d'accord, dis-je.

Je me mets à courir vers l'appartement, mais je dois

m'arrêter. Je me sens presque mal, désagréablement rempli. Sprint et Coca ne font pas bon ménage.

L'appartement est encore vide. Je respire par à-coups, comme on me l'a montré à l'hôpital, essaie de tout chasser de ma tête – maman, Rob, la police, Neisha. Mon Dieu, Neisha, je meurs d'envie de sortir le portable, de regarder les photos, mais mon estomac se remet à gargouiller et je me rends compte que je ne me souviens pas de la dernière fois où j'ai avalé quelque chose. Je pense à cela plutôt qu'à la panique qui monte en moi. Et qui risque de déclencher une tempête. Je mets deux tranches de pain dans le grille-pain et appuie sur la manette qui descend, mais rien ne se passe. Elle remonte. Il n'y a pas de chaleur ni rien. OK, je vais le faire au grill. C'est tout électrique, donc je n'ai qu'à trouver le bon bouton et le tourner. Ça ne doit pas être bien difficile, si ? Je l'allume – quatre tranches alignées, maintenant bien alignées – et je porte mon attention sur les haricots. Je sors une casserole du placard, la flanque bruyamment sur la cuisinière, allume la plaque et vide l'une des boîtes dedans.

J'entre dans le séjour d'un pas nonchalant, et allume la télé pour ne pas penser à la policière. C'est une espèce d'émission de cuisine. Je regarde le type à l'écran hacher un tas de légumes, puis les frire. Il avait déjà mis de la viande qui grésillait dans la casserole. Il la remue, ajoute d'autres trucs et verse de la sauce dessus. Pour être honnête, ça a l'air plutôt bon. Je n'arrive pas à m'arracher au spectacle. Je parviens presque à sentir les odeurs, et la douleur dans mon estomac est vraiment réelle à présent, elle me poignarde de l'intérieur. Il verse le tout dans une grande assiette blanche et se penche au-dessus pour humer sa création.

Je la hume avec lui, m'attends à de la viande et à de l'oignon et je ne sais quoi d'autre. À la place, j'ai de la fumée amère et étouffante au fond de la gorge. Merde ! Je retourne dans la cuisine d'un bond, de la fumée grise s'échappe en volutes du grill. Je le saisis vivement. Il me brûle les doigts quand je le tire d'un coup sec et le fais tomber par terre, sur le tas de fleurs qui se fanent. Leur emballage plastique siffle et se ratatine sous la chaleur. Les tartines sont noires, et les haricots ont presque disparu dans la casserole. C'est quoi, mon problème, au juste ? Je voulais juste manger. J'ai tellement faim ! Les larmes qui menaçaient de sortir un peu plus tôt sont de retour.

Pourquoi maman n'est-elle pas là pour faire ça ? Pourquoi ne m'a-t-elle pas appris ? Où est-elle ?

Je me plante au milieu de la cuisine, les mains pendillant sur les côtés, et pleure comme un bébé.

– Carl ?

Elle est là, sur le pas de la porte. Elle regarde le désordre.

– Que se passe-t-il ici ? Veux-tu bien me dire ce qui se passe ?

7

– J'avais faim, maman, il n'y a rien à manger et tu n'étais pas là. Que suis-je censé faire ? (Ma voix monte à mesure que je fulmine.) Où étais-tu passée ? Où étais-tu, maman ?

Elle ne dit rien, ne fait rien. Elle se contente de rester plantée sur place, et je constate alors qu'elle porte un sac de courses dans chaque main. Des sacs Tesco bleu et blanc, pleins à craquer. Son visage est plus mince que jamais, les rides plus profondes. Ses cheveux sont ternes et gras. Elle les a attachés, mais certains se sont échappés. Elle a trente-quatre ans, mais en paraît cinquante.

– Où étais-tu passée ? demandé-je de nouveau.

J'ai mal à la gorge à force de crier.

– Je suis allée me renseigner pour les funérailles.

J'ai l'impression que tout mon monde s'effondre. Les funérailles. J'avais oublié qu'il devait y en avoir.

J'enjambe le grill, évite les plastiques des fleurs, dépose ses sacs de courses sur la table. Sur la plaque, la casserole fait un bruit horrible. J'éteins la plaque et ouvre une fenêtre.

Maman reste plantée sur place, l'air perdue dans sa propre cuisine.

– Tu t'assieds ? proposé-je. (Elle se dirige vers la table d'un pas chancelant, et s'installe lentement sur une chaise.) Tu veux boire quelque chose ?

Elle opine et j'attrape la bouilloire. Je me tourne vers l'évier et m'arrête, brusquement nerveux à l'idée de mettre le robinet en marche. C'est idiot, mais c'est plus fort que moi.

– Non, dit maman, une vraie boisson.

Elle claque des doigts en direction du frigo. En soupirant, je repose la bouilloire sur le plan de travail, sors une cannette du frigo, la pose sur la table devant elle. Elle la serre précieusement dans ses deux mains sans rien faire d'autre. Je me penche et l'ouvre d'un coup.

– Tiens, dit-elle en sirotant une gorgée. J'ai pris des tas de brochures et de prospectus. Regarde. (Elle fouille dans son sac et me donne plein de papiers.) « Quand un enfant meurt », « Vos aides dans le deuil », « Guide pratique du cimetière de Hayfield », « Les enfants et les funérailles ».

Je me mets à en lire un, mais cela me rend malade. Je le repousse vers l'autre côté de la table.

– As-tu décidé ce qui va se passer, ensuite ?

Elle sait ce que je demande, mais elle ne répond pas immédiatement. Elle fait la moue et suçote l'intérieur de sa bouche. Je crois qu'elle va se mettre à pleurer, mais non. Au bout d'un moment, elle dit :

– Il sera incinéré et nous garderons les cendres ici. Ce n'est pas bien qu'il soit enterré. Nous le ramènerons à la maison.

– Incinéré ?

Brûlé. Ça n'est pas possible. C'est tellement… tellement… définitif.

– Oui, ça te va ? Je ne savais pas quoi faire d'autre, Carl. Je devais prendre une décision. Mais nous pouvons changer d'avis, si cela ne te rend pas heureux.

– Heureux.

Ce mot est comme de la cendre dans ma bouche.

– Ce n'est pas ce que je voulais dire, ajoute-t-elle rapidement. Je ne voulais pas dire cela… Je…

Ses yeux s'emplissent de larmes.

– C'est bon, fais-je, essayant d'éviter que cela ne recommence. C'est bon. Ce que tu as dit, c'est bon. C'est ce que nous ferons.

– D'accord. Ce sera mardi prochain. Les funérailles.

Sa main repose sur la brochure. Elle caresse doucement le papier.

– Si tu savais ce que ça coûte ! La dame des pompes funèbres a expliqué que c'était demi-tarif pour Rob, car il n'a que dix-sept ans, il n'avait que dix-sept ans… C'est gratuit si tu as moins de cinq ans.

Il n'y a rien à dire à cela. Je laisse planer cela dans le vide un moment. C'est encore en suspens lorsqu'un téléphone se met à sonner. Maman a l'air paniquée.

– C'est le tien, maman, dis-je. Il est dans ton sac ?

– Qui est-ce ? fait-elle, comme si je le savais.

– C'est ton téléphone, maman.

– Prends-le. Je… je ne peux pas.

Elle fouille dans son sac, et me tend le portable. « Numéro inconnu. » J'appuie sur le bouton vert pour prendre l'appel.

C'est la policière que j'ai croisée tout à l'heure. J'ai le ventre en coton.

Son nom est « agent Sally Underwood ». Elle demande à parler à maman, mais celle-ci fait non de la tête.

– Je suis désolé, elle ne peut pas vous répondre pour l'instant.

– Mais elle est là ? À la maison ?

– Oui.

– Je peux passer avec un collègue, dans un quart d'heure environ ?

– Oui, dis-je, même si je n'ai pas envie qu'elle vienne, et que j'ignore si maman sera d'accord. J'ai juste le pressentiment que répondre « non » serait encore pire.

Elle raccroche.

– Qui c'était ? demande maman.

– Les flics.

Je peux voir sa mâchoire sous sa peau, quand elle serre les dents.

– Ils veulent passer. M'interroger. J'en ai vu un, tout à l'heure.

Elle baisse les yeux sur la table. Elle froisse une brochure sur le deuil dans sa main, mais je ne crois pas qu'elle sache même ce qu'elle fait.

– Qu'est-ce qui ne va pas, maman ? Pourquoi tu n'as pas voulu répondre ?

– C'est comme cela qu'on me l'a annoncé, explique-t-elle d'un ton calme. La police a appelé pour me dire que Rob avait... des problèmes. J'étais encore au téléphone lorsque quelqu'un est entré en courant dans le pub et a dit qu'il était mort. Et que tu étais en route pour l'hôpital.

– Je suis désolé, je suis désolé, maman.

Et me voilà en train de dire que je suis désolé pour des choses qui ne sont pas de ma faute, comme à la policière, tout à l'heure.

Un quart d'heure. Cette femme arrive dans un quart d'heure. Je regarde le sol – le grill, les bouts de tartines noirs, les fleurs et le plastique. Je pense aux cannettes éparpillées autour du canapé. Je ne peux pas laisser la police voir l'appartement dans un tel état.

– Écoute, dis-je, elle va bientôt arriver. Rangeons un peu.

Je glisse le grill dans son emplacement. Je jette les tartines brûlées à la poubelle et commence à ramasser les fleurs.

– Maman, et si tu récupérais les cannettes dans le salon, et moi je m'occupe du sol de la cuisine ? Avec quoi je le nettoie ?

– Sous l'évier, répond-elle, mais elle n'a pas l'air de vouloir bouger de sa chaise.

Dans le placard, sous l'évier, il y a un seau en plastique, un torchon posé sur le côté et une bouteille de Flash.

Je pose le seau dans l'évier et y verse du produit d'entretien. Puis je tourne les deux robinets. L'eau coule en cascade. Une couche de mousse se forme, monte à l'intérieur du seau. À cette vue, la peur recommence à monter en moi. *Mince alors, ce n'est que de l'eau ! Ressaisis-toi !*

Je file dans le séjour où je ramasse les cannettes vides. Quand je reviens, le seau est presque rempli. Je jette les cannettes à la poubelle et ferme le robinet. Maman est toujours assise à la table.

– Maman, s'il te plaît…

Elle me regarde déposer le seau par terre. Je plonge le torchon dans l'eau savonneuse. Elle est glacée. Je l'essore, et un hurlement ébranle ma tête. Il est tellement fort que c'en est douloureux, comme si l'on enfonçait une aiguille à tricoter dans mon oreille et la faisait ressortir par l'autre.

Je lève la tête d'un coup. Le hurlement s'est arrêté, mais je suis perdu, désorienté.

Je pousse le seau vers l'avant, et l'eau passe par-dessus. Une flaque s'étale tout autour. Je me penche, m'étends pour l'éponger, mais je ressens brusquement une sensation de pression dans la gorge. Je déglutis, mais quelque chose surgit à l'intérieur et ma bouche est pleine d'un liquide froid et infect. Je me relève non sans mal, et crache dans l'évier de la cuisine. Quand le truc sort de ma bouche, je sens quelque chose de rassis, de croupissant, de boueux et de visqueux.

– Bon sang ! craché-je.

Je suffoque.

– Que… ? fait maman, enfin debout.

Elle regarde fixement la flaque qui se rassemble autour du trou d'écoulement – un liquide marron, émaillé de mucus – puis elle tourne le robinet pour la faire partir.

– Rince-toi la bouche, ordonne-t-elle.

Son ton est dur, mais elle plaque la main entre mes omoplates et la fait monter puis redescendre délicatement, et je me souviens d'autres fois comme celle-ci. La tête au-dessus des toilettes, en train de dégueuler mes intestins, et une main réconfortante dans mon dos. Celle de Rob, pas la sienne.

Je passe la tête sous le robinet, aspire l'eau propre, gonfle les joues et la fais passer de l'une à l'autre avant de cracher.

Je viens te chercher, Cee.

C'est la voix, celle que j'ai déjà entendue. Elle est juste à côté de moi. Je me redresse.

– As-tu entendu ? demandé-je à maman.

– Quoi ?

– Cette voix.

Elle a le regard vide.

– Je n'entends rien, à part le robinet qui goutte, et toi qui craches. As-tu terminé ?

Il reste des trucs rassis dans ma bouche, coincés dans les petits trous à la base de mes dents.

– Presque.

Je passe de nouveau la tête sous l'eau.

M'entends-tu, petit frère ?

Je regarde l'eau qui coule en cascade du robinet, en direction de mon visage, et j'aperçois quelque chose. Quelque chose d'immobile au milieu de l'eau déchaînée. Il est si près, mais je n'arrive pas à mettre le doigt dessus. Il me met mal à l'aise, mais en même temps il m'attire.

On sonne à la porte, et je me secoue. Je me lève et coupe le robinet. Maman, les yeux remplis d'incertitude, semble paralysée.

– J'y vais, dis-je, essuyant mon visage sur un torchon, tout en me rendant dans l'entrée.

L'interrogatoire n'est pas un succès. Mes souvenirs sont si flous, et rien dans ma tête ne se tient. Je n'arrive même pas à répondre aux questions faciles.

– Que faisiez-vous au lac ?

– Je ne sais pas.

– Qu'avez-vous fait avant d'aller au lac ? Parle-moi de la journée.

– Je ne me souviens pas.

– Que s'est-il passé quand vous étiez dans l'eau ?

– Je ne sais pas. Je me souviens juste qu'il pleuvait, qu'il tombait des cordes, et qu'il y a eu le tonnerre et des éclairs.

– Quand les urgences vous ont trouvés, tu portais ton uniforme d'école, mais Rob n'était qu'en slip. Pourquoi nageais-tu tout habillé, Carl ?

– Je ne sais pas. Je suis désolé. Je ne me rappelle vraiment pas.

– Carl, il faut que je te pose cette question. Il y avait des bleus et des griffures sur Rob… sur lui. Sais-tu comment ils sont arrivés là ?

Mes doigts touchent le côté de sa tête. Il recule, puis m'attaque de nouveau. Je donne des coups de poing, de pied. Mais l'eau ralentit mes bras et mes jambes, les rend lourds, et j'ai froid, si froid. Elle me vide de tout mon pouvoir. Je fléchis les pieds pour essayer de lui donner un coup de talon, et j'y arrive. Il crie et hurle. Et il me rend coup pour coup.

– Non, je ne sais pas.

Je sens mes paumes commencer à transpirer. Si ces souvenirs sont réels, alors c'est moi qui ai fait les marques d'ongles et les bleus.

Maman est assise au bord de son siège. Ses mains sont serrées entre ses jambes, dos arrondi, épaules voûtées. On dirait qu'elle est dans la salle d'attente d'un dentiste, pas dans son séjour.

– Les garçons se battent tout le temps, non ? dit-elle à présent. C'est ce qu'ils font, non ?

L'agent Underwood fronce les sourcils, mais c'est l'autre qui se penche sur sa chaise et demande :

– Quand les avez-vous vus se battre pour la dernière fois, Kerry ?

Bon sang, où veut-il en venir ? Pense-t-il que j'ai quelque chose à voir avec cela ? Sait-il ?

Maman regarde ses mains.

– Ils se bagarraient tout le temps, répond-elle. Je ne sais pas.

– Se battaient-ils chez vous ? Le matin ? En début d'après-midi ?

– Je ne sais pas. Je me suis levée tard, ce matin-là. Et quand je me suis levée…

– Quand vous vous êtes levée ?

Il y a une pause. Il croit clairement qu'il a trouvé quelque chose.

– … Je suis allée au pub.

Maman se retire dans sa coquille, tête baissée, épaules près des oreilles. J'essaie de rester calme.

Le flic prend des notes dans son carnet. L'agent Underwood jette un coup d'œil sur une cannette sous la table basse, une que j'ai dû louper lorsque je les ai ramassées. Mince. Je déteste cela, que des gens comme ça viennent ici. Regardent. Jugent.

Underwood se tourne de nouveau vers moi.

– Tu ne te souviens de rien d'autre, Carl ?

– Il y avait une fille là-bas.

– Neisha Gupta, dit-elle.

– La copine de Rob, murmure maman. Oh ! non, je l'ai complètement oubliée !

Sa copine.

Qui prend la pose devant l'objectif. La bretelle qui glisse sur son épaule. Arrête ! Bon sang, arrête !

– Nous l'avons déjà interrogée. Elle est… elle est très… secouée.

– J'imagine, la pauvre chérie. Qu'a-t-elle dit ? Que s'est-il passé ?

– Elle n'a pas voulu en parler. Manifestement, c'était très douloureux pour elle. Mais elle nous a assuré qu'ils nageaient tous les trois, qu'ils faisaient les fous, que tout allait bien jusqu'à ce que le temps change. Puis, il pleuvait tellement qu'ils ne voyaient plus rien, ils ont été séparés, et quand Carl et elle se sont retrouvés, ils se sont aperçus que Rob n'était pas avec eux.

Tout allait bien pour nous, jusqu'à ce que le temps change… faisions les fous… Elle ment. Je le frappais, n'est-ce pas ? Pourquoi a-t-elle menti à la police ?

– Te souviens-tu de cela, Carl ? me demande maman. T'en souviens-tu ?

– De la pluie, c'est tout.

Je ne vais sûrement rien ajouter, tant que je n'ai pas de souvenirs précis de ce qui est arrivé. De tout ce qui est arrivé.

– Tu devrais lui parler. Cela pourrait t'aider, suggère Underwood.

Son collègue et elle s'apprêtent à partir. Maman demande ce qui va se passer maintenant, et elle lui répond qu'il y aura une enquête, des analyses pour savoir comment il est mort. Le coroner, en charge de tout, a confié le corps de Rob à l'entrepreneur des pompes funèbres, pour que les funérailles puissent avoir lieu, et peu après, ce sera l'enquête. Elle me regarde d'un drôle d'air, comme pour me signifier qu'elle sait que je ne lui dis pas tout, et me demande de la contacter si je me souviens d'autre chose, puis ils s'en vont.

Lorsque la porte se ferme derrière eux, je suis brusquement très fatigué. Maman se rassied sur le canapé, ferme les yeux et laisse échapper un profond soupir. J'essaie de faire pareil. J'ai le sentiment puissant d'avoir besoin de dormir, comme si le fauteuil tirait sur mes bras et mes jambes, mes paupières, les rendait lourds. Mais quand je ferme les yeux, je vois le visage dans l'évier qui me fixe. Je réentends la voix : *J'arrive, Cee.*

J'ouvre les yeux et m'assieds bien droit. Je dois raconter à quelqu'un ce dont je me souviens. M'en libérer. Cela me bouffe.

– Maman, tu es réveillée ?

Elle s'agite légèrement et ses yeux s'entrouvrent en tremblotant.

– Un peu, dit-elle.

– Maman, ça y est, je me souviens d'autre chose.

Elle ouvre les yeux pour de bon cette fois, se penche.

– Vraiment ?

– Oui, pas grand-chose, mais nous nous battions. Dans le lac. Rob et moi, nous nous battions.

Elle fronce les sourcils.

– Pourquoi vous vous battiez ?

– Je ne sais pas, je ne m'en souviens pas.

Elle laisse échapper un autre grand soupir et lève les yeux au plafond.

– Toujours en train de vous battre, je ne sais pas combien de fois j'ai dû vous le répéter.

– Maman… et si… et si… (Je n'arrive pas à le dire.) Et si…

Elle comprend ce que j'essaie de faire sortir et n'a pas plus envie de l'entendre, que moi de le dire. Elle porte son index à ses lèvres.

– Ne le dis pas, ne le dis pas. C'était un accident. C'est tout. Un accident.

– Je peux l'entendre, maman, je peux le voir.

J'en suis presque certain. Ça ne veut rien dire, mais c'est vrai, c'est vrai. La silhouette sous la pluie, le visage dans l'évier et la voix dans ma tête. Ce sont les siens. Ceux de Rob.

Elle se lève du canapé et se juche sur l'accoudoir de mon fauteuil, passe son bras autour de mes épaules.

– Bien sûr que tu peux, dit-elle. C'est normal. Tu as vécu des tas de choses, Carl. Tu souffres. Cela prendra du temps.

– Le vois-tu, toi aussi ?

– Partout, dit-elle. Il est partout, non ? Surtout ici. Je n'arrête pas de croire qu'il va passer cette porte…

Elle soupire et me serre affectueusement l'épaule. Et je veux croire que c'est pareil pour nous deux – une étape normale du deuil. Mais de l'autre côté du couloir, j'entends un bruit dans la cuisine. Le *plip, plip, plip* d'un robinet qui coule sur le métal de l'évier. Et ça me rend malade.

8

Dans ma chambre, je sors le téléphone de Rob de la poche de ma veste et compose le numéro de Neisha. Nous étions là-bas au lac, tous les trois – Rob, Neisha et moi. Je dois découvrir ce qu'elle sait. Il faut qu'elle remplisse les vides.

Au bout de six sonneries, quelqu'un répond.

– Allô ?

Une voix de fille. C'est elle. Neisha. Je ne sais pas pourquoi, mais je ne m'attendais pas qu'elle décroche. Je n'ai pas réfléchi à ce que j'allais dire.

– Euh… allô ?

J'ai du mal à parler.

– Allô ? Allô ? Qui est à l'appareil ? demande-t-elle, la voix tremblante.

– C'est Neisha ? Neisha Gupta ?

– Oui, c'est Neisha. Qui est à l'appareil ?

– C'est moi, Carl.

– Carl ?

– Il faut que je te parle. Il faut que…

Elle a coupé. Elle est partie.

Je rappelle. Cette fois, cela sonne pendant une éternité, puis un répondeur prend le relais. « Salut, c'est Neisha, je ne peux pas vous répondre pour le moment, alors laissez un message après le bip et je vous rappellerai. »

Elle termine par un baiser, et voilà que je pense à ses lèvres, à sa moue sur la photo. Je pense à ses épaules nues, à…

Le téléphone bipe dans mon oreille et, surpris, je me mets à radoter.

– Neisha, c'est moi, Carl. Il faut vraiment que je te parle. J'ai tellement de questions. Je ne me souviens de rien. Je n'arrive pas à me rappeler ce qui s'est passé. Tu étais là. Tu es la seule personne qui puisse…

Il y a comme des tâtonnements et la revoilà, elle m'interrompt.

– Je n'ai rien à te dire. Fiche-moi la paix, Carl ! Fiche-moi la paix !

Puis un blanc, de nouveau. Juste mon souffle et la friture.

Elle ne veut pas entendre parler de moi, ça, au moins, c'est évident. Mais pourquoi ? Que lui ai-je fait ? Elle était assise à côté de moi dans le parc, détendue et heureuse au soleil. Que s'est-il passé ? Qu'est-ce qui a changé ?

Le doute qui me harcelait se transforme en autre chose de plus solide. Je me souviens m'être battu avec Rob dans l'eau. J'ai survécu. Pas lui.

L'ai-je tué ?

Ai-je tué mon frère ?

Est-ce pour cela que Neisha me déteste ? Est-ce pour cela qu'elle a si peur ?

Mais ce n'est pas ce qu'elle a déclaré à la police. Elle leur a dit qu'elle ne savait pas comment il était mort, juste que nous faisions les fous. Je ne comprends pas.

Il faut que je la voie. Si c'est ce que je suis – un

assassin – il faut que je sache ce qui s'est passé. Ce qui m'a fait devenir comme ça.

Je vais chercher l'annuaire dans le séjour. Mes doigts tremblent quand je tourne les pages. Il n'y a qu'un seul Gupta, avec une adresse à Kingsleigh, 8, River Terrace. Je la trouve sur le plan de la ville. Elle est située à mi-chemin entre la résidence et l'usine, près de l'endroit où le pont routier traverse la rivière. Je prépare un itinéraire dans ma tête, et ce faisant, j'arrive à le voir, à voir les chemins, les allées et les routes. J'y suis déjà allé – et maintenant, je me souviens. Suivre Rob, attendre sur la route, observer la maison, les silhouettes à la fenêtre… et la jalousie brûlante qui couve en moi.

– C'est vrai, ce qu'on raconte sur les Asiatiques, petit frère. Elles connaissent des tas de trucs. Oh, que oui ! Logique. C'est bien de là que vient le *Kāma Sūtra*, non ?

Un souvenir du visage de Neisha – ses yeux noisette foncé, ses lèvres pleines – me revient. D'un seul coup, je sais qu'il y a eu un moment où j'ai été incapable de me l'ôter de la tête. Elle était là, quand je descendais la bière. Là quand je montais l'escalier, là quand je m'allongeais sur mon lit, défaisais ma fermeture Éclair et passais la main dans mon pantalon.

Les sensations sont toutes là en moi. Il m'a fichu dehors. Il n'avait plus besoin de moi. Et j'étais jaloux de lui, et cela lui plaisait. Il me narguait. Et je la désirais, et cela ne se réaliserait jamais. Parce qu'il était là.

Il était toujours là. Plus âgé, plus grand, plus dur.

Derrière moi, le robinet qui goutte dans la salle de bains fait se dresser les poils dans ma nuque.

C'est idiot. Ce n'est que de l'eau, bon sang !

Je me lève d'un bond et entre dans la salle d'eau à

grandes enjambées. Je serre très fort le robinet, jusqu'à ne pouvoir aller plus loin.

– Arrête, d'accord ? Ar-rê-te ! dis-je haut et fort.

– Ça va, là-haut ? me crie maman depuis le séjour.

– Oui, oui, ça va. Je sors faire un tour.

Je descends l'escalier. Elle attend dans le hall.

– Où vas-tu ?

– Dehors. Prendre l'air.

– Reste là, Carl. Il va bientôt faire nuit.

Dans une main, elle tient une cannette. Elle porte l'autre à sa bouche et ronge le bord de son ongle. La peau est rouge et irritée. Elle lève les yeux sur moi, et je comprends avec un pincement au cœur qu'elle ne veut pas rester seule.

– Je n'en ai pas pour longtemps, maman. Il faut juste que je voie quelqu'un.

Elle hausse les épaules.

– Je reviens vite, promis.

J'ouvre la porte d'entrée, mets ma capuche et descends le long de la route, m'éloignant du terrain de jeux. Je garde les yeux baissés. J'ai juste besoin de voir assez loin pour éviter les crottes de chien et les flaques. Ma capuche étouffe les bruits de la résidence, et quand je me faufile dans la ruelle, je n'entends plus que mon propre souffle et mon cœur qui bat fort.

Je ne vois pas arriver les trois types complètement bourrés sur mon chemin, jusqu'à ce qu'il soit trop tard. Jusqu'à ce que je me retrouve nez à nez avec eux.

Ils sont plus âgés et plus trapus que moi, portent des survêtements tout neufs et des Nike. Côte à côte, les bras croisés, bien campés sur la route, ils me bloquent le passage.

Je ne les reconnais pas, mais à l'évidence, eux, si. Et ils ne m'aiment pas.

La ruelle étroite est bordée de hautes clôtures en bois. Il y a juste la place pour laisser passer deux personnes de front sans se prendre dans le fouillis d'orties, de ronces et d'ordures qui l'entoure de chaque côté. Je n'ai aucune chance.

Je regarde derrière moi, mais c'est ma deuxième erreur. J'aurais dû leur rentrer aussitôt dedans avec mes poings, ou partir en courant, dans l'autre sens, le plus vite possible. Je me retrouve poussé sur le côté, coincé dans un buisson piquant. Des épines tranchantes comme des rasoirs déchirent mes vêtements et ma peau. Ils m'empêchent de respirer et je cherche mon souffle. Je panique.

L'un d'eux, un type affreux au crâne à moitié rasé, appuie de plus en plus fort sur ma poitrine.

– Tout seul ? Ha ! ha ! question idiote ! Y en a au moins un de vous deux qui est mort, ça nous fait deux fois moins de problèmes !

Je crois que je pourrais bien lui donner un coup de pied dans les testicules, le neutraliser, mais il y a les deux autres. Trois contre un, ça ne finit jamais bien.

La pluie se remet à tomber, et une nouvelle vague de panique m'envahit, ma réaction désormais automatique à l'eau.

Un autre coup dans ma poitrine, et je grommelle lorsque mon dos heurte la clôture derrière moi. Crâne rasé renifle fort, tourne la tête à gauche et à droite.

– Ça pue par ici, lance-t-il. Combien de fois il faut que je te répète de ne pas venir polluer mon territoire, pauvre con ? Je t'ai dit que je te tuerais, si je te revoyais ici ?

Il lève la main vers moi, et je sens quelque chose de froid dans mon cou, une lame aiguisée qui s'enfonce. Merde, il a un couteau. Bien sûr, j'en ai un, moi aussi, mais si je le sors, il y aura un blessé. Ce pourrait être un bain de sang. J'espère toujours que je peux m'en tirer par un coup de bluff.

Derrière lui, quelque chose semble se cristalliser dans la bruine. Quelque chose de pâle, puis de chatoyant. Cela me distrait, mais je dois me concentrer, la jouer intelligente si je veux sortir d'ici en un seul morceau.

– Écoute, haleté-je, je ne veux pas de problèmes. Laisse-moi partir, d'accord ?

– Tu aurais dû y penser avant de mettre tes pieds qui puent sur mon territoire !

– Je suis désolé. J'ai été assommé dans le lac, je suis sorti hier seulement de l'hôpital, je ne sais même pas qui tu es.

La pluie tombe de plus en plus fort et la chose derrière lui prend forme. Un visage aux yeux foncés, foncés. Des trous noirs, une petite tache sombre en guise de bouche. Même avec un couteau sur le cou, je ne peux m'empêcher de l'observer, la regarder se former peu à peu.

Le visage – déformé, flou, étrange – est son visage sur la photo de classe. Le visage sur la première page.

Rob. Mon frère. Il n'est pas mort, après tout. Il est là…

– Tu n'écoutes même pas, petit connard !

D'un seul coup, la pression sur mon cou est relâchée et je crois qu'il s'en va, qu'il a vu ce que je peux voir, mais une seconde plus tard, je me rends compte qu'il s'est juste reculé pour laisser son pote faire le sale boulot. Le premier coup de poing dans mon ventre me fait me plier en deux, et j'en prends un autre dans la nuque. Je heurte le sol, complètement impuissant. Je m'érafle la joue sur le gravier mouillé, alors qu'ils m'attaquent avec leurs pieds. Mon corps se contracte à chaque coup, porté dans mon ventre, mon dos, mon cou, ma tête. J'essaie de me défendre, mais je ne peux pas me protéger. Tout ce que je peux faire, c'est espérer qu'ils ne me plantent pas avec le couteau. Je ferme les yeux et me recroqueville en boule, le plus possible, jusqu'à ce qu'ils arrêtent.

Je ne sais pas s'ils estiment que j'en ai eu assez ou s'ils se sont simplement lassés, mais les coups finissent par cesser. Je les entends s'éloigner, leurs pas s'évanouissent, puis disparaissent. Je reste recroquevillé un moment sur le sol mouillé, avec la pluie qui tombe sur un côté de ma tête et qui commence à s'infiltrer à travers mes vêtements. Le sang coule de ma bouche, goutte à goutte. J'ai l'impression d'être une poubelle que l'on a jetée. Quelque chose que l'on a abandonné. Quelque chose en trop. Quelque chose que l'on va piétiner.

J'ai froid et je suis trempé. Très froid, comme si j'étais allongé dans la neige épaisse, et pas sur un chemin détrempé.

Cee, Cee, tu m'entends, salopard ?

Ce n'est pas la bande. Il n'y a qu'une personne qui m'appelle Cee. Et à présent, je peux la sentir, respirer l'odeur piquante et fétide du lac boueux.

Tu m'entends ?

J'ouvre un peu les yeux pour voir au moins au travers d'une fente étroite, et il se tient là, à un demi-mètre.

Visage blanc maculé de boue. Son visage tel qu'il a été enfermé dans le sac. Mes yeux s'ouvrent grands. Ma respiration est rapide, peu profonde.

Je referme les yeux. Je ne vois pas cela. Ce n'est pas réel. Ce sont les coups que j'ai pris qui fichent le bazar dans ma tête.

« Partout, il est partout, n'est-ce pas ? » C'est ce que maman a dit. Elle le voit, elle aussi, dans sa tête. Il faut que je m'en souvienne. Je dois être commotionné, comme après le lac. Confus. Je vais bientôt me réveiller, et il aura disparu.

Je rouvre les yeux. Il est étendu par terre à côté de moi, vêtu seulement de son boxer. Alors qu'il est allongé, essoufflé, je peux voir ses côtes se soulever sous sa peau, aussi bien que la haie de feuilles et de tiges foncées derrière lui. Merde ! Je peux voir à travers lui !

Il produit une espèce de gargouillis, un grincement mouillé quand il remue la bouche et que de l'eau en sort.

Tu me dois ça, petit frère, dit-il.

Ma tête me prie de ne pas le croire. De ne pas écouter mes propres sens.

Mon cœur bat vite et fort.

Mon pauvre ventre martelé de coups de poing, de pied, meurtri et battu, se tord en moi.

Ça ne passe pas. Mon frère est mort. Mon frère est mort.

Je tends le bras vers lui. Mes doigts traversent son épaule. Il n'y a pas de résistance, il n'y a rien. Mais ce n'est pas tout à fait vrai. Parce que ma main a très, très froid, comme si je la maintenais dans un congélateur.

Je la retire brusquement, dégoûté, horrifié.

– Je ne sais pas ce que j'ai fait, Rob, dis-je lentement. Mais je suis désolé. Je trouverai et je passerai aux aveux. Porterai le chapeau.

Son corps se convulse. Il plie les genoux et avance la tête d'un coup sec. De l'eau jaillit de sa bouche. Son odeur fétide emplit mes narines.

Je me relève, non sans mal. Il est toujours allongé là, se tord et se contorsionne comme un poisson hors de l'eau et à bout de souffle qui a des haut-le-cœur. Il est étendu à mes pieds, en proie à quelque chose de terrible. Il ne représente aucune menace, vraiment pas. Mais je n'ai jamais été aussi terrorisé.

Je ne peux pas le regarder. Je ne peux pas rester ici.

Il bafouille de nouveau : *Tu as fait cela. Tu vas le payer, petit avorton !*

Je me retourne et me mets à courir.

9

Je cours à travers les ruelles et les sentiers mouillés, sous des lampadaires jaunes, traverse la pluie battante, essaie de l'abandonner derrière moi. La créature. Le Rob qui n'est pas Rob.

Mais il reste présent tout au long du chemin.

Il surgit de nulle part devant moi, et d'un seul coup, me voilà en train de courir vers lui, pas de m'enfuir. Je tourne sur la route, accélère. Mais il est partout dans les ténèbres. Oh ! non, oh ! non.

Où vas-tu, Cee ?

Je m'aperçois que mes pieds continuent à m'emmener en direction de chez Neisha. Je meurs d'envie d'y arriver, de m'éloigner de ce cauchemar, mais je ne peux pas accélérer. J'ai encore mal à la cheville pour avoir sauté de l'escalier. Mon ventre et mes côtes me font souffrir après la correction reçue. Je ne peux pas faire entrer assez d'air dans mes poumons. Malgré des montées d'adrénaline, je sens mes forces m'abandonner.

Je traverse le pont au-dessus de la rivière, puis tourne au coin, dans River Terrace. C'est une rue large, bordée d'arbres, des rangées de maisons victoriennes en retrait de la route, chacune agrémentée de son joli jardin. Et il est là, il attend près de la barrière en pierre de Neisha. Je stoppe ma course à une dizaine de mètres.

Il ne dit rien, se contente de me regarder. Que veut-il ? Est-ce que je deviens fou ? Je suis obligé de le doubler pour parvenir à la porte, et cela m'emplit de terreur.

La maison est plongée dans l'obscurité, excepté une lumière qui émane du vitrail de la porte d'entrée et se reflète sur les carreaux polis de la marche du perron. Les rideaux sont ouverts. Peut-être que tout le monde est sorti.

Je me demande comment passer devant Rob, quand il se met à tousser. Il se déforme, de l'eau se déverse de sa bouche et il reste là, la tête flottant au-dessus du trottoir. Réel ou pas, je ne veux pas me rapprocher plus que nécessaire. Je préfère prendre le risque de sauter par-dessus le muret du jardin de devant.

Le sol mouillé glisse sous mes pieds, il pleut encore à verse. Je me poste près de la fenêtre et regarde à l'intérieur. La lumière du couloir éclaire délicatement le salon, projette un doux éclat sur deux gros canapés, des vases et des bibelots sur le manteau d'une cheminée carrelée. C'est à moins d'un kilomètre et demi de chez moi, mais à mille lieues de notre appartement pourri… Que fichait donc Neisha avec Rob ? Pourquoi une fille comme elle accepterait-elle de nous adresser la parole ?

Au début, je crois que la pièce est vide, mais je constate qu'un manteau abandonné sur un canapé a des mains, une tête et des cheveux. C'est Neisha, recroquevillée, les genoux remontés contre son ventre. Son visage repose sur ses mains, ses paumes sont jointes comme si elle récitait une prière. Ses yeux sont fermés, et je me sens mal de la regarder ainsi… mais je ne veux pas m'arrêter. Elle est magnifique.

Même dans son sommeil, elle a l'air perturbée. Son visage se contracte nerveusement. Je m'approche, mon pied glisse sur le parterre de fleurs et je perds l'équilibre. Je tends les mains pour ne pas tomber et elles claquent contre la fenêtre. Je maudis ma maladresse.

Neisha tressaille et se lève d'un bond. Elle flanque une main à sa bouche, essaie de réprimer un hurlement et recule, puis sort de la pièce en courant. Je prends appui sur la vitre pour me redresser et recule au milieu de la pelouse, mes pieds s'enfonçant dans le sol mou et détrempé. Je regarde le devant de la maison, puis vais jusqu'à la porte. Le porche offre une protection contre la pluie. Je m'accroupis et regarde attentivement par la fente de la boîte aux lettres. Elle n'est pas là.

– Neisha ! crié-je. Neisha, parle-moi, s'il te plaît !

Rien.

– Neisha, je ne voulais pas te faire peur ! Ouvre, s'il te plaît, il faut que je te parle !

Je me baisse et regarde de nouveau par l'ouverture de la boîte. Il y a une porte au bout du couloir. La main de Neisha est agrippée à l'encadrement. C'est tout ce que je peux voir d'elle. Juste ses doigts enroulés autour du montant en bois.

Je tourne la tête de côté pour pouvoir observer à travers le trou d'un seul œil et crier. Derrière moi, j'entends le vague bruit de liquide qui tombe sur le trottoir. Le bruit de mon frère mort qui vomit ses tripes. Ce n'est pas réel, me dis-je. C'est juste le martèlement de la pluie… mais je sais que si je me retourne, il sera là, avec des trucs infects qui se déversent de lui.

– Neisha, je sais que tu es là. Viens, s'il te plaît, parle-moi. Tu n'es pas obligée d'ouvrir la porte, si tu ne veux pas.

Force la porte, Cee. Défonce-la.

Sa voix n'est qu'un murmure, mais elle me terrifie. Je ne peux pas regarder autour de moi. Oh, Neisha, s'il te plaît, ouvre ! Fais-moi entrer ! Éloigne-moi du cauchemar qui m'a suivi jusqu'ici. Éloigne-moi de ma propre folie !

Rob grommelle calmement à présent, et chaque bruit intensifie encore la culpabilité qui est en moi. Lui ai-je fait cela ? L'ai-je réellement tué ? Je suis tout retourné, je me sens mal, aussi, comme dans la cuisine. Une pression monte en moi.

Quand j'entends la voix de Neisha, elle est calme mais tremblante.

– Va-t'en, Carl, ou j'appelle la police.

Elle se cache encore. Sa voix désincarnée résonne dans le couloir.

– Non, je veux m'excuser ! crié-je. Je suis tellement, tellement désolé !

– Désolé, ça ne suffit pas, dit-elle. Désolé, ce n'est qu'un mot.

Son ton est extrêmement amer.

– Mais c'est sincère, insisté-je. Je sais que je ne peux pas le faire revenir – même si en ce moment il crache ses boyaux, juste à côté de moi – mais je suis vraiment, vraiment désolé.

– Le faire revenir ?

Elle a l'air brusquement confuse.

– Oui, tu sais…

– Carl, pourquoi es-tu désolé, au juste ?

– Pour Rob. Pour l'avoir tué.

Silence. Puis :

– Tu as tué Rob ?

Ma tête commence à faire la roue. C'est sûrement la raison de sa colère, de sa peur. Le truc dans mon estomac essaie d'en sortir.

– Oui, dis-je, du moins, je crois. Je ne me souviens pas, je ne me souviens de rien.

– Merde.

Je ne comprends pas. Si elle ne croit pas que je l'aie tué, alors pourquoi a-t-elle si peur ? Que se passe-t-il ?

– Pourquoi pensais-tu que je disais que j'étais désolé ?

– Bon sang, Carl !

– Neisha, je ne me souviens pas, honnêtement. Que s'est-il passé ? Pourquoi as-tu raconté aux flics que nous faisions les fous ?

Il y a une longue pause. Sa main agrippe plus fermement l'encadrement de la porte. Je me rends compte que je retiens mon souffle.

– Tu as essayé de me tuer.

Les roues que fait mon cerveau sont si rapides que j'en ai mal au cœur. Tout ce que je pensais savoir est bouleversé, sens dessus dessous, chancèle.

J'ai tué mon frère et j'ai essayé de tuer cette fille ?

– Mais… pourquoi est-ce que j'aurais fait ça ?

– Tu ne te souviens de *rien ?*

– Juste des bribes. Ma bagarre avec Rob dans le lac.

– Toi et ton frère diabolique. Vous étiez de mèche, tous les deux. Maintenant, tu comprends pourquoi je ne veux pas de toi ici ? Je refuse que tu reviennes me voir, Carl ! Jamais.

Je m'écroule, à genoux. Pas étonnant qu'elle ait hurlé quand elle m'a vu dans l'ambulance. Pas étonnant qu'elle m'ait raccroché au nez. De l'eau goutte du toit du porche sur ma tête, éclabousse le côté de ma figure. Le visage de Rob apparaît dans l'obscurité et on dirait qu'il sourit, sa bouche telle une cicatrice grotesque sur son visage pâle.

– Bon sang, va-t'en, laisse-moi tranquille !

Je crie sur quelque chose, quelqu'un, qui n'existe pas… ou si ?

La salive afflue dans ma bouche, et je ne peux plus tenir longtemps. Je trébuche et vomis sur le parterre de fleurs. Eau froide, encore, avec la même puanteur aigre qu'avant. Je crache et essuie ma bouche sur ma manche, puis je me relève et décide de rentrer chez moi.

La pluie continue à tomber, mais je ne la sens même pas. Je suis engourdi.

10

Il y a un seul mot dans ma tête.

Diabolique.

Je ne veux pas croire Neisha, mais pourquoi mentirait-elle ? Elle est terrorisée. Je la terrorise.

Et je ne sais pas pourquoi. Il y a une seule autre personne qui pourrait me dire si elle a raison.

La pluie dégouline sur mon visage, et je frissonne. Je cherche Rob du regard, mais, pour l'instant, je ne peux pas le voir.

Je trébuche, sans vraiment distinguer où je vais, me retrouve au centre-ville, la pluie rebondissant dans les gouttières. Presque tous les magasins sont fermés. Les gens s'empressent de rentrer chez eux. Je scrute la rue. Il était là auparavant. Je ne savais pas que c'était lui, mais ça devait être lui. Qui filait devant moi comme une flèche. Qui se cachait sur le pas d'une porte.

Alors, où est-il ?

Je passe devant les boutiques et tourne sur la place des pavillons pour personnes âgées. Il n'y a personne ici. Les portes sont fermées. Les rideaux aussi.

Et je le vois. Il fait les cent pas au milieu du chemin.

Bien que je fusse en train de le chercher, mon estomac fait des embardées. Il va et vient, comme un tigre dans un zoo et semble investi d'un pouvoir démoniaque. Il parle tout seul, mais je n'entends pas ce qu'il dit.

Il tourne son visage vers moi.

– L'avons-nous fait ? Avons-nous essayé de la tuer ? crié-je.

Maintenant, je l'entends.

Tue-la. Tue-la.

Répète-t-il ce que j'ai dit, ou parle-t-il tout seul ? Que se passe-t-il ?

Il pleut légèrement sur mon visage. Les petites taches où les yeux de Rob devraient se trouver s'étrécissent. Deux fentes noires. Sans faire de bruit, il marche vers moi : sa face menaçante se dresse au-dessus de la mienne. Près, plus près, encore plus près. Je recule, mais il est plus rapide. Je monte sur un perron en chancelant, me cogne la tête contre le bois d'une porte derrière moi. Il approche. Je ne peux pas l'arrêter.

À la dernière seconde, je tressaille et je ferme les yeux, j'anticipe le moment critique où il me rentrera dedans… Mais je ne ressens rien, excepté un courant d'air glacial qui me traverse, qui pénètre mes os.

– Bon sang !

J'ouvre les yeux, il est parti.

Je regarde jusqu'en bas de la route. Personne. Une rue vide, le macadam qui brille sous le réverbère.

– Rob ! crié-je. Je dois savoir !

Mais il a disparu. D'un seul coup, la porte contre laquelle je suis adossé s'ouvre et il y a un type qui serre un tisonnier comme s'il s'agissait d'une épée. C'est un vieux bonhomme, qui porte une chemise à carreaux rentrée dans un pantalon à taille haute maintenu par des bretelles en cuir. Il a des chaussons aux pieds.

– Dégage, dit-il. Va-t'en d'ici.

Puis il marque un temps d'arrêt.

– Oh, c'est toi, Carl ?

Il baisse le tisonnier. Il sait qui je suis. Je me creuse les méninges pour essayer de savoir comment. D'où me connaît-il ? La peinture sur la porte n'est pas mouillée, le porche l'a protégée, mais le réverbère la fait briller. Pourquoi est-ce que je me souviens de l'odeur forte et huileuse de cette peinture brillante ?

– Comment s'en sort ta maman ? C'est la pire des choses pour une mère, que de perdre un enfant.

L'air qui passe par la porte ouverte est chaud, il sent le renfermé. Je frissonne.

– Qu'est-il arrivé à ton visage, fiston ?

– Des types m'ont sauté dessus.

Je l'entends soupirer.

– Une bagarre ? fait-il. Tu ne crois pas que ta pauvre mère a assez à faire en ce moment ?

Je le regarde alors et il soupire de nouveau.

– Entre, fiston, il faut désinfecter cette coupure.

Il inspecte mon visage en hochant la tête. Je lève la main et retiens mon souffle quand mes doigts touchent une éraflure sur ma joue dont j'ignorais la présence.

– Nan merci, c'est bon je le ferai chez moi.

– Allez, je te dois bien cela pour ce boulot que tu as fait cet été. Tu as bien travaillé sur ma porte d'entrée.

– Vraiment ?

– Hé, glousse-t-il. Je croyais que c'était *moi* qui perdais la mémoire ? Moi, c'est Harry, tu te souviens ? L'école t'a envoyé. Tes potes et toi. Action communautaire, quelque chose comme ça – je ne sais pas comment ils appellent ça, mais tu m'as été d'une grande aide. Je ne peux plus faire les choses que je faisais avant, tu sais.

Ce n'est pas tout à fait revenu, mais ce n'est pas très loin non plus. Je reste sur le seuil pendant qu'il tourne les talons et entre.

Dans le couloir, il y a deux rangées de patères, une laisse pour chien et un collier accroché à la rangée du bas. Mes mains l'attrapent, je le fais tourner, et tout à coup, me revient à l'esprit une nuit sombre, une maison que nous croyions vide.

Nous n'avons même pas besoin d'entrer par effraction, la porte du fond n'est pas verrouillée. Rob est devant moi. J'entends aboyer.

« Winston ? »

Une voix de femme.

« Rob, sortons, sortons immédiatement. »

C'était ici. C'était cette maison. Le chien qui avait aboyé, c'était son collier.

– Ferme la porte derrière toi, dit Harry qui réapparaît de la cuisine, au fond.

Il s'arrête quand il me voit avec le collier dans les mains.

– Repose ça, s'il te plaît, dit-il, et il y a quelque chose dans sa voix qui me fait lui obéir, très très vite.

– Je suis… je suis désolé.

Il continue de me regarder et je me mets à transpirer. Je sens un aveu qui essaie de se frayer un chemin hors de moi en jouant des coudes.

– Je… je…

– Bien fiston, dit-il. Ne le touche plus, c'est tout. Il ne t'appartient pas. As-tu toujours ce livre que je t'ai donné ?

– Un livre ?

– *Des souris et des hommes*, n'est-ce pas ? C'est un bon livre. J'adorais ce bouquin quand j'avais ton âge.

Je souffle. Alors, c'était lui. En un éclair, je me souviens être déjà venu ici, l'avoir vu sur son étagère, l'avoir pris parce que nous l'étudiions à l'école. Je lui ai raconté que l'on m'avait piqué le mien et il m'a dit : « Tu peux prendre celui-ci. Je n'en ai plus besoin. »

Je n'arrivais pas à croire que l'on puisse me donner quelque chose, juste comme cela.

– Oui, dis-je, je l'ai encore. Je l'adore aussi.

Il sourit, et j'aurais bien voulu lui rendre son sourire, mais cela me coupe en deux, à cause de cette autre fois, lorsque Rob et moi sommes revenus ici.

– Maintenant, viens au jour, dans la cuisine, dit-il. Je pourrai voir correctement cette égratignure.

Pas dans la cuisine. Pas où…

– Allez, insiste-t-il, ne reste pas planté là.

Il parcourt le couloir en traînant les pieds. Je pourrais me sauver immédiatement, mais je n'en fais rien. Il me tourne le dos, fouille dans un placard. Je suis sur le pas de la porte et inspecte le sol. À quoi est-ce que je m'attendais ? Au contour de deux silhouettes peintes par terre, à la place des corps, une femme et un chien ? Les restes pourrissant toujours là ? Il n'y a rien ici. Pas de marques, pas de bosses, pas de traînées, pas d'éclaboussures. C'est du lino, qui se fait passer pour du carrelage noir et blanc.

– Entre, dit-il. Je ne vais pas te manger.

Sa voix est noyée par celle de sa femme dans ma tête.

« Espèce de salaud. Espèce de salaud de voleur, de lâche ! »

– Je devrais y aller, lancé-je.

– Oui, bien sûr. Une fois que je t'aurai un peu retapé. Viens par ici. Mets-toi sous cette lumière.

J'avance jusqu'à ce que je me trouve à l'endroit précis où gisait le chien. J'ai l'impression que le sol bouge sous mes pieds, comme s'il y avait une patte, une oreille ou quelque chose d'autre coincé en dessous. Je me déplace un peu sur le côté.

– Hé, ne bouge pas !

Il est tout près, à présent. Et l'odeur de son haleine mentholée se mélange à celle, forte et âpre, du désinfectant qui imprègne la boule de coton dans ses mains. Il la lève vers moi. Tout près, je peux voir l'usure sur sa peau, le blanc de ses yeux qui n'est pas blanc, mais jaune. Je ferme les paupières et tressaille quand le désinfectant entre en contact avec ma coupure à vif.

– Ça va aller, dit-il. Presque terminé. Voilà, tu peux ouvrir les yeux. J'ai fini. Tu veux une tasse de thé ?

Je devrais y aller. Je ne devrais pas être ici. Je hoche la tête.

– Va t'asseoir dans le salon, fiston.

J'y vais, je traverse la maison. Elle est toute petite, propre et bien rangée et… j'ai l'impression de la connaître. Un tapis à motifs, un revêtement mural aux copeaux de bois incorporés. Des rayons de bibliothèque de part et d'autre de la cheminée. Et des photos. Je m'approche du manteau de cheminée et passe la longue série de photos en revue. Certaines sont des personnes seules, d'autres des photos de groupe. J'en choisis une avec deux personnes dessus, le vieil homme et une femme, son épouse. Il y a une légende en bas : *Harry et Iris, 22 juillet 2012.*

Ils regardent l'objectif, côte à côte. Têtes penchées l'une vers l'autre. On ne distingue la main de Harry que parce qu'il a passé son bras autour de son épaule et la tient tout contre lui. Ils sont tous les deux sur leur trente et un : lui en veste de tweed, chemise blanche et cravate, elle en blouse brillante, au nœud lâchement attaché autour du cou. Un collier est blotti dans le tissu brillant, un médaillon en argent sur une chaîne.

Je traverse le parc avec Neisha. Elle touche nerveusement le médaillon en argent qui se balance sur une chaîne, autour de son cou.

– Nos noces d'or, voilà ce que c'était.

La voix d'Harry me fait sursauter et je tourne la tête d'un coup, pour voir par-dessus mon épaule. Je m'attends à ce qu'il m'ordonne de nouveau de ne pas toucher, mais cette fois ça n'a pas l'air de le déranger. Sur le pas de la porte, il tient un plateau de thé.

– Cinquante ans, dit-il. Cinquante ans… je croyais que nous passerions les noces de diamant, mais… c'est la dernière photo que l'on a faite ensemble.

– Que s'est-il passé ?

– Tu ne te souviens pas de cela non plus, fiston ?

– Je suis désolé, j'ai été à l'hôpital. Ils disent que j'ai eu une commotion cérébrale dans le lac.

– Ah, c'est vilain. Mais tu te remettras.

– Oui, ça va déjà mieux. J'ai juste quelques… vides. Je suis désolé pour votre épouse… Iris ?

– Je ne t'ai pas vu depuis que cela est arrivé. Tu n'étais pas là…

– Alors ?

Il pose le plateau sur la table et verse du thé bouillant dans deux tasses. Je pense qu'il ne m'a pas entendu, ou qu'il n'a pas compris ce que je lui ai demandé mais, une fois qu'il m'a donné ma tasse et qu'il s'est installé dans un fauteuil avec la sienne, il se met à parler.

– J'étais sorti acheter des comprimés pour digérer. Elle… Iris… ne se sentait pas très bien. Je ne suis pas parti longtemps, vingt minutes, c'est tout. La pharmacie n'était pas ouverte, du coup je suis passé chez le voisin. En rentrant je les ai trouvés dans la cuisine, Iris et le chien. Tous les deux… tu sais. Le médecin a dit que c'était une crise cardiaque. Que c'était pour cela qu'elle ne se sentait pas bien. Qu'elle avait dû trouver ce pauvre vieux Winston, et voilà. C'était trop pour elle, ce serait sûrement arrivé, de toute façon. Cause naturelle. Mais il y a quelque chose qui me dérange, quelque chose qui cloche.

Jusqu'à présent, il regardait la photo sur le manteau de cheminée, mais là il se retourne et se penche vers moi, sur son fauteuil.

– Son collier a disparu. Elle le portait toujours. Un médaillon en argent sur une chaîne. Elle l'a, sur cette photo. C'était celui que je lui avais offert pour notre premier anniversaire de mariage – le 22 juillet 1962 –, elle l'avait mis et ne l'avait plus jamais enlevé. Et je n'arrive pas à remettre la main dessus.

Ses yeux sont tout rouges.

– Il y a des choses qui se perdent, dis-je en tâchant de ne pas gigoter sur mon siège.

Il secoue la tête.

– Non, pas cela.

Il tapote son visage avec un grand mouchoir blanc.

– Il y avait quelqu'un ici.

– Je ferais mieux de rentrer, bafouillé-je dans une gorgée de thé. Maman va se demander où je suis.

Il enlève son mouchoir.

– Tu es gentil, dit-il, tu veilles sur ta maman. C'est horrible de perdre quelqu'un de si jeune.

Il me suit dans le couloir et me fait sortir. Il ne pleut plus dehors, il ne pleut plus et il fait nuit, et le silence règne. Je m'arrête sur le seuil, scrute les alentours en quête de signes de Rob ; je pensais à moitié qu'il m'attendrait. Mais non.

– Merci pour le thé, dis-je.

Je descends le chemin. Quand je me retourne, Harry est toujours là, il me regarde. Il lève brièvement la main et ferme la porte.

Je remonte le col de ma veste et rentre chez moi. Je reste à l'affût tout au long de la route, mais Rob demeure invisible.

11

Maman n'est pas sur le canapé. Elle est sur le sol de la cuisine, à quatre pattes. De là où je me trouve, je vois ses fesses s'agiter de gauche à droite.

– Maman ? Que se passe…

Elle n'a pas l'air de m'entendre. Elle récure le lino, le frotte si vigoureusement que tout son corps bouge.

– Maman ? réessayé-je.

Cette fois, elle se retourne. Ses cheveux tombent sur ses yeux. Elle souffle par sa bouche ouverte, fait flotter sa chevelure une seconde, qui retombe d'un coup.

– Une minute, Carl, il faut que je termine cela.

Elle récure le même endroit, encore et encore. Elle se met à pleurer, puis s'assied sur les talons et dégage ses cheveux de son visage avec le dos de la main.

– Où étais-tu passé toute la soirée, Carl ? demande-t-elle.

– Qu'est-ce que ça change ?

– Qu'est-ce que ça change ? Qu'est-ce que ça change ? Je suis ta fichue mère, au cas où tu ne l'aurais pas remarqué. Je devrais savoir où tu te trouves. Si j'avais su où tu étais, peut-être… peut-être… (Elle ne parvient pas à le dire.) Rob était un bon nageur. Que s'est-il passé, Carl ?

Dans l'eau, j'entoure son cou de mes bras, tiens mes coudes serrés comme un étau, ce qui fait une double couche de peau et d'os. Je les tire vers moi, tire sur son cou, comprime.

– Je n'arrive pas à me souvenir, maman. Je te l'ai dit. Je n'ai presque aucun souvenir.

– Mais que faisiez-vous là-bas ?

– Si je le savais, je te le dirais, d'accord ?

Je crie presque, boosté par la confusion, l'incrédulité, la culpabilité qui se sont intensifiées toute la journée.

Elle se remet à son récurage de sol, les larmes dégoulinant sur son visage.

– Nettoyer le sol ne le fera pas revenir.

Les paroles sont sorties avant que je puisse les retenir.

Elle s'appuie sur une seule main, la tête baissée, le visage caché. Elle a l'air pathétique, brisée. Et je me souviens brusquement de ce que Harry a dit : « La pire des choses pour une mère, c'est de perdre un enfant. » Et j'ai honte.

Je trouve un autre torchon sous l'évier, et m'agenouille à côté d'elle.

– Tiens, je vais t'aider.

Je la laisse continuer à nettoyer son morceau de sol propre, et m'applique assidûment à son côté. Quand je plonge le torchon dans le seau, un frisson parcourt ma colonne.

On y est presque arrivés, Cee.

Une voix, sa voix, dans mon oreille.

Je regarde autour de moi. Il n'y a que maman et moi, par terre, dans la cuisine.

Je prends quelques inspirations et continue à travailler. Là où mes doigts attrapent le torchon, de l'eau en sort. La voix est encore là – froide, calme, glaciale.

Presque, ça ne suffit pas.

Bon sang. Quelque chose fait tilt dans ma tête. Quelque chose qui a un rapport avec l'humidité sur mes doigts… et Rob. Il était là il y a une minute, puis il a disparu.

Je me lève d'un bond.

– Je crois que c'est bon, maman. Tu veux boire quelque chose ?

Elle s'assied sur les talons et regarde autour d'elle.

– Café, répond-elle. Du café noir, ce serait parfait.

Je vide le seau dans l'évier. L'eau crasseuse éclabousse mes bras et la puanteur de la pourriture reste coincée au fond de ma bouche, j'ai envie de vomir.

Maman s'assied à la table et pousse le tas de brochures de côté. Je lui prépare du café et je m'assieds.

– Depuis quand tu n'as pas bu de café ?

– Petit insolent ! dit-elle, mais elle sourit presque. C'est bon, maintenant, c'est ce que je vais faire. Je suis au régime sec.

Je me force à croiser son regard. Un fil rouge traverse le blanc de son œil droit et la peau en dessous, bouffie, pendille.

– Je suis sincère, Carl. Je me suis mal comportée, terriblement mal comportée. J'ai été une mauvaise personne.

Ses yeux sont de nouveau noyés de larmes.

– Maman, ne…

Nous restons assis en silence.

– Je vais peut-être prendre un bain, dit-elle au bout d'un moment. Tu devrais faire pareil, tu es dégoûtant. Je te laisserai l'eau.

– OK, dis-je, tout en pensant « jamais de la vie ».

Ma tête est remplie d'horreur, un corps allongé sous la surface de l'eau du bain, pâle, immobile, les cheveux flottants loin de la tête. Mort sans être mort.

Maman vide sa tasse d'un coup, incline la tête en arrière pour boire le marc et se lève pour se rendre dans la salle de bains. Je l'entends qui monte. Le bruit de l'eau qui coule fait ressurgir la peur, comme des cafards qui courent partout sur mon corps.

En haut, je me cache dans mon sac de couchage, me roule en boule, tourne le dos à la tache noire au plafond. Si je dors, ou si c'est ce que maman pense quand elle sortira du bain, peut-être qu'elle me fichera la paix.

Mais je n'y arrive pas. Tout ce qui s'est passé aujourd'hui gambade dans ma tête. Je n'y comprends rien.

Instinctivement, je cherche mon livre, le réconfort de la lecture. Et je comprends à présent pourquoi il signifie tant pour moi. Ce n'est pas que l'histoire, c'est le livre. Le fait que Harry me l'ait donné. Et ce n'était même pas mon anniversaire.

Un serpent d'eau remontait mollement la rivière. Sa tête, comme un petit périscope, tournait de droite et de gauche…

Je le referme et le laisse tomber par terre.

Des questions serpentent dans ma tête, des choses trop affreuses pour y réfléchir. Des choses auxquelles je ne cesse de penser.

Comment ai-je pu trahir Harry et cambrioler sa maison ? Comment ai-je pu finir par me battre avec mon frère dans un lac ? Comment a-t-il pu se retrouver mort ? Voulais-je vraiment que Neisha, la belle, l'adorable Neisha, meure elle aussi ?

Suis-je un assassin ?

12

Je me réveille dans mes vêtements de la veille, dans ma crasse de la veille. Allongé sur mon lit, je contemple la tache sombre au plafond ; elle s'est encore agrandie. J'entends des voix en bas, des voix de femmes. Je m'extrais du lit non sans mal, et entre dans la cuisine à pas feutrés.

Je marque un temps d'arrêt. Neisha est debout dans la pièce, elle me tourne le dos et parle à maman. Elle porte un manteau noir ajusté, qui lui arrive aux cuisses. Il y a de minuscules gouttes de pluie à la surface du tissu, ainsi que sur ses cheveux.

Que fait-elle ici ?

Oh non ! j'ai l'air d'un clochard, et notre appartement d'un foyer pour sans-abri.

Je suis sur le point de m'esquiver, mais maman m'a vu, et le mouvement de ses yeux alerte Neisha. Elle se retourne, et un tout petit sourire pincé va et vient sur ses lèvres.

– Très bien, dis-je, dans l'embrasure de la porte.

– Hé, dit-elle.

Le blanc de ses yeux brille quand elle me regarde rapidement, puis elle détourne les yeux et les pose directement sur maman. Elle fait semblant, essaie de faire croire qu'elle veut être ici, mais malgré tout, une demi-seconde à croiser son regard suffit à me faire fondre, à me couper les jambes.

– Je voulais dire… que je suis désolée. Pour Rob, lance-t-elle.

Quoi ? Je repense à la nuit dernière sous la pluie devant chez elle.

– Merci, ma chérie, dit maman.

Elle a meilleure mine depuis son bain. Ses cheveux propres sont attachés en queue-de-cheval soignée, mais son visage est toujours froissé, ses yeux toujours bouffis.

– J'apprécie. J'apprécie que tu sois venue ! Comment vas-tu ? Ça doit être difficile pour toi.

– Oh, je suis… vous savez.

Terrifiée ? Terrifiée par vos fils ! Que fait-elle ici ?

– J'ai eu de la chance, j'imagine. Je l'ai eu pendant dix-sept ans. Vous, vous veniez de vous rencontrer. Vous aviez toute la vie devant vous. Comme c'est cruel !

Une petite pause s'ensuit pendant laquelle j'imagine que Neisha choisit les mots adéquats, et je prie : « S'il te plaît, ne dis rien de méchant, pas à maman. » Alors, elle lance d'un ton pincé :

– Nous avons eu quelques mois. Je ne les oublierai jamais. Ne l'oublierai jamais.

Elle me regarde d'un air nerveux, tandis que maman avance d'un pas et l'étreint. Elle enveloppe Neisha dans ses bras et je me demande comment celle-ci peut faire, peut laisser cette femme la tenir dans ses bras, cette femme dont les fils ont essayé de la tuer. C'est bizarre de voir maman comme cela, aussi. Je ne me souviens pas qu'elle m'ait jamais serré dans ses bras.

Derrière elles, le robinet goutte dans l'évier de la cuisine, un courant continu de gouttes, à deux doigts de se transformer en ruisseau.

Quand maman recule, elles ont toutes les deux les larmes aux yeux.

– Tu veux boire quelque chose ? Un Coca ? Une tasse de thé ? demande-t-elle.

Neisha jette de nouveau un œil sur moi. Je hausse les épaules. Je ne sais pas ce qu'elle fait là, ni combien de temps elle a l'intention de rester.

– Hum…

– C'est bon, dit maman. Je me ferai toute petite.

Neisha sourit de nouveau. Un sourire rapide, froid qui trahit sa nervosité.

– D'accord. Juste un verre d'eau, alors.

Maman va en chercher un et le remplit au robinet. Elle le ferme, mais il continue à goutter.

– Je vous laisse, dit-elle. Je suis à l'étage.

En passant devant moi, elle siffle :

– Regarde-toi. Prends ce bain, aujourd'hui.

Neisha et moi nous tenons, mal à l'aise, de chaque côté de la table de la cuisine.

– Assieds-toi, dis-je, essayant d'être poli, mais cela a l'air d'un ordre.

Mon manque de tact me fait grimacer et je file tirer une chaise pour elle. Instinctivement, elle s'éloigne d'un pas.

– S'il te plaît, dis-je en me retirant de mon côté, et à contrecœur elle se baisse, se perche nerveusement sur le bord de sa chaise.

Je m'assieds en face d'elle. La pile de brochures est encore là. Je le regrette, mais si je les prends maintenant, cela ne fera qu'attirer son attention sur elles. Trop tard, de toute façon, Neisha les a vues, elle parcourt les titres des yeux.

J'essaie de trouver quelque chose à dire. N'importe quoi, pour la distraire.

– Tu as été sympa tout à l'heure, avec ma mère.

– Pourquoi je ne le serais pas ? Ce n'est pas sa faute, non ? Tout cela...

Pas sa faute. La mienne. Est-elle simplement venue pour faire une nouvelle tentative ?

– Neisha..., dis-je.

– Quoi ?

Elle lève et baisse nerveusement les yeux.

– Je suis désolé. Pour tout. Je ne me souviens pas de grand-chose, mais les trucs que je me rappelle...

Je me tais, puis décide de vider mon cœur.

– Que fais-tu là ? Tu me détestes, non ? J'ai essayé... Rob et moi, on a essayé...

Puis elle fait quelque chose qui me coupe le souffle. Elle pose sa main sur mon poignet. Son contact est léger et sa peau est chaude, atrocement chaude. Je me sens rougir, des marbrures se forment sur mon visage et dans mon cou. Je ne peux pas la regarder. Si je la regarde, je pourrais bien exploser.

– Le fait est, dit-elle, que je suis venue te remercier.

Et du coup, je la regarde. Lorsque nos regards se croisent, j'ai un flash d'une autre fois. Quand je la regardais, et qu'elle m'a vu en train de la regarder.

Il glisse ses mains sur ses côtes, vers le devant. Je le regarde la caresser, la serrer, l'exciter. Elle me voit par-dessus son épaule. L'espace d'une seconde, je me demande s'il y a une interrogation dans ses yeux, un appel à l'aide, mais ses yeux se ferment et sa bouche s'ouvre.

Je reste là. Et l'observe. Et je ne peux pas le croire. Elle est revenue avec lui, après tout ce qui s'est passé.

Il se détache de son étreinte et la déshabille lentement. En slip, il court dans l'eau jusqu'à ce qu'elle lui arrive aux genoux.

« Viens ! » crie-t-il.

Elle secoue la tête, puis cambre le dos en enlevant son haut, et je ne peux plus regarder. Dégoûté, humilié, je me détourne.

– Carl, tu m'écoutes ? Je voulais te remercier.

– Me remercier ?

– Je repense à ce que tu as dit. Que tu l'as tué. Rob.

Elle baisse encore la voix. Ses doigts se serrent un peu, se referment sur le dos de ma main.

– Je crois que je l'ai fait. Je n'en suis pas sûr. Je me souviens m'être battu avec lui. (Je baisse la voix.) Mes bras appuyaient sur son cou.

– Je ne savais pas ce qui s'était passé, dit-elle. Tout ce dont je me souviens, c'est que nous avons nagé plus loin que je ne voulais, je n'avais plus pied du tout. Je voulais revenir, mais il m'en a empêchée, et puis… (elle se reprend) il m'a arraché mon collier, il a mis ses mains autour de ma gorge. Il m'étranglait, et toi tu nageais vers nous, tu criais. Et il m'a lâchée. Mais… il faut le reconnaître. Pourquoi m'aurait-il relâchée, à moins que quelqu'un l'y ait forcé ? À moins que *tu* l'y aies forcé ? Tu m'as sûrement sauvé la vie, Carl.

Cela peut-il être vrai ? Suis-je celui qui l'a sauvée ?

– As-tu vu ce qui s'est passé ensuite ?

– Non, dès qu'il m'a relâchée, je me suis éloignée à la nage. Je ne savais même pas où j'allais, juste que je nageais. Et il pleuvait tellement que je ne voyais rien. Je vous entendais, pourtant, tous les deux… vous insulter, vous éclabousser, de moins en moins fort à mesure que je m'éloignais. Je suis arrivée sur la rive, et quelques minutes plus tard, toi aussi.

– Mais tu as dit tout à l'heure que j'avais essayé de te tuer. Avec mon frère diabolique.

– J'étais paumée. Tout s'est passé si vite. J'étais sous le choc. Je croyais que vous étiez de mèche, que tu savais ce qu'il comptait faire. Tu vois, il avait des photos de moi sur son portable. (Elle baisse les yeux sur nos mains sur la table, à présent, ne peut pas croiser mon regard.) Il a dit qu'il les montrerait à mon père si je ne le rejoignais pas. Et tu as dit – tu ne t'en souviens pas ? – tu as dit qu'il le ferait vraiment, que je devais aller le retrouver au lac, mais que tu me protégerais. Tu viendrais me chercher à l'école et nous irions là-bas ensemble. Puis tu resterais caché dans les buissons, tout près, pendant que je lui parlerais.

Ils traversent l'herbe ensemble. Elle touche le médaillon en argent autour de son cou.

– Mais au lac, tu l'as embrassé, dis-je. Je t'ai vue. Vous vous êtes déshabillés tous les deux, vous êtes allés dans l'eau. Tu ressortais avec lui, Neisha.

– Parce qu'il m'a assuré que si je ne faisais pas exactement ce qu'il me demandait, il mettrait les photos sur le Net, les imprimerait et les enverrait à mon père. Il débarquerait chez moi s'il le fallait. J'étais terrorisée, Carl. Je n'avais pas le choix, alors je l'ai fait. J'ai enlevé mes vêtements… et quand je t'ai cherché du regard, tu t'en allais. Je croyais que tu m'avais trahie.

– Mais ensuite, je t'ai vue te débattre dans l'eau, et je suis venu t'aider. Te libérer de lui.

– Oui, je pense que c'est ce que tu as vraiment fait. Tu te souciais de moi, après tout, Carl. Comme tu l'as toujours fait. Tu ne m'as jamais trahie. Et heureusement que tu étais là, sinon je…

Je l'ai sauvée ? Je suis son héros. Rob essayait de la tuer. Lui, pas moi.

Elle sirote une gorgée dans son verre. Une goutte tombe sur la table. Elle reste sur la surface en Formica, un tout petit dôme d'eau. Ce n'est rien, juste une goutte. Je pose mon doigt dessus et essaie de la faire partir, mais d'un seul coup, il envahit ma tête.

N'écoute pas l'autre garce.

Sa voix dans mes oreilles. La dureté de l'eau du lac dans mes narines. Un frisson qui parcourt ma colonne vertébrale.

J'essuie mon doigt sur la jambe de mon jean, et tout s'arrête. J'ai raison, à propos de l'eau. Je dois avoir raison.

Neisha porte de nouveau le verre à ses lèvres, et mon estomac se retourne lorsque l'eau passe du verre à sa bouche. Eau. Dans le robinet, dans le lac, sur ses lèvres, dans sa bouche. Sa pomme d'Adam presque invisible monte et redescend quand elle avale. Et à présent, je remarque une ligne rouge vif autour de son cou, où la chaîne a dû rentrer dans sa peau.

Elle ne doit pas boire l'eau. Je lui prends le verre des mains. Elle est trop surprise pour résister.

– Que fais-tu ?

– Ne bois pas, dis-je.

– Quoi ?

– Le verre est sale. Je viens de le remarquer. Il est sale.

Je le dépose rapidement dans l'évier.

Elle recule sa chaise qui racle le sol, mais ne se lève pas.

– Je ferais mieux d'y aller.

Elle mord sa lèvre inférieure et je sais qu'elle a autre chose à dire. J'attends, laisse le silence planer entre nous.

– Carl, je sais que c'est horrible pour toi. Si tu l'as bien tué, tu as fait quelque chose d'atroce. Mais tu l'as fait pour empêcher qu'il se passe autre chose de grave. Et je te suis vraiment, vraiment reconnaissante. (Elle baisse les yeux sur ses mains jointes sur ses genoux. En parlant, elle crispe ses doigts. Elle déforme ses mains, les tord.) Le fait est que tu es quelqu'un de bien, et j'aurais dû t'écouter. Ne pas l'approcher dès le début. Tout cela, ce n'est pas qu'à cause de toi. Je suis coupable, moi aussi.

– Comment ça ? Tu n'es coupable de rien, il a essayé de te tuer !

– Je l'ai poussé à le faire.

– Quoi ?

– Je l'ai poussé trop loin.

Elle me regarde brièvement, puis baisse de nouveau les yeux.

– Je ne comprends pas, dis-je.

Je m'assieds à la table.

– Tu ne te souviens vraiment de rien, hein ?

Elle soupire.

– J'ai l'impression que je deviens fou à force de ne pas savoir ce qui se passe, ce qui est arrivé.

Ma voix est plus forte que ce que je pensais, et elle lève les yeux, surprise. Elle mordille de nouveau sa lèvre. Quand elle parle, elle s'exprime si bas que j'ai du mal à l'entendre.

– Je l'ai menacé. Je l'ai menacé de révéler tous ses secrets. Des secrets qui auraient pu lui attirer des tas de problèmes.

13

– J'ai voulu le quitter si souvent, mais je revenais toujours. Il s'excusait, me persuadait. Je le croyais chaque fois. Qu'il était désolé. Parfois, quand j'étais énervée, je te parlais. Tu étais toujours là pour moi. Tu écoutais. Mais Rob s'imaginait qu'il y avait plus que cela. Il était jaloux, vraiment jaloux. J'essayais de lui dire que tout cela était dans sa tête, mais il devenait fou. Puis j'ai compris que je devais le tenir à distance, pour de bon cette fois, alors je l'ai prévenu que s'il s'approchait de moi encore une fois, je raconterais tout ce que je savais sur lui. Des choses qui lui attireraient des problèmes. L'enverraient en prison.

– Lesquelles ?

Sa main monte dans son cou.

– Il m'a donné ce médaillon et m'a raconté d'où il venait. Tu t'en souviens, Carl ?

Je hoche la tête.

– La vieille dame. Celle qui est morte.

– Toi, Rob et moi, nous étions les seuls au courant, explique Neisha. Je lui ai assuré que je parlerais du collier à la police, s'il ne me fichait pas la paix.

– Mais pourquoi le menacer ? Tu ne pouvais pas

tout simplement rompre et rester en dehors de son chemin ?

Elle grommelle.

– Ça a l'air facile, dit comme cela. Mais on ne peut aller nulle part, rien faire, dans cette ville, sans rencontrer du monde. Tu ne peux pas éviter les gens, sauf si tu t'enfermes. Mais ça aussi, je l'ai fait, crois-moi.

– Donc, il voulait te faire taire, c'est pour cela qu'il…

Elle hoche la tête.

– Oui, mais c'était de la jalousie. Il croyait que tu… que nous… tu sais… dans son dos.

– Mais nous ne faisions rien, non ? Et il n'a pas assassiné la vieille dame, Neisha. Ça ne s'est pas passé comme cela. Rob a tué le chien, et la vieille dame hurlait et pleurait. Puis elle s'est… écroulée. C'était horrible, et je l'ai détesté de me forcer à l'accompagner pour cambrioler Harry, juste parce que je connaissais les plans, là où se trouvaient tous les objets de valeur. Mais il ne l'a pas tuée.

Elle me regarde attentivement.

– Ce n'est pas ce que Rob a dit. Il m'a raconté qu'il l'avait butée. A employé ces mots. *Butée*. Et non, toi et moi ne sortions pas ensemble. Tu es trop bien pour une idiote comme moi. Nous étions juste amis.

Je passe mes mains dans mes cheveux, commence à douter des souvenirs qui me sont revenus.

– Mais ce que je ne comprends pas, c'est pourquoi tu es restée avec lui. S'il l'avait tuée, si c'est ce qu'il t'a dit ? Pourquoi es-tu revenue ? Juste à cause des photos ?

Elle soupire et met ses coudes sur la table, pose sa tête entre ses mains, m'imite.

– Non, c'était vers la fin. Je ne sais pas. Je ne sais pas.

Mais si, elle sait. Elle ne le dit pas, c'est tout.

– Tu pensais que c'était un assassin et tu es revenue…

Des larmes s'infiltrent à travers ses cils. Je veux arrêter cela, arranger les choses, la tenir dans mes bras. Mais je dois savoir.

– Tu es revenue, Neisha. Pourquoi ?

Elle lève les yeux. Ses lèvres forment une ligne fine.

– J'étais effrayée. Il m'a dit qu'il me tuerait si je le quittais. Et je savais qu'il en était capable. Je savais qu'il était violent. Tu as vu ce qu'il m'a fait.

La ligne rouge autour de son cou.

– Dans le lac ?

– Et avant. C'est pour cela que toi et moi nous sommes devenus proches. C'était ma faute, Carl.

La marque sur son visage se voit malgré le maquillage. Une ombre foncée qui ne peut être dissimulée.

– Non, ça n'est pas ta faute. Tu ne l'as pas forcé à le faire. C'est faux.

– Je lui prenais la tête. J'étais toujours après lui. Il m'a demandé d'arrêter.

– Il s'énervait pour un rien, Neisha. Crois-moi, je le sais.

Un autre trou se remplit peu à peu dans ma tête.

Neisha se tient le front avec la main, appuie sur ses tempes.

– Il n'y avait pas que cette vieille dame. Il m'a frappée, tu te souviens ? Il m'a frappée.

Il y a un bruit dans le couloir. Un bruit sourd. Neisha et moi nous regardons d'un air perplexe, puis je me lève d'un bond et vais jeter un œil. Maman est là, elle se penche pour ramasser un tas de magazines.

– Ça va ? dis-je.

Elle lève les yeux sur moi, elle est toute troublée que nous l'ayons prise sur le fait. Depuis combien de temps est-elle ici ? Qu'a-t-elle entendu, au juste ?

– J'allais... jeter cela au recyclage, explique-t-elle.

Neisha est à côté de moi dans le couloir, elle me bouscule.

– Je ferais mieux d'y aller, lance-t-elle.

– Non, dis-je, pas maintenant. S'il te plaît, reste.

Je mets ma main sur son bras et elle tressaille. Des restes de contusions bleuâtres sur la partie douce de son bras, entre son poignet et son coude. Elle pense que je n'ai pas vu, mais si.

– Il n'aurait pas dû te faire ça.

Elle détourne les yeux. Je prends sa main dans la mienne. Elle est douce et chaude.

– Je ne te ferai jamais, jamais de mal, Neisha.

Je retire ma main, mais je la suis jusqu'à la porte. Maman ne bouge pas, nous regarde, les magazines à la main. Il pleut, une bruine douce et silencieuse qui dérive dans l'air. Ce n'est pas grand-chose, mais j'ai le trac. Neisha s'arrête devant la première marche. Elle remonte son col. Je reste à côté d'elle et tire la porte derrière moi.

– Elle a entendu, déclare-t-elle.

– Oui, je crois. Je vais lui parler.

– Mon Dieu, quel désastre !

– Ça va aller, dis-je, mais mes paroles sont vides et idiotes.

Les murs et le passage en béton sont plus gris que jamais sous la pluie. Une goutte du rebord touche ma main et quelqu'un, quelque chose file à l'autre bout du passage, près du haut de l'escalier. Je rapproche mes bras de mon corps, m'aplatis contre la porte.

– Que fais-tu ? demande Neisha. Tu te caches ?

– Non, non, bien sûr que non.

Je veux lui dire, je le veux vraiment, mais pas maintenant.

Elle regarde par-dessus son épaule.

– Il y a quelqu'un ici ?

– Non, il n'y a personne.

Elle regarde de nouveau derrière elle. J'imagine que si l'on n'est pas du quartier, on doit se sentir menacé par ici.

– Tu veux bien m'accompagner jusqu'au bout de la rue ? demande-t-elle.

Elle me regarde, elle attend.

– Bien sûr, dis-je, et je sors de sous la canopée.

La pluie est si légère qu'elle est presque invisible. Il n'y a pas de mouvement brusque, pas de voix dans mon oreille et ma peur commence à se tasser. Neisha passe son bras sous le mien et même à travers son manteau, j'ai conscience de sa chaleur.

– Je te raccompagne chez toi, tu veux bien ?

Elle me regarde.

– Tu ferais mieux de rester pour parler à ta mère.

– Mais nous devons discuter, toi et moi !

– Je sais, et nous le ferons, mais nous devons savoir ce qu'elle a entendu, et ce qu'elle compte faire. Elle pourrait aller à la police, non ? Tu risquerais d'avoir des problèmes.

Je hausse les épaules.

– Je ne crois pas. Ça ne risque pas. Si elle a entendu ce qu'il t'a fait, je pense qu'elle se taira. Cela lui est arrivé à elle aussi, tu sais. Pas Rob, notre père. Il lui faisait du mal. C'est comme cela qu'elle a perdu le bout de son doigt. Je te défendais dans le lac, j'essayais de te protéger, donc je ne crois pas qu'elle le répétera. (Nous voilà presque au bout du passage. La pluie est si douce que je la remarque à peine, mais mon visage, mon cou et mes mains sont humides.) Neisha, pourquoi leur as-tu raconté cela ? Que nous faisions les fous ? Pourquoi tu ne leur as pas dit la vérité ?

– J'avais peur de toi. Tu m'as convaincue de le retrouver. Je croyais que vous étiez de mèche, tous les deux. Je croyais que tu te vengerais si je disais quelque chose.

J'ai l'impression que quelqu'un a sorti mes entrailles avec ses mains. L'idée qu'elle ait peur de moi, je ne peux pas la supporter.

– Et il aurait fallu que je raconte tout, reprit-elle. Tout ce que je viens de te dire. Je ne pouvais pas, c'est tout.

– Je ne comprends pas. Tu n'as rien à te reprocher. Lui, il t'a fait du mal, en revanche. Tu essayais de te protéger.

– Ça a l'air si simple, dit comme cela. Ça ne l'est pas quand tu es en plein dedans. C'est comme si… si… c'était ta faute. Et tu as… honte.

Elle détourne les yeux. J'arrête de marcher, et je pose ma main sur son autre bras, la tourne délicatement vers moi. Elle refuse encore de me regarder dans les yeux.

– Ce n'était pas ta faute. Rien de tout cela n'était de ta faute. Mince, Neisha…

Je veux la prendre dans mes bras. Je veux l'attirer contre moi.

Il y a quelque chose de pâle dans la cage d'escalier. C'est flou, indistinct, juste un soupçon de forme.

Je me paralyse sur place.

Elle sort des ténèbres, se dirige droit sur nous.

Neisha tourne son visage vers moi.

– Que se passe-t-il ? demande-t-elle.

La forme est humaine. Elle n'est qu'à moitié là, mais je sais qui c'est. Et il est en colère. Très en colère.

– Cours ! crié-je. Vite, rentre à l'appart !

Je me mets à traîner Neisha le long de la route. Il faut que je la fasse rentrer.

Elle hurle.

– Que se passe-t-il ? Qu'y a-t-il ?

Nous passons la porte d'entrée à toute allure, titubons dans le couloir. Maman n'est plus là. J'attrape une serviette dans la cuisine et me frotte les cheveux, le visage.

– C'est la pluie, la pluie…

Je tends la serviette à Neisha. Elle demeure près de la porte ouverte, yeux écarquillés. Rob n'est pas là. Il ne nous a pas suivis. Nous sommes en sécurité.

– Non, c'est bon, dit-elle. Je ne suis presque pas mouillée. Qu'est-ce qui ne va pas ? Tu me fais peur.

Qu'est-ce qui ne va pas ?

Oui, *qu'est-ce qui ne va pas ?* Elle ne sait pas, elle ne peut pas voir ce que je vois. Je crois que je sais ce qui se passe à présent, mais je dois être sûr avant de le lui dire si…

– Ce n'est rien, dis-je. La pluie me rend un peu nerveux, tu sais, depuis…

– Alors, reste à l'intérieur. Ne sors pas. Ça va aller.

– Prends au moins un parapluie, ne te mouille pas, Neisha.

Je ne parviens pas à croire que je la laisse sortir toute seule.

Elle plisse légèrement les yeux, comme si elle voulait me demander autre chose, puis elle change d'avis.

– Du calme, j'en ai un, dit-elle en tapotant son sac. Tu m'appelleras plus tard ?

– Oui.

Il faut que je sache qu'elle est bien rentrée chez elle.

– Tu as… tu as son téléphone. J'ai été déconcertée, la première fois que tu as appelé.

– Oui, je ne trouve pas le mien. Il est peut-être au fond du lac.

Elle rougit, et moi aussi. Je sens le sang me monter au visage, quand je pense aux photos. Aux siennes.

Il semblerait qu'elle veuille dire quelque chose, mais elle se mord la lèvre et murmure :

– À plus, alors.

Et elle sort discrètement de l'appartement. Je l'entends s'éloigner, ses bottes frapper le béton mouillé. Je ferme la porte et m'y adosse une minute ou deux, tâche de reprendre mon souffle, essaie de donner un semblant d'ordre au kaléidoscope de voix et d'images dans ma tête. Une sorte de logique.

Ce que Neisha m'a dit m'a abasourdi. Je devrais être avec elle – il y a tant de choses que j'aimerais lui demander. Mais elle a raison, il faut que je parle à maman.

– Maman, où es-tu ?

– Je suis là.

Sa voix est terne, monotone. Elle est dans le salon, assise sur le canapé.

Les magazines sont sur la table basse. Elle tient autre chose dans les mains, la vieille photo de classe, Rob et moi en chemise et cravate assorties, les cheveux lissés en arrière. Elle marmonne entre ses dents. J'arrive tout juste à comprendre ce qu'elle dit.

– Si jeune… si jeune…

Son fils, mort à dix-sept ans. Et je l'ai tué.

– Je sais, je suis désolé.

Elle n'a pas l'air de m'avoir entendu.

– … On croit que ça leur passe par-dessus la tête, mais non. Ils pigent tout, même tout petits. J'aurais dû partir plus tôt. Quitter ce salaud. Je n'aurais jamais cru… jamais cru…

Elle repose la photo, et voilà qu'elle serre les mains, frotte le bout de son doigt court avec le pouce.

– Maman ?

Elle lève les yeux, m'aperçoit sur le pas de la porte.

– Rob ? dit-elle. Oh Rob, qu'as-tu fait ?

Elle se lève non sans mal et marche vers moi, sourcils froncés, se protégeant les yeux.

– Non, maman, c'est moi. Carl.

Je m'approche d'elle et nous nous retrouvons au milieu de la pièce.

– Carl, dit-elle, comme si elle tâchait de se souvenir. Carl.

Puis son visage s'éclaircit.

– Carl, dit-elle. (Elle prend mes deux mains dans les siennes, et j'ai l'impression qu'elle m'a retrouvé.) La fille est partie ?

Elle regarde derrière moi, dans l'entrée.

– Oui, elle est rentrée chez elle. Qu'as-tu entendu au juste ?

Elle me regarde, débordant de confusion.

– Suffisamment, répond-elle.

– Vas-tu me dénoncer ? En parler à quelqu'un ? À la police ?

– Pourquoi ?

– Tu sais pourquoi. Je… l'ai tué.

– C'était un accident, dit-elle, têtue.

– Non, maman, c'étaient beaucoup de choses, mais pas un accident. Je ne t'en voudrais pas si tu me balançais.

– Ce n'est pas le genre de la maison, Carl. De cette famille. Nous ne sommes pas du style à jaser, à cafarder. (Elle me regarde d'un air triste.) De plus, qu'est-ce que cela changerait ? J'ai perdu un fils, je ne tiens pas à en perdre un autre.

– Je suis désolé, répété-je.

Sa main resserre son étreinte sur la mienne, et je sens le bout de son index sur ma peau. Il est plus doux que les autres doigts. Quelque chose sursaute en moi. La douleur qu'elle a endurée, contenue en elle toutes ces années.

– Tu as fait ce que tu devais, dit-elle. Tu lui as tenu tête.

– Mais je ne voulais pas… Je n'ai jamais voulu…

– Je sais. Mais c'est peut-être la fin. Un point final à toute cette violence. Espérons.

Un point final. Mais par où cela a-t-il commencé, d'abord ? Je lève nos mains entre nous, retourne la sienne, qui se retrouve paume vers le haut.

– Rob m'a raconté ce qui était arrivé à ton doigt, maman.

Elle jette un coup d'œil sur moi, vite fait, les yeux vifs, puis elle détourne le regard. Comme Neisha.

– Tu n'étais qu'un bébé. Rob l'a vu… Et je le regrette. C'était un accident. Le genre qui se produisait chaque fois que ton père prenait une cuite au pub.

Les muscles tressautent au coin de sa bouche.

– C'est bon, maman.

Elle secoue la tête.

– Ça n'a plus d'importance. C'était il y a si longtemps.

Sa main tremble dans la mienne. Je mets ses deux paumes derrière mon dos, et j'enveloppe mes bras autour d'elle. Nous nous tenons très fort, nous berçons doucement, et au bout de quelques secondes, son corps se met à trembler quand elle pleure contre mon épaule.

Peut-être que oui, c'est la fin, la fin de la violence. C'est ce qu'elle veut croire, mais il était là aujourd'hui, dehors dans la brume, et il était en colère. Ce n'est pas encore terminé. C'est loin d'être terminé.

14

Je suis dans la salle de bains, face à la baignoire, la douche fixée à une extrémité.

Rob.

Il est là quand je suis mouillé.

Et pas quand je suis sec.

C'est ça. J'ai compris.

Le robinet. La pluie. L'eau qui déborde du seau et qui se renverse par terre.

La goutte d'eau sur la table. Mon doigt qui la touche. La voix de Rob.

Ce n'est pas que la présence de l'eau, je dois être en contact avec elle.

Ça n'a pas l'air de toucher maman, ni Neisha. Juste moi.

Si j'ai raison, il reviendra me voir. Pas quand je ferai couler l'eau, mais lorsque j'entrerai dans la baignoire. Quand ma peau sera mouillée.

J'ai l'estomac tout retourné. Que faire ? Il me déteste. Il est furieux, vraiment furieux. Les deux dernières fois, il m'a même sauté dessus. Mes épaules se contractent rien que d'y penser.

Mais il ne peut pas me faire de mal, n'est-ce pas ? Il

est mort. Je peux simplement lui couper l'envie. Tourner le robinet, me sécher, et il sera parti.

Je respire un bon coup, jette mes vêtements en vrac par terre et entre dans la baignoire. De la moisissure s'est déposée entre les carreaux. Je prends le pommeau de douche sur son support. Toujours dos au mur, je tourne le robinet, dirige l'eau pile sur le trou d'écoulement.

Mes pieds sont mouillés. Je ne cesse de regarder autour de moi, mais rien ne se passe. L'eau est tiède. Je tourne le bouton de réglage pour augmenter la chaleur, et je remonte le jet sur mes genoux.

Où est-il ?

Je tiens la douche au-dessus de ma tête et ferme les yeux quand elle tombe en cascade de mon front et sur mon corps. Je suis dans un brouillard d'eau bruyant, embué et apaisant. Peut-être que je me suis trompé. Que mon esprit m'a joué des tours. Quelque chose en moi meurt d'envie qu'il n'apparaisse pas, comme ça au moins je pourrais me laver, vraiment me laver. J'attrape le shampooing et me savonne les cheveux. C'est du shampooing pour enfants – je ne sais pas pourquoi maman achète encore ces trucs –, il sent la banane et le melon, comme un « massacre » chez un marchand de fruits et légumes. Je penche la tête en arrière et laisse l'eau rincer les bulles, apprécie la sensation quand elles glissent sur ma peau.

Et d'un seul coup, l'eau devient glaciale. Le choc est électrique. Je hurle et essaie d'ouvrir les yeux, mais le savon les pique et je les referme. J'éclabousse frénétiquement mes paupières, mais l'eau est froide, et son odeur infecte et nauséabonde me donne envie de vomir.

Je rouvre les yeux, et il est là dans l'eau. Tout est flou et déformé, à travers une brume marron, mais je sais que c'est lui.

Il est tout près.

L'eau ne rebondit pas sur son corps comme sur le mien. Elle le traverse. Je peux même voir par transparence le quadrillage noir et blanc des carreaux derrière lui.

Il me regarde.

Il ne dit pas un mot. Il a des trous à la place des yeux, des trous noirs dans son visage, et ils sont si pleins de colère que je veux détourner le regard. J'en ai besoin. Mais je ne peux pas. Ma culpabilité me paralyse.

Et voilà que j'ai l'impression d'être pris au piège ici avec lui, dans ce minuscule espace. Nous nous trouvons dans une grotte d'eau dont les murs, pour une raison ou une autre, sont solides. Je suis trempé de puanteur. Et nous sommes tous les deux silencieux. Nous nous regardons.

Il me tient avec ses yeux troués. Je suis impuissant.

Je dois me rappeler quelque chose.

Mais je ne sais pas quoi.

L'eau s'acharne sur moi, perce un trou dans mon crâne, et le froid ne se trouve plus uniquement à la surface, sur ma peau – il s'infiltre en moi, entre dans mes muscles et mes os. C'est une douleur, une peine ; elle m'infecte.

Je sais que la chose dont je n'arrive pas à me souvenir était importante, mais elle est partie.

Mes genoux se dérobent sous moi, et je tombe durement dans la baignoire. La douche se tord dans mes mains et jaillit vers le haut, ricoche sur le plafond. L'eau martèle mes épaules et le haut de mon dos. Me voilà vautré dans une infâme soupe marron, aux pieds de Rob.

Toute mon énergie semble avoir disparu dans le froid arctique de l'eau. Tout ce que je peux faire, c'est regarder mon frère. Ses pieds blanc-bleu, l'épaisse zébrure rouge autour d'une cheville. Des égratignures sur la figure, et des éraflures sur les doigts, de la boue sous ses ongles. Je peux tout voir, chaque détail.

Il est là et il n'est pas là. Solide, maculé de boue et transparent.

L'eau afflue en lui, à travers lui et hors de lui. Sort de son nez et de sa bouche, suinte par tous les pores de sa peau.

L'eau s'enfonce sur mes épaules à présent. Tombe comme des clous sur la même parcelle de peau endolorie. Si seulement je n'avais jamais commencé cela.

Tu me dois ça, petit frère.

Il baisse les yeux sur moi.

Sa bouche ne bouge pas, mais c'est sa voix. Est-ce que je lis ses pensées ? Est-ce qu'il lit les miennes ?

– Je ne sais pas ce que tu veux dire. Que veux-tu ? demandé-je.

Je lève la tête vers la sienne et l'eau la frappe, me fait tressaillir et tousser.

Voilà qu'il tousse lui aussi, des spasmes qui font se tordre et danser tout son corps. Il s'accroupit à côté de moi, se penche d'un côté et vomit, de l'eau boueuse jaillit hors de lui, remplit l'air de son odeur nauséabonde. Elle tourbillonne autour de mes pieds et de mes fesses.

– Que veux-tu que je fasse ?

Fais venir la pute au lac.

– Non !

Je ne tiens pas à en entendre davantage.

Cee, dit-il, *Cee, tu me dois bien ça.*

Si seulement je pouvais me rappeler comment me débarrasser de lui. Le froid a engourdi mon cerveau. Le martèlement incessant de la pluie noie les pensées qui essaient de se former.

Il y a un changement dans l'eau autour de mes pieds. Elle semble vivante. Des petits ruisseaux se mettent à couler à mes pieds, se fraient un chemin autour de mes chevilles et de mes mollets. Que se passe-t-il ?

Il est plus proche que jamais, se dresse, menaçant, au-dessus de moi, autour de moi. Je tourne la tête et il est là. Je me détourne et il est encore là. Où que je regarde, ses yeux me transpercent avec leur pouvoir froid et obscur. Et l'eau afflue dans ma bouche à présent, jusqu'à mes narines. Elle se fraie un chemin de force dans ma gorge. Je tousse, m'étrangle. Comment puis-je faire disparaître cela ?

Comment puis-je lui couper toute envie ?

Lui faire passer toute envie.

C'est ce que je me suis dit que je pourrais faire. Je contrôle tout – tout ce que j'ai à faire, c'est tourner le robinet. Je passe la main derrière moi. Au début, je ne trouve pas le robinet. Mes doigts fouillent dans le vide. Où est-il ? Je me retourne et mon mouvement a dû faire bouger la douche, car l'eau ne tombe plus que sur ma main. Des gouttes dures et froides martèlent ma peau. C'est si froid que mes doigts se raidissent. Je ne sens plus leurs extrémités.

N'y pense même pas.

Je tiens toujours la douche, j'essaie de la tourner, de la retourner vers le bas, mais elle me glisse de la main et voilà qu'elle est vivante. Le tuyau en métal se contorsionne au fond de la baignoire, se tord et se retourne sous la pression de l'eau et, tout au bout, le pommeau crache ses boyaux glacials, et quel que soit le bout par lequel elle sort, toute l'eau finit par attaquer ma main. Elle tombe en cascade d'en haut, dans un grand bruit. Elle remonte en serpentant sur le côté de la baignoire, ma main est engourdie – un morceau de viande inutile au bout de mon bras.

Mon autre main fonctionne encore, toutefois. J'écrase le commutateur de la douche, le tiens fermement alors que l'eau cesse de jaillir du pommeau et se met à sortir des robinets. Elle coule directement dans la bonde.

La bouche ouverte, je respire vite et je lève les yeux.

Rob est toujours là, mais le fond est plus clair à présent, il disparaît peu à peu.

Espèce de salaud. Finis-la ou je te finis, toi, dit-il.

Je frissonne, mais mon cerveau s'est dégelé. Se sécher. Il faut que je me sèche. Laissant les robinets couler, je sors du bain et me frotte frénétiquement avec une serviette, me servant de la main qui fonctionne encore.

Je ne vois plus Rob, juste l'endroit où il se tenait ; une brume légère, un flou dans cet espace, rien de plus. Il est parti ou presque, mais il réussit à murmurer pour la dernière fois : *Finis-la…*

Je m'adosse contre le mur, frissonne, halète. Ma seule pensée, c'est qu'il en veut à Neisha. Il faut que je la protège. Il faut que je l'empêche de s'approcher du lac.

15

Je cours sans m'arrêter jusque chez Neisha, mais à aucun moment je ne l'aperçois. Elle a bien dit qu'elle rentrait chez elle ? Ce que je peux être lâche ! Pourquoi l'ai-je laissée partir toute seule ? La douce pluie brumeuse est encore là, elle plane presque dans l'air. Je garde le parapluie de maman près de ma tête, évite d'effleurer des feuilles trempées et saute par-dessus les flaques.

La sonnette est mouillée. Je ne dois pas la toucher. Donne un petit coup avec le manche du parapluie et m'éloigne de la porte, lève les yeux vers les fenêtres. La porte d'entrée s'ouvre. C'est le papa de Neisha, vêtu d'un polo chic orné d'un petit logo, rentré dans son pantalon.

– Tu avais dit une heure, Neisha, dit-il alors que la porte s'ouvre, puis il constate que c'est moi et non sa fille qui se tient sur le pas de la porte. Oh.

Son front est plissé d'inquiétude et il caresse nerveusement la touffe de cheveux collée sur le sommet de son crâne chauve.

– Oh, dis-je en écho. Bonjour, est-ce que Neisha est là ?

Question stupide.

– Non, je pensais qu'elle serait de retour il y a une heure. Je croyais qu'elle te rendait visite, enfin à ta mère.

– Oui, elle est partie il y a une heure.

– Alors où est-elle ?

– Je ne sais pas.

– Elle devrait être là. Où je peux garder un œil sur elle, prendre soin d'elle. Son portable est éteint. Elle coupe toujours son téléphone chéri quand elle est avec ce… (Il s'arrête, brusquement conscient de la personne à qui il parle.) Je suis désolé, je m'inquiète, c'est tout. Je ne voulais pas qu'elle sorte. C'est trop tôt… il faut que je sache où elle est…

Déjà, je fais marche arrière.

– Elle n'a que seize ans. Elle se prend pour une adulte, croit qu'elle peut faire tout ce qu'elle veut, aller où elle veut, mais…

– Je vais la trouver, dis-je. La ramener.

– Elle connaît le chemin, mais merci.

Je passe le portail en courant, et tourne à gauche en direction du centre-ville. Où a-t-elle pu aller ? Je croyais qu'elle rentrait directement chez elle quand elle est partie de chez nous.

J'ai une idée. Je ne sais pas où elle est. Mais je sais où elle ne doit *pas* être. Un spasme de peur m'empoigne le ventre. Elle ne peut pas… Si ? Je me dirige vers la grand-rue. Au bout, près de l'église, un camion passe à toute allure, éclabousse ma jambe. Mon jean est trempé.

Finis-la.

Je regarde autour de moi, m'attends à voir Rob, mais la rue grouille des personnes normales qui peuplent le centre-ville ; vieilles dames avec des Caddie, mamans qui traînent des bambins ou poussent des landaus. Il n'est pas là. Ce n'était qu'un écho dans ma tête. Mais j'ai l'impression qu'il est juste derrière moi, qu'il s'écarte quand je me retourne.

J'avance sur le trottoir en trébuchant, cours à moitié, marche à moitié, regarde derrière moi à chacun de mes pas.

Un raccourci mène de la grand-rue au parc, descend le long des boutiques. J'accélère, contourne le chemin. Au bout, il y a un bowling qui se cache derrière une haie verte et épaisse, et des courts de tennis. Je file entre les courts et me retrouve bien vite sur la pelouse ouverte du parc. Il y a plusieurs séries de traces de pneus sur le gazon de la colline, de grandes ornières marron dans l'herbe avec de l'eau qui repose au fond. Mes yeux les suivent jusqu'en bas, une silhouette se dresse au pied de la colline. Quelqu'un qui porte un manteau trois-quarts noir, avec de longs cheveux bruns en cascade dans le dos, et qui vient de disparaître à travers un trou entre les buissons.

– Neisha, crié-je à pleins poumons.

Elle se retourne.

– Attends ! Attends-moi !

Je descends la colline à toute allure, trébuche et glisse, mais réussis tout de même à ne pas tomber. De l'eau suinte de mes chaussures à chacun de mes pas. Neisha me regarde courir, et alors que je parviens bruyamment à elle, elle tend un bras sur le côté, comme pour m'attraper. Je m'arrête avant de la percuter, mais elle sourit tout de même et dit :

– Waouh !

– Désolé, je…

Et je ne sais pas quoi dire. Comment lui conseiller de ne pas s'approcher du lac sans passer pour un fou ?

– Où vas-tu ? demandé-je, bien que je connaisse déjà la réponse.

Le sourire disparaît de son visage, elle hausse les épaules et regarde fixement le sol.

– Je… je retournais juste… tu sais.

– Tu retournais au lac ?

– Oui, j'ai pensé que cela pourrait m'aider.

Elle est mal à l'aise, elle s'excuse.

– Non ! dis-je, bien que cela ressemblât plus à un cri.

Elle lève brusquement les yeux.

– C'est un tel foutoir, Carl ! Tout cela est tellement horrible. Je veux essayer de comprendre ! Ou de trouver une sorte de paix. Désolée, ça a l'air nul, ce que je dis.

– Non, rétorqué-je. Non… C'est juste… pas là-bas, c'est tout. Ne retourne pas là-bas.

– Quelqu'un a dit qu'il y avait des fleurs, comme chez toi. Je voulais voir, c'est tout.

– Ce ne sont que des fleurs, Neisha. Ça ne veut rien dire.

Mon ton est légèrement maussade, et je me dis ça y est, j'ai tout fichu en l'air. Elle va m'envoyer balader.

– C'est bon, lance-t-elle en posant une main sur mon bras.

Même à travers ma manche, je ressens sa chaleur et cela me fait l'effet d'un choc électrique.

– Je comprends que tu ne veuilles pas y aller. C'est bon. Nous irons ailleurs. Je peux y retourner toute seule une autre fois.

– Non !

Et me revoilà en train de lui hurler à la figure. Cette fois, un petit postillon sort de ma bouche et atterrit sur le coin de la sienne. Instinctivement, elle retire sa main de mon bras et s'essuie.

– Bon sang, Carl, qu'est-ce qui ne va pas ?

– Je suis désolé, je suis désolé.

Je reste debout devant elle, inutilement, voûté, sans savoir comment empêcher cette fille magnifique de faire quelque chose qui pourrait l'exposer à un terrible danger.

Elle soupire.

– Allons quelque part, dit-elle. Ailleurs.

Elle glisse sa main dans la mienne, et revoilà cette chaleur. Mes doigts s'enroulent autour des siens, et d'un seul coup, tout semble possible.

Je peux arriver à comprendre comment gérer Rob.

Je peux prendre soin de Neisha.

Nous nous mettons à grimper la colline.

– Joli parapluie, constate-t-elle, et je saisis l'allusion et le rapproche un peu pour qu'il la protège. Mon épaule sera mouillée, mais je suis trop ébloui par elle pour m'en préoccuper.

– Euh… c'est celui de maman.

Mauvais plan, Carl.

La voix est là. Rob est là. Quelque part. Nous observe. Veut que nous repartions en direction du lac. Un frisson touche mon cou. De l'air froid hérisse mes poils. Je tire le parapluie vers moi d'un coup sec.

– Que fais… ? Oh, tu es mouillé. Viens ici.

Elle lâche ma main et se rapproche de moi, passe son bras autour de ma taille.

Tu es mort, salaud ! Vous êtes morts tous les deux !

Je me raidis. Et maintenant, que va-t-il faire ? Comment puis-je la protéger ? Je regarde attentivement derrière nous, m'attends à voir le visage pâle de Rob à côté de moi.

– C'est bon, dit Neisha. Personne ne regarde. De toute façon, nous ne faisons rien de mal.

C'est ce qu'elle pense. Mais je désire la copine de mon frère. Je la désire si fort que chaque cellule de mon corps est consciente de sa proximité. Mon cou était froid, voilà un moment. Et à présent, il y a du sang qui y afflue et qui me monte aux joues. Il monte si violemment dans mon entrejambe que j'ai du mal à marcher. Je désire la copine de mon frère disparu. Si ce n'est pas merdique… Il avait bien raison de vouloir ma mort.

– Ça me manque, dit-elle. D'être proche de quelqu'un.

Je n'ai jamais connu cela. Si ? La proximité que Rob et moi avions était un contact totalement différent. Se tenir dans une prise de catch, essayer de prendre le dessus. Là, c'est différent. C'est réconfortant.

Et ça pourrait devenir plus. Tellement plus. Il suffirait de pas grand-chose. Elle pourrait se retourner, ou moi, et nous nous retrouverions face à face. Mon visage près du sien. Mon visage qui touche le sien.

– … On y va ?

Elle me regarde comme si elle attendait une réponse ; et je ne comprends pas du tout ce qu'elle vient de dire. Je la dévisage d'un air interdit.

– Et si l'on essayait le café dans la grand-rue ? demande-t-elle. Le nouveau ?

– Je ne sais pas. Ton père t'attend chez toi.

– Mon père ? Quand es-tu… ?

– Je suis d'abord passé chez toi. Il était un peu nerveux.

Elle lève les yeux au ciel.

– Je vais l'appeler.

Elle se détache de moi, puis sort son portable de son sac et l'allume.

– Papa ? Je suis au parc. Non, je vais bien, honnêtement. Je suis avec un ami, nous allons… Oui, le frère de Rob. Papa, ne réagis pas comme ça. Nous allons prendre un café, d'accord ?

Elle éloigne le téléphone de son oreille quelques secondes, puis s'empresse d'ajouter :

– À plus.

Et elle coupe.

– Il s'inquiète, me dit-elle.

– On ne peut pas le lui reprocher.

– Je sais, mais ça ne lui a jamais plu que je sorte. En fait, il n'aime pas du tout que je quitte la maison.

– Au moins, il se soucie de toi.

– Oui, je sais.

Le téléphone sonne. Elle regarde l'écran, fait la grimace, appuie sur le bouton OFF et le range dans son sac.

– Alors, où va-t-on ? Grand-rue ?

Je ne veux pas être entouré de gens. Je veux qu'il y ait juste elle et moi, comme en ce moment. Nous passons devant le café du parc – un méli-mélo de chaises et de tables en plastique, collées les unes aux autres sur un carré de béton, près d'une cabane avec un passe-plat. Deux fumeurs sont assis à une table, des accros invétérés à la nicotine qui resteraient dehors même s'il neigeait. Et c'est tout. Personne d'autre.

– Ici ? proposé-je.

– Comme tu veux, répond Neisha d'un air décontracté. (Elle croise mon regard.) Que veux-tu ? Tu as faim ?

Je secoue la tête et nous sourions tous les deux. Cela m'est familier, comme si nous avions déjà partagé des sourires secrets.

Nous nous rendons devant le passe-plat où nous commandons deux boissons : Coca pour moi, café pour elle. Je ne veux pas lâcher le parapluie et je n'ai pas assez d'argent pour régler les deux consommations, je reste donc planté sur place, mal à l'aise pendant un moment, jusqu'à ce que Neisha les paie et les emporte. Nous nous rendons à une table, la plus éloignée des fumeurs. De l'eau dégouline de l'immense parasol planté de guingois en son milieu.

– Pas ici, dis-je, c'est mouillé.

– C'est mouillé partout, rétorque Neisha. Ne sois pas chochotte. Je vais chercher des serviettes.

Elle pose les boissons, essuie la table et s'assied. Je repousse le bord du parasol, tente de le redresser, envoie une pluie de gouttes sur Neisha, la table et moi. Le parasol reprend sa position initiale.

Rapproche l'eau de moi.

– La ferme !

C'est sorti avant que je puisse m'en empêcher.

Neisha me regarde en fronçant les sourcils.

– Je n'ai rien dit. C'est quoi ton problème, au juste ?

Je me sens bête, pris en défaut. Pour cacher mon embarras, j'ouvre ma cannette et, toujours debout, sirote mon Coca. Le pétillement ne m'apaise pas, cette fois. Les bulles qui crépitent sur ma langue ne font qu'intensifier mon agitation.

– Assieds-toi, Carl, m'intime Neisha. Assieds-toi et parle-moi.

Peut-être que ce n'était pas une si bonne idée. D'un seul coup, je ne souhaite plus être là, entouré de gouttes, un monde détrempé peuplé de voix, d'odeurs, de choses que je ne veux pas voir. Je veux être à l'intérieur, au chaud et au sec. Je veux m'asseoir sous l'un de ces sèche-mains que l'on trouve dans les toilettes publiques. M'asseoir et sentir le courant d'air chaud et sec me souffler dessus. Je veux me sentir en sécurité.

Mais Neisha me regarde, attend que je m'asseye. Je tire légèrement une chaise et m'installe sur le bord.

Encore trop tôt, après tout.

Cette fois je ne réponds pas. N'écoute pas.

– Carl ?

– Quoi ? Désolé, désolé, Neisha.

Ma jambe tremble comme une folle. Je n'arrête pas de faire basculer la languette en métal de la cannette de haut en bas, de haut en bas. Faut que je la protège. Faut que je l'empêche de…

– Tu n'as pas réellement envie d'être ici avec moi, n'est-ce pas ?

– Si, bien sûr que si. Tu es la seule personne… la seule qui puisse me comprendre.

– Je sais, c'est ce que je pensais. Nous sommes les seuls ici. Nous vivons quelque chose d'énorme. Crois-tu que nous serons… toujours aussi proches ?

Proches. Ses lèvres qui touchent les miennes. Son souffle sur ma peau. Mais nous ne pouvons pas être réellement proches si elle ne sait pas ce que je vis. Si je ne lui dis pas la vérité.

– Bien sûr, dis-je.

Il a cessé de pleuvoir. Rob est parti. Je me détends un peu.

– Neisha, tu sais que je t'ai aidée…

– Oui, répond-elle. Tu as fait plus que m'aider. Tu m'as sauvé la vie.

Elle me regarde sous ses cils. Ils sont épais, courts et bruns et je me demande ce que cela ferait de les effleurer du bout des doigts.

– Eh bien, je veux continuer. Je veux te protéger.

Ses yeux s'adoucissent. Elle tend le bras, touche mon poignet, et cela change tout, cela chasse toute envie de me confier à elle. Elle garde la main dessus, mais son visage s'assombrit.

– Merci, Carl, mais être hors de danger, ça n'existe pas, n'est-ce pas ? Notre vie ne tient qu'à un fil. Une chose, rien qu'une toute petite chose, et tout est fini.

– Comme l'eau, dis-je. De l'eau dans tes poumons, pas d'air.

Et des frissons parcourent ma colonne vertébrale, font se contracter mes bras nerveusement. Neisha s'en aperçoit et son étreinte se resserre légèrement. Calmante. Réconfortante.

– Oui, dit-elle. Ou une cellule qui va mal. Qui pousse trop vite. Qui prend le pouvoir.

Nous ne parlons plus de Rob. J'imagine qu'il s'agit de quelqu'un de proche. Mais je ne veux pas faire de suppositions, dire ce qu'il ne faut pas, gâcher le moment.

– Comme le… cancer ?

– Ma maman, répond-elle, et les doigts sur mon poignet se crispent encore plus.

L'un de ses ongles bouge sur ma peau, s'y enfonce. Je m'en moque. Elle peut me donner un peu de sa douleur.

– Je suis désolé, dis-je.

Faire cela, m'excuser pour quelque chose que je n'ai pas fait. Le comprendre, à présent. C'est un synonyme de : « Je suis désolé de ce qui t'est arrivé ».

– Pas ta faute, dit-elle. Celle de personne.

– Qu'est-ce que… enfin, depuis combien de temps ?

– Il y a une éternité, quand j'avais cinq ans. Papa a déménagé pour prendre un nouveau départ. Il a été muté de l'usine de Birmingham à celle d'ici. J'imagine qu'il croyait qu'il faisait ce qu'il fallait.

– Ce n'était pas le cas ?

Elle fait légèrement la moue.

– Pas de famille, pas d'amis. Des années sans parler à personne, à être la seule Asiatique, la seule de toute cette pauvre ville. J'adore mon père, mais je l'ai détesté de nous avoir fait venir ici.

Et si elle n'était pas venue ici, alors elle n'aurait pas rencontré Rob. Et il ne lui aurait pas fait de mal, et elle n'aurait pas essayé de s'enfuir…

– Maintenant, l'usine ferme, et Dieu seul sait ce que nous allons devenir !

Son visage est si triste, pas dans le sens où elle va se mettre à pleurer, juste résignée, lasse. J'ai tellement envie de lui donner tort. Je veux arranger les choses. Mais que puis-je faire ? Que puis-je logiquement faire qui arrangerait les choses ?

Sans réfléchir, je me lève à moitié de ma chaise, me penche au-dessus de la table et l'embrasse doucement sur la joue. Je ferme les yeux et inspire quand mes lèvres effleurent sa peau. Et ma tête est remplie de chocolat blanc, de vanille, de pêches. Elle est le soleil, pas ce pauvre truc tiède et faiblard que nous avons en Angleterre – le soleil tropical, le vrai soleil.

Je me rends compte de ce que je viens de faire et m'éloigne lentement d'elle. J'ose à peine ouvrir les yeux. Quand je le fais, mes mécanismes d'autodéfense se mettent en marche. Je me frappe la tête et souris bêtement.

– Désolé, désolé. Je sais pas ce qui m'a pris. Bon sang, qu'est-ce qui m'a pris ?

Je la regarde du coin de l'œil, et elle sourit elle aussi.

– C'est bon, dit-elle. C'est bon.

Et juste à cet instant, dans cette glorieuse seconde, une fraction du temps que nous partageons, que nous seuls connaissons, je suis heureux. Tout le reste est oublié. Et je veux rester ainsi pour toujours. Je veux qu'elle continue à me regarder, à travers ses cils ridiculement épais. Je veux garder cette lumière dans ses yeux, ces fossettes de part et d'autre de sa bouche.

Il y a un craquement bruyant. Venu de nulle part, un coup de vent souffle sous le parasol, tend le tissu à tel point qu'il se découd. Toute l'eau amassée dessus tombe en cascade sur Neisha, presque comme si l'on renversait un seau sur elle. Les serviettes sur notre table s'envolent sur l'herbe, la table elle-même se balance alors que le pied du parasol pousse fort pour s'échapper du trou au milieu. La tasse de café de Neisha se renverse, et le liquide se répand sur ses genoux.

Elle hurle, se lève d'un bond et bat des mains, comme si cela allait faire partir l'eau. Elle danse sur place, pousse des cris perçants. L'eau qui lui est tombée dessus a aplati ses cheveux sur son crâne. Le haut de ses jambes fume, là où le café imprègne son jean.

J'attrape une poignée de serviettes sur la table à côté et les lui tends.

– Tu vas bien ? Tu t'es brûlée ?

Le son qu'elle émet est à mi-chemin entre les rires et les larmes.

Après quelques minutes passées à se sécher les cheveux, le visage, le cou et les jambes, elle s'est suffisamment calmée pour en rire. La femme du café lui en apporte un autre, offert par la maison, et une serviette. Neisha se sèche comme il faut, essuie de nouveau la chaise, et s'assied. Le soleil pointe derrière les nuages, et je peux sentir sa chaleur sur ma peau.

– Bon sang, que vient-il de se passer ? On aurait dit un acte de Dieu !

En dépit du soleil, ses paroles envoient un frisson le long de ma colonne vertébrale. En un sens, je suis sûr qu'elle a raison. C'était délibéré. Quelqu'un l'a fait se produire. Dans un accès de jalousie. Et cela me fait penser que tout cela est bien réel. Rob. Il est encore là. Il veut la mort de Neisha.

Je pensais que je pourrais la protéger, mais peut-être pas.

– Neisha, dis-je, ne va pas au lac. Tu me le promets ?

Elle incline la tête de côté.

– Je crois que si, je dois le faire.

– Pas aujourd'hui, alors. Et pas toute seule. Emmène-moi. Promets-moi que tu n'iras pas là-bas toute seule.

– OK, acquiesce-t-elle, je te le promets.

Elle sirote son café. J'aurais dû en prendre un, pas un Coca. Je n'aime même pas ça, mais je veux goûter à la même chose qu'elle.

– Je ferais mieux de rentrer, avant que papa ne pète complètement un plomb, dit-elle au bout d'un moment.

Sans la pluie, nous n'avons plus aucune excuse pour nous blottir l'un contre l'autre, et nous sortons du parc côte à côte, sans même nous toucher. Lorsque nos doigts entrent accidentellement en contact, je détourne les yeux, gêné. Je meurs d'envie de passer mon bras autour d'elle, de l'attirer contre moi, de marcher en rythme avec elle, de trouver le même rythme. Mais je ne peux pas… et je n'en ai pas besoin. Car ses doigts cherchent les miens, se faufilent, et nos mains s'unissent comme une fermeture Éclair. Et maintenant, je lui jette juste un coup d'œil rapide. Elle regarde droit devant elle, l'air cool, comme si elle était habituée à donner la main aux garçons. Mais le dernier à qui elle a donné la main, c'était Rob.

Je repousse cette pensée au fond de ma tête et me concentre pour savourer chaque pas entre le parc et sa maison.

Sans la pluie, sans Rob, je me sens différent. Comme si l'on avait ôté un poids de mes épaules. Je peux presque faire comme si aucun de tous ces trucs n'arrivait. Rien de cela n'est réel. Peut-être que je ne vis pas de cauchemar, une histoire d'horreur. Peut-être que je suis dans le genre d'histoire où il se passe quelque chose d'horrible et où le garçon finit avec la fille. Où le garçon obtient la fille. Où Carl obtient Neisha.

Au coin de sa route, avant que sa maison soit visible, elle détache sa main de la mienne.

– Merci, dit-elle, de m'avoir raccompagnée.

– De rien.

– Je ferais mieux de rentrer.

– Oui.

– Tu as l'air d'aller mieux. Plus calme.

– C'est toi. Être avec toi. Te parler, tu sais…

Et ça y est. Sa chaleur a chassé mes démons. Si seulement je pouvais la garder avec moi.

16

Neisha. Ses yeux. Sa peau. Son odeur. Son goût.

Elle est chez elle et je rentre chez moi. Mais elle emplit mes sens, et tout me revient en mémoire. J'ai eu envie d'elle dès la première fois que je l'ai vue. Je la désirais quand elle était avec Rob. Mais ce n'était rien, à côté de ce que je ressens en ce moment.

Je l'ai embrassée.

Et elle ne m'a pas crié dessus, ne m'a pas giflé.

Elle m'a tenu la main.

Sous mes pieds, il y a du béton, des graviers et de l'herbe, mais en fait je marche sur de l'air. Ma vie est un invraisemblable foutoir, mais il en ressort quelque chose de positif. Quelque chose d'incroyablement, de merveilleusement bon. Je veux me raccrocher à ce sentiment, mais bien sûr, je ne peux pas. Une vanne s'est ouverte dans ma tête. Je suis assailli de souvenirs, un tsunami d'images et de voix qui se renversent, jusqu'à ce que l'un d'eux reste. Elle et moi. Neisha et moi.

Et Rob.

J'arrête de marcher, m'adosse contre un mur, me couvre le visage et regarde le film qui passe dans ma tête.

« Tu l'aimes ? »

Il rit.

« Bien sûr que non !

– Alors, laisse-la partir.

– Pour que tu puisses l'avoir ? Je préférerais la tuer !

– Ne sois pas idiot !

– C'est toi l'idiot, idiot ! Tu crois qu'elle voudrait de toi, après avoir vu le truc minuscule qui te sert de bite ?

– La ferme. LA- FER-ME.

– Elle reposera sa loupe, se pissera dessus de rire et ce sera tout. Fin de l'histoire.

– La ferme. Elle n'est pas comme ça.

– Elle est exactement comme ça. Elles sont toutes comme ça.

– Non.

– Et tu le sais, n'est-ce pas ? »

Il nous a vus, assis dans le parc ensemble, voilà pourquoi il est aussi furieux. Eh bien, cette fois je n'encaisse pas. Je me défends.

« Elle m'aime bien. Elle m'a embrassée. Elle…

– Quoi ?

– Elle m'a embrassé et je l'ai embrassée, et ça lui a plu.

– Tu mens. Et si jamais je pensais que vous faisiez des trucs dans mon dos, je vous tuerais tous les deux. »

Je mentais à ce moment-là, même si je mourais d'envie que ce soit la vérité. Et maintenant, je me souviens qu'il a flanqué son poing dans la porte, puis sur mon visage. Il était tellement en colère qu'il n'a pas pu s'en empêcher. J'ai fait cela, je l'ai asticoté, énervé. Il y a tellement de choses qui me sont revenues à présent. Est-ce que je me souviens de tout ? Est-ce que c'est tout ce qu'il y a à savoir ?

Les pièces du puzzle commencent à s'assembler. Les coups qu'il lui a portés l'ont poussée à se confier à moi. Mon mensonge sur notre baiser l'a rendu fou furieux...

J'ai menti à ce sujet, mais cette fois, c'est réel.

Je me remets en route. Je suis de retour dans la grand-rue, et quand je passe devant le magasin de bonbons, un souffle d'air chaud fait ressortir une douce odeur de vanille. Pour moi, elle signifie « Neisha », et je sais que c'est un signe. C'est cela, mon avenir, chaleur et douceur. Je l'ai mérité. Je l'ai sauvée. Mais elle est toujours en danger. Tout au fond de moi, je sais que je vais devoir la sauver, encore et encore.

Il y a des voix dans la cuisine quand je rentre à la maison. Je passe la tête par la porte et je suis accueilli par un grand cri. Une femme – ma mère, en plus vieille et plus grosse – se lève et avance vers moi en poussant des cris perçants.

– Oh ! mon Dieu, Carl ! Carl !

Elle me prend dans ses bras, une tasse dans une main et une cigarette dans l'autre. De près, elle sent le cendrier de bistrot.

– Je suis désolée, tellement désolée.

Elle parle dans mon cou.

Je regarde par-dessus mon épaule en direction de maman. Ses yeux sont rouges et vitreux, elle a pleuré. Et bu. Ce n'est pas du café, dans leurs tasses.

– Tu te souviens de tante Debbie, n'est-ce pas ? dit-elle.

Oui, je me souviens d'elle. Noël en famille, elle et maman, les meilleures amies du monde qui carburent au sherry à l'apéritif, qui se marrent au vin blanc pendant le déjeuner, qui se battent comme des chats de gouttière à la liqueur de café quand le discours de la reine commence.

– Bon sang, Debs, laisse-le respirer, tu vas l'étrangler !

Debbie se détache et recule d'un pas.

– Laisse-moi te regarder. Oh ! là ! là ! ce que tu ressembles à ton frère ! Oh ! là ! là ! quel malheur !

Des larmes dégoulinent sur son visage. Elle les essuie du dos de la main, puis caresse mon visage, le pouce qui tient sa cigarette effleure ma pommette. La fumée me pique les yeux et je me mets à tousser.

– Attends, je vais te chercher un peu d'eau.

À travers ma toux, je l'entends se diriger vers l'évier, faire couler l'eau. Puis la revoilà devant moi, elle me fourre une tasse d'eau dans la main, la colle devant ma figure comme si j'étais un petit garçon.

– Tiens, bois un peu.

Elle en renverse légèrement sur mon visage.

Prends-en. Avale. Respire.

Rob est là, murmure, me harcèle. Et ce n'est pas de l'eau du robinet, c'est le truc pourri du fond du lac. Froid et infect. Qui essaie de m'étouffer, d'entrer en moi, dans ma gorge, mes poumons.

– Non !

Je lui arrache la tasse de la main et elle vole à travers la pièce et va s'écraser contre un mur.

– Carl, que fais-tu ?

Maman me hurle dessus. Debbie hurle, elle aussi.

– Je voulais seulement t'aider ! Il est devenu fou ! Qu'est-ce qui ne va pas, chez lui ?

– Taisez-vous, taisez-vous ! Vous ne comprenez pas !

Je sors de la pièce à tâtons, monte d'un pas chancelant et m'enferme dans ma chambre, mais pas avant d'avoir entendu Debbie lancer : « Des animaux sauvages, Kerry. Exactement comme tu l'as dit ! Tu avais dit que c'étaient des animaux sauvages, et je ne t'avais pas crue… »

L'odeur de renfermé dans la pièce est plus forte que jamais. Je m'allonge sur mon matelas, essaie de me calmer. Tout va bien, me dis-je. Neisha t'aime bien, tu l'as embrassée, tu te souviens ? Ça va aller.

Mais non, ça ne va pas.

La traînée au plafond est plus large, plus foncée. Elle s'étend sur les murs, comme des doigts qui se tendent, qui se dirigent vers moi. Je peux sentir la présence de Rob… il est là dans l'humidité, il flotte dans l'air.

Tu l'as toujours désirée, pas vrai ?

Ce n'est pas réel, si ?

Elle le mérite. Vous le méritez tous les deux.

Je mets mes mains sur mes oreilles et me retourne sur le côté, remonte mes genoux contre ma poitrine.

– Arrête ! Arrête !

Je te tuerai, Cee. Tu verras si je ne…

– Arrête, d'accord ? Je n'écoute pas. Fiche-moi la paix !

Il y a une main dans mon dos. Il est là. Je peux le sentir. Je ne veux pas regarder. Je ne veux pas de lui ici, je ne peux pas le supporter. Je passe le bras derrière moi. Ma main claque sur de la chair tiède, et j'entends deux hurlements, un tout près, un plus loin. Je regarde par-dessus mon épaule : maman est tombée par terre sur les fesses, bouche bée comme un poisson. Tante Debbie se tient sur le pas de la porte.

À leurs hurlements se mêle un autre cri : un rire qui rebondit sur les murs, qui vibre à l'intérieur de mon crâne.

17

Me voilà debout, et je dévale l'escalier en direction de la porte.

– Il est devenu fou, Kerry. Il est en danger…

Je passe la porte en courant, traverse le petit jardin, saute par-dessus le mur, et je m'enfuis. Je ne sais pas où je file, mais je ne peux pas rester dans cet endroit une minute de plus. Je parcours aveuglément les allées, les chemins, passe devant des clôtures, des garages, des poubelles. Je veux courir sans jamais m'arrêter, mais mon réservoir d'énergie est déjà presque vide. Je ralentis, trotte, puis marche. J'ai la gorge sèche et mes jambes sont comme du plomb.

Je me retrouve derrière l'école, près d'un ensemble d'immeubles délabrés que l'on appelle « Les Hangars », où les concierges font tourner leur petit empire. Nous sommes samedi après-midi. L'école est vide. Pas de personnel. Pas d'enfants. Je passe par un trou dans la barrière, et me voilà à l'intérieur. Les cabanes sont fermées à clé, mais il y a une sorte de terrasse devant l'une d'elles, où deux chaises en toile sont installées. Je m'assieds et essaie de mettre les choses au clair dans ma tête.

Je suis désolé d'avoir tapé maman. S'il n'y avait qu'elle et moi, je pourrais rentrer et m'excuser. Peut-être qu'elle me frapperait en retour, peut-être que non. Peu importe. J'assumerais. Et j'ai le sentiment que tout irait bien. Nous commençons à nous entendre. Mais maintenant que Debbie est là, c'est différent. Elle n'arrêterait pas de jacasser, de la mettre en boîte. Je ne peux pas rentrer. Pas maintenant, pas encore.

Le fait est que je comprends tout cela. Pourquoi Rob est en colère. Il est jaloux de Neisha et moi, furieux contre moi de l'avoir protégée de lui. Il souhaite la mort de Neisha. Et il veut me faire payer en la tuant. Il croit que je lui dois la loyauté. Eh bien non, je ne marche pas. Pas moyen. Elle est belle et gentille, et je commence à me dire qu'elle pourrait bien être ma petite copine. Je n'ai jamais rien ressenti de si bon. Je ne vais pas le laisser me l'enlever.

Il faut que je trouve le moyen de le lui dire. Que peut-il faire, après tout ? Il est mort, n'est-ce pas ?

Je me cale dans la chaise et ferme les yeux. Et c'est lui que je vois. Son visage pâle, la fermeture qui monte et qui se ferme sur lui. Et je sais tout au fond de moi qu'il me fera du mal si je le rejette. Il est dans l'eau, l'eau est partout, et on dirait qu'il peut s'en servir contre moi. Le voir, l'entendre, le sentir – chaque jour, tout le temps – me fait basculer de plus en plus dans la folie. J'ai frappé maman. Que vais-je faire d'autre ?

Il faut que je me débarrasse de lui.

Quelque chose se met à vibrer dans ma poche, puis une sonnerie beugle. Le téléphone de Rob. L'espace d'une folle minute, je pense que c'est lui. Je l'extirpe de ma poche, mais j'ai trop peur de regarder. Puis je me rends compte que je suis vraiment idiot. Je consulte l'écran. Neisha.

– Carl, où es-tu ?

Elle a une petite voix, on dirait qu'elle se trouve à des kilomètres.

– Je suis derrière mon école. Et toi ?

– Au bout de ma rue. Il fallait que je sorte, que je m'échappe un peu.

– Que s'est-il passé ?

– Je te raconterai quand je te verrai. Je peux te voir ?

– Bien sûr.

Elle ne fréquente pas cette école, mais celle qui est à l'autre bout de la ville. Blazers, cravates, et des « oui monsieur, non monsieur ». Je lui explique comment trouver Les Hangars et me mets en route pour la rencontrer à mi-chemin.

Je la vois avant qu'elle me voie, et mon estomac se radoucit. Marchant toute seule, elle a l'air si vulnérable. Plus que jamais, plus que tout, je veux la protéger. Lorsqu'elle me remarque, elle détourne le regard et s'essuie le visage avec sa manche. Quand je me rapproche, je constate que sa bouche se contracte nerveusement. Elle tâche de ne pas pleurer.

– Neisha, que se passe-t-il ?

– Pas ici, pas dans la rue, dit-elle.

Nous nous dirigeons vers l'école en silence. Nos mains se retrouvent et, une fois de plus, le choc de sa chaleur irradie mon bras. En dépit de tout, je sens l'espoir monter en moi.

Je la fais passer par le trou dans la clôture pour entrer sur le terrain de l'école. Maintenant qu'on ne nous voit plus, ses épaules se mettent à trembler ; j'avance d'un pas et passe mes bras autour d'elle. Elle pose sa tête sur mon épaule et plusieurs minutes s'écoulent avant qu'elle parle.

– Tout va mal, si mal.

– Il s'est passé autre chose ?

– Mon père… il dit que nous allons rentrer à Brum, en même temps que son usine.

J'ai l'impression que le sol s'ouvre sous mes pieds et nous engloutit. Elle ne peut pas déménager. Je ne peux pas la perdre. Pas maintenant. Je la serre plus fort, caresse ses cheveux et savoure la sensation de ses mains sur ma taille.

– Il vient de piquer une crise, parce que j'étais sortie plus longtemps que ce que j'avais dit, parce que j'étais avec…

– Avec moi.

– Oui. Il détestait Rob, et maintenant il prétend que cette ville est toxique, que nous n'aurions jamais dû venir ici.

Son corps tremble de nouveau. J'embrasse le dessus de son crâne, sa tempe, sa joue. Elle est chaude, si chaude. Elle bouge un peu, penche son visage vers le mien, et je trouve ses lèvres. Elles sont douces, et mouillées et ont un goût de larmes salées. Je colle délicatement ma bouche sur la sienne, prêt à me retirer au moindre rejet, mais après une seconde ou deux, elle me répond, incline un peu plus la tête, me rend mon baiser. J'ouvre la bouche et elle m'imite, et nous nous embrassons – ma lèvre supérieure dans sa bouche, sa lèvre inférieure dans la mienne. Elle est pleine, charnue, mouillée et chaude ; je fonds à l'intérieur : je suis bouillant, intérieurement et extérieurement.

Au bout d'un moment, nous nous séparons. Mes jambes tremblent, de la sueur se forme entre mes omoplates, sous mes bras.

– Il faut que je m'asseye, dis-je, et je m'écroule dans l'une des chaises en toile. Neisha fait mine de s'installer dans l'autre, mais je l'attire vers moi, sur mes genoux. J'ai encore besoin de sa chaleur, et de sa bouche sur la mienne. La chaise craque sous nous. Neisha grimace.

– Ça va aller ? demande-t-elle.

– Oui, je réponds. Tout va bien.

Et nous nous embrassons encore et encore, et l'une de ses mains est dans ma nuque, l'autre enfouie dans mes cheveux. Quand nous reprenons notre souffle, nous sommes rouges, heureux, presque intimidés. Elle pose son visage contre le mien et nous restons assis en silence.

– Ton père avait raison à propos de Rob. Il a toujours raison. Neisha…

Je suis à deux doigts de lui avouer, mais j'hésite, j'essaie de trouver les mots qu'il faut. Elle met son index sur mes lèvres.

– Il avait raison au sujet de Rob, mais il se trompe à ton sujet.

Elle s'approche de moi et nous nous embrassons de nouveau. Encore, et encore.

Il fait un peu froid. Je veux rester ici pour toujours, mais il fera bientôt trop froid.

– Il faut que l'on trouve un petit coin tranquille à l'intérieur, dis-je, pensant que je pourrais essayer de forcer la serrure d'une cabane.

– OK, dit-elle, montre-moi ton école.

Il y a une étincelle dans ses yeux, à présent, une lueur d'espièglerie.

– On entre par effraction ?

– Pourquoi pas ? Je veux tout savoir sur toi. Les endroits que tu fréquentes. Les gens que tu connais. Montre-moi.

Nous nous redressons, non sans mal, les muscles engourdis à force d'avoir été tout serrés dans ce fauteuil.

Main dans la main, nous passons devant des salles de classe en préfabriqué, en direction du cœur de l'école : le bâtiment principal et le préau, la cantine, la bibliothèque, la salle des professeurs et le bureau du directeur.

Les fenêtres sont des vieux trucs à la structure métallique, des centaines de petits losanges qui s'entrecroisent, formant chaque carreau. Facile d'y glisser un couteau et de faire sauter le loquet et, bien sûr… j'en ai un.

Nous filons à l'arrière du bâtiment, loin de la route, à l'abri des regards indiscrets. Les fenêtres de la bibliothèque sont basses et cachées de la vue de tous. Je me mets au travail. J'ai vu Rob le faire si souvent. Ça a toujours été son boulot, pas le mien. Je faisais juste office de vigie. Il savait même désactiver les alarmes, bien qu'il n'ait pas souvent eu besoin d'y recourir, tant le gardien est négligent.

En regardant attentivement par la vitre, je constate que le loquet sur le côté n'est même pas en place, il n'y a donc que celui du bas qui maintient tout cela fermé. J'introduis la lame et donne des coups sur le bras métallique, jusqu'à le déplacer. J'attrape le bord du cadre du bout des doigts et tire jusqu'à ce qu'il se libère et que la fenêtre bascule vers moi. Il n'y a pas d'alarme, comme d'habitude. Trop facile.

Je regarde Neisha. Ses lèvres sont bien serrées. Ses yeux brillent d'excitation, pas de larmes.

– On y va ? lancé-je.

– Oui, répond-elle. Aide-moi.

Je mets mes mains sur sa taille et la soulève. Elle pose les pieds sur le rebord de la fenêtre, puis grimpe sur un bureau de l'autre côté et saute. Je la suis.

La bibliothèque dégage cette odeur unique au monde. Livres et poussière, la cire qu'ils utilisent sur le sol en bois. Cela me ramène à la première fois où je suis venu ici. Une pièce entière rien que pour des livres, cela m'avait laissé rêveur. J'aimais venir ici, en prendre un sur une étagère au hasard, et voir ce qu'il contenait. Rob n'a jamais compris l'utilité de lire, donc je me rendais rarement ici, mais quand il est parti, juste avant ses examens, j'y venais tout le temps. Cela se passera donc ainsi désormais, si je le souhaite. Si je retourne un jour à l'école.

Neisha se trouve déjà presque à la porte. Je traîne, passe les doigts sur une rangée de livres, apprécie le contraste des couvertures recouvertes de plastique et des pages douces et usées… en me demandant lequel prendre et ce qu'il y a à l'intérieur.

– Viens, siffle-t-elle. (Et même ça, c'est trop fort dans cet espace vide.) Que fais-tu ?

– Rien. Juste… rien. J'aime bien cet endroit, c'est tout. Il est spécial. Tous ces livres.

Elle hausse les épaules.

– Nous en avons des tas chez nous.

Une maison remplie de livres, comme celle de Harry. Une maison différente de la mienne.

– Tu devrais venir y jeter un œil, en emprunter.

Elle revient vers moi et me prend la main.

– Quand mon père ne sera pas là, ajoute-t-elle. Viens.

Nous allons dans le couloir. C'est sinistre lorsqu'il n'y a personne. Nos baskets crissent sur le carrelage poli. J'aimerais apprécier d'être là, de me prendre pour le Boss, d'entrer par effraction, d'amener ma nana ici, mais en réalité je me sens tout petit. Le vide me fait penser à tous ceux qui ne sont plus là, à Rob, qui avait l'habitude de traîner dans ces couloirs, mais qui ne le fera plus jamais.

Je me mets à chercher quelque chose pour chasser ce sentiment. Je veux impressionner Neisha, entendre son rire se répercuter sur les murs vides.

Il n'y a rien dans le préau de l'école. Tout a été rangé, ce n'est plus qu'un grand espace vide. Il règne pourtant une sorte d'ennui, ici. Rien ne peut l'effacer. Des centaines de jeunes qui se réunissent chaque jour pour le rassemblement, assis en rangs sur des chaises en plastique dur. Des fesses engourdies, des cerveaux engourdis. Qui inhalent les pets des autres.

Je la fais sortir du préau et nous trouvons le couloir du bureau du directeur. J'essaie d'ouvrir la porte, elle est verrouillée. Il y a trois sièges devant, ceux où l'on attend quand on est convoqué. Le quartier des condamnés à mort.

– Ici, dis-je, et je m'assieds et l'attire contre moi. Je sors une cigarette et des allumettes de la poche de ma veste. Tu veux une clope ?

Je frotte une allumette que je tends prudemment à Neisha. Elle donne vie à la cigarette, tire une longue taffe, puis souffle la fumée en direction du plafond.

– Tu ne fumes pas ?

Je me souviens de la dernière fois où j'ai essayé : je me suis étranglé en avalant la fumée âcre.

– Nan, réponds-je, conscient de perdre des points de coolitude.

D'une chiquenaude, je balance l'allumette en direction de la poubelle près de ma chaise, puis en frotte une autre que je jette aussi. Neisha me regarde d'un air approbateur en fumant.

– Je parie que tu es venu t'asseoir ici des tas de fois, observe-t-elle.

Et c'est le cas. Et je peux m'en souvenir juste comme ça. Je ne suis même pas obligé d'essayer.

Je me rappelle ce que cela faisait d'attendre mon tour. Assis en avant sur ma chaise, les yeux baissés, à regarder les jambes des gens qui passent. Et Rob, à côté de moi, calé dans son siège, la tête contre le mur, soutenant le regard de tout le monde. Leur signifiant : *Ouais, je suis encore là. Et alors ?* à chaque coup d'œil.

Est-ce que tout est revenu ? Je n'ai rien oublié ?

– Oui, mais ils ne font rien, dis-je. Te passent un sacré savon. Te suspendent. C'est rien, hein ? Et toi, comment c'est, ton école ?

Elle ouvre la bouche pour répondre, puis s'arrête. Elle regarde derrière moi. De la fumée s'élève en volutes de la poubelle, puis une vraie flamme lèche le journal en boule à l'intérieur.

– Oups ! s'exclame-t-elle, puis elle croise mon regard et rit.

– Mieux vaut l'éteindre, dis-je en cherchant un chiffon ou un extincteur, ou n'importe quoi, mais avant que je trouve quelque chose, un bruit retentit, si fort, si strident qu'il fait vibrer tous les petits os dans mes oreilles. Au même moment, il commence à pleuvoir. Pas sur le toit, ni sur les fenêtres, mais à l'intérieur – de la pluie qui jaillit du plafond et qui pisse par terre.

Neisha se met à pousser des cris perçants. Elle rigole en même temps.

– Oh non, regarde ça !

Elle tournoie au milieu du couloir, tend les mains, attrape les gouttes sur ses paumes, sur son visage. Puis elle s'arrête un instant et me regarde.

Je ne ris pas.

Il pleut sur moi, et presque immédiatement il apparaît. Rob. Il est dans le couloir derrière Neisha. Il dégage une haine froide, quand il me dévisage en premier, puis elle. Les trous noirs que sont ses yeux brûlent d'un feu obscur.

– C'est fou, c'est fou, n'est-ce pas ? me crie Neisha. Carl ?

– Il faut que l'on sorte d'ici, Neisha ! Il faut que l'on sorte tout de suite !

18

Elle est trempée. Ses cheveux longs pendillent en mèches collées sur ses épaules. Voilà qu'elle commence à frissonner.

– OK, OK, c'est juste de l'eau. Mais hyperglacée !

– Non, tu ne comprends pas, cours, Neisha. Sors d'ici !

Elle se retourne et se met à cavaler loin de moi, ses pieds produisent un claquement sur le sol mouillé. Elle file droit sur lui.

– Non, arrête !

Je ne sais pas sur lequel des deux je crie, mais Neisha ralentit pour me jeter un coup d'œil. Derrière elle, les traits de Rob sont immobiles, figés en masque de la mort lugubre.

– Pas par là !

– Je suis trempée, Carl ! Il faut que je sorte d'ici !

– Mais il est là, juste là !

Elle tourne son visage confus vers moi et les voilà alignés : elle devant, lui derrière. Il est encore là, silencieux, le regard fixe.

– Qui est là ? De quoi tu parles ?

Elle est si près de lui. Il pourrait tendre la main et la toucher…

– Rob, dis-je.

Elle se retourne brusquement. Deux mètres les séparent, face à face. Elle se retourne encore.

– Il n'y a personne…

– Il est juste derrière toi, Neisha. Reviens par ici.

Je lui fais signe des deux mains. Son visage est toujours interrogateur, mais elle avance vers moi, lentement. Derrière elle, Rob avance lui aussi.

L'eau continue à jaillir du plafond. Mes vêtements sont trempés. Elle dégouline de mes cheveux, de mon nez, partout. L'alarme beugle, vibre dans ma tête. Et il vient nous chercher.

Neisha est tout près, à présent.

– Il n'y a personne ici, Carl, dit-elle pour essayer de me calmer.

Je n'ai pas le temps de lui expliquer. Quand elle lève la main pour me caresser les cheveux, je l'attrape et l'entraîne dans le couloir, loin de Rob.

– Que fais-tu ? Que se passe-t-il ?

L'eau commence à former une flaque par terre, elle n'a nulle part où aller. Elle monte peu à peu sur les murs carrelés.

– Viens, viens ! crié-je. Il faut que l'on sorte d'ici !

Je tire de nouveau sa main d'un coup sec et elle se met à courir avec moi. L'eau tombe si vite qu'elle nous arrive presque à la cheville. Nous filons jusqu'au bout du couloir et Neisha glisse sur les carreaux mouillés. C'est tellement soudain, je ne peux pas la retenir. Elle a basculé avant que je m'en rende compte. Pendant un moment, elle reste allongée sur le ventre, le visage dans l'eau.

Gelé et horrifié, je la regarde fixement. Une petite vague clapote sur le dos de sa tête. Une couche d'eau qui semble bercer le creux de son cou, former des doigts qui appuient sur elle et enfoncent son visage sous l'eau.

Elle se noie.

Yessss ! La voix triomphante de Rob siffle dans mon oreille.

– Non ! hurlé-je.

Je me baisse et sors sa tête et ses épaules de l'eau. S'ensuit un moment horrible où elle ne réagit pas. Ses traits sont dénués de toute expression, son corps est mou entre mes mains. Puis elle vomit, violemment, encore et encore, jusqu'à ce que, enfin, sa gorge soit vide et qu'elle respire de nouveau correctement. Ses mains agrippent mes bras et je la remets debout.

– Merde ! halète-t-elle en essuyant l'eau sur ses mains et sur sa bouche.

– Tu vas bien ?

– Oui, peut-être que je ne supporte pas d'avoir mon visage dans l'eau. C'est comme… c'est comme…

– Je sais, dis-je, réalisant que durant ces quelques secondes, elle était revenue au lac, qu'elle n'avait plus pied, qu'elle luttait contre la mort. Cette fois, elle n'était profonde que de quelques centimètres, mais elle avait failli l'avoir.

Je veux l'étreindre, tout de suite. La serrer très fort et ne jamais la laisser. Mais l'eau continue à tomber, et l'alarme à sonner, et Rob est encore ici quelque part.

– Viens, dis-je. Il faut partir, partir d'ici, nous sécher avant qu'il revienne nous chercher.

Au coin, il y a deux marches. Nous les montons d'un pas chancelant, et je remarque aussitôt la différence : le sol est sec. Il n'y a pas d'extincteurs automatiques dans cette partie du bâtiment. Nous sommes tous les deux trempés jusqu'aux os. Nous laissons des traces mouillées dans notre sillage.

Rob est toujours avec nous. Derrière à un moment, devant le suivant. Il hurle après moi.

Putain de traître !

Comment va-t-on faire pour sortir ? demande Neisha.

Je suis de plus en plus fort, petit frère.

Nous essayerons une autre fenêtre. Tiens…

Aide-moi à la tuer…

Paniqué, je pousse la première porte métallique à gauche. Elle s'ouvre d'un coup et nous nous engouffrons précipitamment à l'intérieur. Ce sont les toilettes des filles.

La porte se balance derrière nous sur ses gonds et s'immobilise. Nous nous regardons, Neisha et moi. L'alarme fait moins de bruit ici, mais nous entendons une sirène, voire deux, qui viennent de l'extérieur.

– Pompiers, dis-je. La police, aussi, sûrement.

… ou je vais vous tuer tous les deux.

Je me retourne et attrape l'essuie-main sur le mur derrière la porte. C'est le genre que l'on doit tirer un peu avant qu'il remonte d'un coup dans la boîte en métal. Je me baisse et frotte mes cheveux mouillés, puis mes oreilles pour en vider toute l'eau. Le faire sortir, l'éloigner de moi, l'éloigner d'elle.

– Prends l'autre serviette, dis-je à Neisha. Essaie de te sécher.

– C'est bon, je le ferai à la maison. Je veux juste partir d'ici.

Il y a une rangée de quatre cabines dans la salle, et nous nous tenons devant deux lavabos. Il y a des miroirs aux murs au-dessus d'eux, et plus haut, deux fenêtres en verre dépoli. Elles sont toutes petites.

– Qu'est-ce que tu en dis ? fais-je en levant les yeux.

– Non, Carl, faisons demi-tour, il doit y avoir un moyen plus simple.

– Non, Neisha, pas sans être de nouveau trempés, et les flics seront là d'une minute à l'autre. Crois-moi. Il faut que je te fasse sortir d'ici. Il y a un petit jardin de l'autre côté, avec des bancs et tout et tout. Tu pourrais atterrir sur l'un d'eux – ce n'est pas si haut. Allez, je vais t'aider à monter.

Elle pose un pied sur le bord d'un lavabo et je lui fais la courte échelle. J'immobilise ses jambes quand elle ôte le loquet de la fenêtre et la pousse. Le robinet du lavabo goutte.

– Je ne sais pas… fait-elle.

– Monte sur le robinet, puis hisse-toi.

Elle jette un nouveau coup d'œil sur moi. Je l'encourage d'un signe de tête, même si je ne suis pas sûr qu'elle puisse y arriver, et convaincu que moi, je n'y parviendrai pas. Elle pose un pied sur le robinet d'eau froide. Ses pieds ont dû le bouger, car l'égouttement s'est transformé en déluge. Puis je me rends compte que l'autre fuit également. Et les deux du second lavabo aussi. Je frissonne.

– Pars, Neisha, pars tout de suite !

L'eau ne s'écoule pas. Elle monte, et elle est marron. L'odeur de pourriture envahit mes narines. Je tourne les robinets, tous, mais cela ne change rien. L'eau continue à affluer.

– Neisha, vite !

– Je pense que je peux y arriver, crie-t-elle en retour. Mais toi ?

– Ça ira, je trouverai une autre sortie.

– Je ne pars pas sans toi.

L'eau marron déborde et se répand sur le sol.

– Tu dois le faire. Ton père va péter un plomb si les flics t'embarquent. Tu le sais. Tu dois y aller, Neisha, vas-y !

– D'accord, dit-elle, d'accord, mais appelle-moi quand tu seras rentré, tu veux bien ?

– Oui, je t'appellerai.

– Promis ?

– Oui, maintenant, pars !

Elle fait un petit bond, passe la tête, puis les épaules par le trou.

À ma droite, il y a un gros bruit mécanique, un gémissement de métal sur du métal et le bruit de l'eau qui tombe et tourbillonne. Que se passe-t-il ?

Neisha continue à se démener pour passer par la fenêtre. Elle n'a pas entendu, mais mon sang se fige dans mes veines.

Elle est à moitié sortie. Passe par le trou en se contorsionnant et, l'espace d'un horrible instant, je crois qu'elle est coincée. Je peux voir ses mains derrière la fenêtre, qui se collent sur le verre dépoli. Et voilà ses jambes qui glissent de l'autre côté et ses pieds qui disparaissent. Il y a un bruit sourd et elle pousse un petit cri.

Je grimpe sur le lavabo et colle mon visage à la fenêtre.

– Tu vas bien ?

Elle se relève.

– Oui, dit-elle, tu peux sortir ?

– Ça va aller, va-t'en d'ici, Neisha. Pars. Tout de suite !

Dehors, l'air est froid, pur et sec. Derrière moi, j'entends un cognement de tuyaux dans les toilettes et l'eau qui tombe en cascade. Son odeur fétide envahit mes narines, me pique les yeux.

Je regarde Neisha détaler. Puis je descends du lavabo d'un bond. Je patauge dans l'eau marron. Elle arrive au-dessus de mes chaussures, à présent. J'avance de quelques pas vers les W.-C.

– Rob ? crié-je.

Je pourrais partir d'ici en courant, m'enfuir encore… mais je suis épuisé, le froid sape mes forces, et de plus je veux l'affronter. Il faut que je l'arrête, que je l'oblige à nous laisser tranquilles.

Je regarde la rangée de portes fermées. L'eau passe en dessous. Je me dirige vers la première et la pousse délicatement. Je retiens mon souffle quand elle bouge sous mes doigts, se balance sur ses gonds. La cabine est vide, je constate que l'eau s'écoule de celle d'à côté.

J'expire et recule encore.

Je m'apprête à essayer la deuxième porte. Pareil.

Je recule, et m'adosse au mur. Plus que deux portes.

Le cognement est plus fort. Il provient de la cabine tout au bout. Je m'approche, face à la porte. Il est là-dedans. Il doit sûrement y être.

Il y a un espace entre le bas de la porte et la surface de l'eau qui en sort. Je retiens mon souffle, m'accroupis et incline la tête de côté pour regarder en dessous. Je tremble un peu quand je tends le cou et pose la main par terre pour m'équilibrer. L'eau marron nauséabonde clapote contre mes doigts, et le froid est si intense que j'ai l'impression que l'eau m'agrippe, me tient, me tire vers le bas. Je baisse les yeux, m'attendant à voir les doigts détrempés qui appuyaient sur le cou de Neisha s'envelopper autour de mon poignet, s'enfoncer, tirer dessus.

Il y a un grand bruit, quelque chose qui se brise. Les portes s'ouvrent d'un coup et un mur d'eau s'approche de moi, une fontaine d'un truc épais et écumeux qui jaillit en jets de la cuvette des W.-C. pour venir s'écraser par terre dans un raz-de-marée de crasse.

Je hurle, maintenant, quand je bascule en arrière et heurte une paroi derrière moi. L'eau me frappe au visage, aux yeux, au nez, à la bouche. Mon hurlement est étouffé, éteint, quand l'eau s'engouffre de force dans ma gorge.

Il faut que je sorte d'ici tout de suite, sinon je vais mourir.

Toussant et m'étranglant, j'avance à tâtons devant les autres cabines, à quatre pattes. Je me moque bien, désormais, de ce que mes mains touchent, dans quoi mes pieds pataugent. Il faut juste que je sorte d'ici.

Debout, je passe la porte et descends le couloir à toute vitesse.

Tu as intérêt à la laisser partir.

D'un seul coup, il est devant moi, se tient pile au milieu du couloir.

Je m'arrête en dérapant.

Tu m'as piqué ma copine, tu m'as tué ! Tu me dois bien ça !

Je me retourne en titubant et repars dans l'autre sens. J'arrive vite sur les marches, le couloir inondé là où tout a commencé. L'eau recouvre la première marche. L'extinction automatique fonctionne encore. Je sens le contact froid de chaque goutte qui touche ma peau. L'eau à mes pieds me ralentit. Celle qui vient du dessus me fait penser à cette autre fois, ce jour-là dans le lac.

Je halète, et quand l'eau dégouline sur mon visage, je l'avale. Elle va au fond de ma gorge, et je me mets à tousser.

Le ciel est si sombre au-dessus de moi. Un rideau de pluie m'entoure et je ne peux plus rien voir. Je me retourne, mais c'est partout pareil. De l'eau au-dessus de moi, autour de moi, en dessous. Elle est dans mes yeux, dans mes oreilles, ma bouche. Je ne peux pas respirer. Je ne peux pas respirer. Je ne peux pas…

L'eau afflue dans ma bouche. Je déglutis et avale de la boue. J'ai l'estomac tout retourné, elle essaie de remonter et de ressortir.

Il est là, à quelques mètres. Il se penche et des trucs infects se déversent de lui, se renversent dans l'eau à mes chevilles, et je la sens monter en moi aussi. Le même liquide froid et infâme. Chaque fois que je tousse, cela le fait se rapprocher de ma gorge. J'essaie d'avaler, mais mes muscles se contractent. Je n'arrive pas à le contrôler.

Tue-la. Amène-la au lac.

– Pas question, Rob. Il faudra d'abord me tuer !

Si c'est ce que tu veux…

L'eau est en moi. Je tousse, l'avale et elle monte. Je me penche, je vomis, puis me relève, les mains sur les cuisses, alors que l'eau de l'extincteur s'abat sur moi.

– Va-t'en, laisse-moi tranquille ! haleté-je.

C'est ta faute.

Son visage s'assombrit, les trous béants de ses yeux, de sa bouche et de son nez se mélangent. Les sirènes se rapprochent. Plus seulement une, mais toute une série, qui se rapprochent à toute allure.

Il avance vers moi, et je me mets à reculer. Va-t-il me tuer ? Me tuer ici ?

Je veux courir de nouveau, mais je suis épuisé. Je respire à fond, mais le souffle reste coincé dans ma gorge et je tousse encore.

Il est tout près de moi à présent, et l'odeur fétide de pourriture me donne des haut-le-cœur. Je désire tellement me retourner et partir en courant. Je me force à ne pas bouger.

– Je ne voulais pas te tuer. Je voulais juste que tu la lâches, c'est tout. Je n'ai jamais voulu…

Déjà, c'était ta faute si nous étions au lac.

Des sirènes hurlent près de l'immeuble à présent. Des lumières qui clignotent transforment le couloir en folle discothèque détrempée.

– Quoi ?

Tu m'as demandé de la tuer. Et nous la tuerons.

L'envie de vomir est de plus en plus forte. Les lumières, le bruit, l'eau et l'odeur me donnent des vertiges. Et ses paroles. Qui n'ont aucun sens.

– Ce n'est pas bien. Ce n'est pas possible, je ne… je n'ai pas…

Il y a d'autres lumières à présent. Les faisceaux des torches qui brillent au bout du couloir, et qui m'éblouissent.

– Ça va là-dedans ? Vous m'entendez ?

Je regarde droit dans la lumière, devant Rob, à travers lui, mais je n'arrive pas à distinguer la personne qui parle. Je me protège les yeux et quand je regarde de nouveau, les torches ont été braquées vers le sol, et des silhouettes vagues marchent vers moi – elles sont là un instant, puis disparaissent, et se rapprochent chaque fois que la lumière bleue tremblote de l'extérieur.

– Peux-tu me dire où est le feu, mon garçon ? Est-il éteint ?

La poubelle, renversée, gît dans l'eau.

Je ne peux pas répondre. Je suis engourdi. C'était ma faute ? Je lui ai dit de le faire ?

Ça ne peut pas être vrai. Je ne peux pas m'en souvenir.

Le pompier se trouve presque au niveau de Rob, à présent.

– Où est l'incendie, mon garçon ? demande-t-il. Où est-il ?

Je ne dis rien. Je regarde Rob, quand le type passe à travers lui sans rien remarquer.

Tu… m'as… dit. Tu… m'as… provoqué, murmure-t-il.

Le pompier crie derrière lui.

– C'est bon ! Tout est éteint ! On coupe les extincteurs !

Puis il se tourne, pose sa main sur mon bras, et je le laisse me conduire dehors et me remettre à la police.

19

– Carl ? C'est toi ? Tu as une voix bizarre.

Neisha est au téléphone. La fille que, selon Rob, je voulais tuer. La fille que, selon lui, je l'ai défié de tuer. La lumière de l'écran forme un carré brillant dans la pénombre de ma chambre.

– Oui, c'est moi.

– Tu vas bien ? Tu es bien rentré ?

Sa voix est basse, presque un murmure. Je l'imagine en train de parler dans le noir, dans le silence de minuit de chez elle.

– Écoute, je ne peux pas parler pour l'instant.

Pas avec cette énorme boule de culpabilité logée dans la gorge. Pas quand je ne sais pas quoi lui dire, si je dois le lui avouer ou continuer avec ce qui serait un vilain gros mensonge en moi. Selon lequel je serais son héros.

– Il y a quelqu'un avec toi ?

– Non, c'est juste que…

– Je t'en prie, Carl, j'ai besoin de parler à quelqu'un. J'ai besoin de te parler.

Elle pense qu'elle a besoin de moi, mais qui suis-je ? Le garçon qu'elle imagine, ou celui que Rob pense que je suis ? Je veux que ce soit celui en qui elle croit si fort. Mais comment puis-je continuer ainsi, comme si de rien n'était ?

Je sors de mon plumard en rampant, et descends le téléphone dans la cuisine, loin du mur commun et du ronflement de la chaîne hi-fi.

– Je me fais du souci pour toi, Carl. Tu vas bien ?

– Oui, ça va. Je suis rentré à la maison en faisant un détour par le poste de police.

Elle halète.

– Ont-ils... Enfin... était-ce... ?

– Nan, ça a été. Ils m'ont juste interrogé, puis raccompagné. Il faudra que j'y retourne dans quelques jours. Ils ne feront rien tant que les funérailles ne seront pas passées.

– Vont-ils te poursuivre ?

– Ça dépend. Si je joue la carte du frère du mort, je pourrais m'en tirer avec un avertissement.

Je sais que ça a l'air cynique, mais c'est la vérité. Ce n'est pas pire que sortir un bobard à votre prof, lui raconter que votre grand-mère est mourante pour justifier ce jour où vous avez fait l'école buissonnière. C'est même mieux que cela : au moins, ce n'est pas un mensonge.

Neisha se tait un moment, puis :

– Tu n'as pas parlé de moi ?

– Je n'ai rien dit. Rien du tout.

– Merci. Mon père est devenu fou quand je suis rentrée. Tu avais raison, il aurait pété un plomb si la police m'avait arrêtée.

– Inutile que nous ayons des problèmes tous les deux. Je suis content que tu sois saine et sauve.

– Moi aussi, je suis contente que tu sois sain et sauf. C'était... la folie, là-dedans, non ? Merci de m'avoir fait sortir. Tu es un gentleman. Tu sais, tu es complètement différent de ton frère. J'étais tellement occupée à le regarder, à supporter ses sautes d'humeur que je ne voyais rien d'autre que lui. Mais tu as toujours été là pour moi, n'est-ce pas ? Comme en ce moment. Quand puis-je te revoir ?

En ce moment ? Non, non, Carl. Ne fais pas ça. Je ne suis pas celui que tu crois. Oh mon Dieu, mon Dieu ! Je pense cela, mais en même temps, je rougis, absorbe la chaleur qu'elle me transmet, téléphone contre téléphone, bouche à oreille. Bouche. Sa bouche. Oh ! là ! là ! Il faut que cela cesse.

– À mon avis, ce n'est pas une bonne idée.

– Quoi ?

Sa voix est brusquement âpre.

– De se voir.

– Pourquoi ? Pourquoi dis-tu une chose pareille ?

– C'est juste… juste… (Je me débats dans tous les sens pour trouver les mots justes.) Que ça ne me semble pas légitime. Pas si vite.

– C'est pour cela que c'est légitime. Nous avons vécu tant de choses ensemble. J'ai besoin de toi, Carl. Ne raccroche pas. Pas maintenant.

– Mais je ne sais pas qui je suis !

– C'est bon, tu es en train de retrouver la mémoire. Et je découvre des tas de choses sur toi et ce que je découvre, j'adore. J'adore…

– Arrête. Ne dis pas ça. Ce que je suis en train de dire, ce que j'essaie de dire, c'est que tu crois que je suis ce garçon sympa, mais peut-être pas. Si ça se trouve, je suis exactement comme mon frère.

– Non, Carl, tu as toujours vécu dans l'ombre de ton frère, mais le vrai toi est différent. Crois-moi. Je te vois tel que tu es réellement. Tu es gentil, Carl. Tu es sensible.

Je veux rire, rire bien fort, mais je fais de mon mieux pour réprimer mon rire. J'aimerais vraiment pouvoir croire que ce qu'elle dit est la vérité.

– Tu sais, tout à l'heure, à l'école, tu as dit que tu l'avais vu. Lui. Parlais-tu de Rob ?

– J'étais juste... paumé. Je ne sais pas.

– Mais tu l'as vu, n'est-ce pas ? C'est ce que tu as dit.

Inutile de le nier.

– Oui.

– Parce que tu culpabilises et qu'il te manque ?

– Peut-être. Tu ne crois pas que je perds la boule ?

– Non. C'est ta façon d'exprimer ton chagrin.

Je veux la croire, je veux qu'elle m'emporte vivre dans son monde. C'est si dur de vivre dans le mien.

– Mais il me parle, Neisha.

– Quoi ?

– Je peux l'entendre et le voir. Le sentir, aussi.

Silence. Pas un silence agréable, non, un silence tendu. L'atmosphère a changé, juste comme ça.

– Tu devrais peut-être en parler à quelqu'un. Un médecin, par exemple.

– Je n'en veux pas, Neisha. Je n'en ai pas besoin. Il est réel. Je te jure qu'il est réel.

– C'est n'importe quoi, Carl. Quand on meurt, on est mort, point. Crois-moi, je le sais.

Et d'un seul coup, je ressens un soulagement. Elle n'a pas mâché ses mots, m'a répondu sans détour. Il n'y a aucun doute dans son esprit. « Quand on meurt, on est mort. » Simple. Fin de l'histoire.

La pluie se met à tambouriner sur la fenêtre de la

cuisine, et malgré ce que Neisha vient de dire, j'ai du mal à regarder dehors. Je pense à ses doigts pâles qui tapent, qui grattent. Je me force à me lever, me dirige vers l'évier et me tourne vers le monde extérieur. C'est juste de la pluie qui crépite sur le verre.

Un souvenir me revient encore.

La pluie qui martèle doucement les feuilles au-dessus de moi.

Ramper entre les buissons, regarder attentivement dans une clairière.

« L'as-tu embrassé ? As-tu embrassé Carl ?

– Non.

– Tu l'as fait, hein ? C'est pour ça que tu voulais rompre ? »

J'entends le claquement de la chair sur la chair. Le halètement de Neisha.

« Non. Et je ne veux plus rompre. Je te l'ai dit, non ?

– Tu n'as pas répondu à la question, salope ! Tu as roulé un patin à mon frère ou pas ?

– Non, je te l'ai dit. Carl ne me plaît pas. Il ne m'a jamais plu. (Elle rit.) Il est comme… un frère ? Un ours en peluche. Qui aurait envie de coucher avec un ours en peluche ? »

Je me retourne brusquement, m'adosse contre le mur. L'humiliation me pique les yeux.

– Carl, es-tu là ? Es-tu encore là, Carl ?

– Oui, oui, je suis là.

– Que fais-tu ? Où es-tu ?

– Il pleut, Neisha.

Ils sont morts, point. Je veux que ce soit vrai. Je veux qu'elle ait raison. Je traverse le hall jusqu'à la porte d'entrée, ôte le verrou et l'ouvre. Je sors dans notre cour, sens la pluie sur mes épaules nues.

Mais il est là, étincelant et à moitié visible. Plus je suis mouillé, plus il s'éclaircit.

Le téléphone est toujours dans ma main, sur ma cuisse. La voix de Neisha résonne à des millions de kilomètres.

– Carl, Carl ! Es-tu là ? M'entends-tu ?

« Je te l'ai dit, si je croyais qu'elle t'avait roulé une pelle, je vous tuerais tous les deux. »

Nous sommes dans notre chambre, face à face, nez à nez.

Et juste un instant, je la revois se moquer de moi, sens les larmes me piquer de nouveau les yeux et j'aurais voulu ne l'avoir jamais vue. Qu'elle n'ait jamais existé. Qu'elle soit morte.

« Je ne l'ai pas touchée, d'accord ? Je me fiche bien d'elle. Tu peux la frapper autant que tu le veux. La tuer, pour ce que j'en ai à foutre ! Mais laisse-moi en dehors de tout ça. »

Ses yeux étincellent.

« Tu veux que je la tue ? Tope-la, mon pote. Ouais, carrément !

– Tu le feras pas, Rob. Tu serais pas cap. Tu tabasses des plus petits et plus faibles que toi, mais tu n'es pas un assassin. Que de la gueule ! Je te déteste autant qu'elle. »

C'est vrai. Tout qu'il a dit est vrai. Le dernier souvenir vient de se mettre en place, et à présent, je sais que je suis aussi nul que ce qu'il a dit. Je suis le monstre que Rob m'a dit que j'étais.

Je suis la personne qui souhaitait la mort de Neisha. Qui, dans l'excitation du moment, a demandé à Rob de la tuer. Qui a persuadé Neisha d'aller au lac. D'accord, c'est moi qui ai regardé et qui ai ensuite plongé pour la sauver, mais qu'est-ce que cela fait de moi ? Un acte positif annule-t-il le précédent ?

Nous sommes dans le jardin, ensemble dans la nuit, sous la pluie. Moi et Rob. Rob et moi.

À des millions de kilomètres, j'entends la voix de Neisha.

– Carl ? Carl ? À qui parles-tu ? Qui est là ?

Je soulève le téléphone, cherche le bouton OFF et appuie dessus.

20

– Carl, qu'est-ce que tu fais là ?

Maman se tient sur le pas de la porte. Son visage est tout chiffonné et tout rouge. Elle porte un vieux T-shirt, et a les jambes nues.

Rob regarde derrière moi, la regarde directement.

Maman.

Elle ne peut pas l'entendre, ne peut pas le voir. Mais peut-elle sentir quelque chose ? Elle frissonne, serre ses bras sur son corps.

– Y gèle, par ici. Bon sang, Carl, rentre ! Tu es trempé !

Je baisse les yeux. Ma poitrine est dégoulinante d'eau. Mon pantalon de survêtement est trempé.

Elle sort comme une flèche de l'abri du porche et m'attrape par le coude.

Je recule en chancelant, toujours face à Rob qui articule : *Toi et moi. Toi et…*

Je suis de retour à l'intérieur, et la porte est bien fermée. Maman sèche grossièrement mes cheveux. Elle a enveloppé une autre serviette autour de mes épaules. Rob disparaît peu à peu. Il n'y a plus que sa voix, désormais, qui passe en boucle de plus en plus faible.

Toi et moi…

Elle est noyée par celle de maman, qui me bombarde de questions.

– Qu'est-c'qu'tu fichais là-bas ? Qu'est-c'qu'tu fichais à l'école ce soir ? Qu'est-c'qui t'arrive, Carl ?

Elle ne me laisse pas le temps de répondre, ce qui me convient parfaitement.

Puis elle s'arrête. Elle recule, la serviette dans les mains, et elle me regarde. Ses yeux sont encore rouges d'avoir picolé, elle ne tient pas sur ses jambes, mais elle ne plaisante pas. Elle veut que je parle.

– Alors qu'eskissepasse ?

– Rien, il ne se passe rien, maman.

– À d'autres ! Pourquoi t'as pété un plomb cet après-midi et que tu m'as frappée ? Pourquoi tu t'es enfui ?

– C'était un accident, je suis désolé, OK ? Je croyais que vous étiez…

– Qui ? Debs ? Tu trouvais ça bien, de taper ta tatie Debbie ?

– Non, bien sûr que non. Je pensais que c'était…

– Et ensuite, tu te barres à l'école et t'y fiches le feu ! Mais ça va pas, la tête, Carl ? Je croyais que t'aurais tiré quelque chose de tout ça ! Je croyais que t'aurais compris que tu ne peux pas continuer à te comporter en… voyou. Mais non, rien, t'as rien pigé ! Rien !

Elle crie, maintenant, elle fulmine. Et d'en haut, une voix trouble beugle :

– Ça va, Kerr ? Qu'est-c'qui se passe ?

– C'est rien, Debs. Recouche-toi.

– Combien de temps elle va rester ici ?

– Elle ? Elle ? Elle est ma sœur, et elle peut rester aussi longtemps qu'elle voudra. Elle est venue m'aider. M'aider à m'en sortir, parce que je ne sais pas comment je vais faire pour survivre aux deux jours à venir. Que

Dieu m'en préserve. J'ai pas besoin de ça, Carl. J'ai pas besoin que tu fasses des tiennes.

– Je suis désolé, je suis désolé, je suis désolé, je suis désolé…

– Et maintenant, tu te fous de ma gueule. Tu m'as déçue, aujourd'hui, quelque chose de bien ! J'aimerais qu'tu penses à ce que j'ai dit, Carl. Tu peux pas continuer comme ça.

Elle part dans la cuisine en chancelant, et j'en profite pour m'échapper à l'étage. Je ferme la porte de la chambre, mais je peux tout de même l'entendre monter lourdement dans la sienne quand j'enlève mon jogging mouillé, puis Debbie et elle me démolir. Je me glisse dans mon sac de couchage et essaie de couper le son, de laisser leurs voix se fondre aux autres bruits, n'être plus qu'un fond sonore, mais il n'y a pas que deux voix, il y en a une troisième, un murmure. Il ne faut pas longtemps pour que l'alcool les fasse se rendormir. Leurs voix deviennent de plus en plus calmes et de gros blancs ponctuent leurs échanges. Et les ronflements ne tardent pas à se mettre en route.

Et le chuchotement est là. La troisième voix. Et tandis que je m'efforce de comprendre ce qu'elle dit, je reconnais le ton, le rythme, l'intonation.

Toi et moi, Carl. Toi et moi…

Je m'assieds et enclenche l'interrupteur, me protège les yeux, jusqu'à ce que peu à peu ils s'habituent à la lumière qui a envahi chaque recoin de la chambre exiguë. Il n'y a pas de cachette. Il n'y a rien à voir. Excepté deux matelas, des tas de vêtements, deux cannes à pêche et la trace d'humidité dans le coin. Mais elle n'est plus seulement dans le coin, maintenant. Elle a comblé le fossé entre nos lits, elle se propage jusqu'à mon côté de la pièce. Son bord irrégulier avance, s'étend. Je pose la main sur le mur, à un demi-mètre de la traînée noire. La surface est humide, moite et froide.

Tue la salope.

Il est là. Dans cette pièce. Il ne me laissera jamais tranquille. Où que j'aille, quoi que je fasse, il sera là.

Mes doigts trouvent les fragments de la photo dans ma poche. Je les sors. Un œil me dévisage sur le morceau du haut. Marron foncé. Qui danse avec la lumière. Neisha. Ma Neisha. Et je pense à ces autres photos, celles sur son téléphone.

Je rampe par terre et extirpe le portable de la veste. Je passe les différents écrans en revue – menus, galerie – jusqu'aux photos. Cette fois, je ne regarde pas son corps, mais son visage, la douleur dans ses yeux.

Il m'a frappée.

Je parcours chaque image, tour à tour. Supprime. Êtes-vous sûr de vouloir supprimer ? Oui. Jusqu'à ce qu'elles disparaissent. Je range le téléphone dans ma poche.

Je ne lui ferai jamais de mal. Je ne laisserai jamais personne lui faire du mal. Sauf que je l'ai fait. J'ai aggravé les choses avec mes mensonges, ma jalousie et mon ressentiment puéril. Je l'ai poussé à bout et je l'ai fait exploser. Cette dernière fois, c'était une dispute après un million d'autres. Elle s'est terminée de la même façon, puisqu'il m'a frappé. Et je n'aurais jamais cru… jamais imaginé…

Il faut que cela s'arrête. Mais comment puis-je faire ?

Cette pièce est remplie de lui. Elle est infectée, et moi aussi. Il a réussi à se faufiler dans ma tête. Voilà ce qu'il est, un ver dans mon cerveau, qui me fait penser à des choses auxquelles personne ne devrait penser, surtout pas moi, le garçon qui l'a déjà sauvée une fois, qui lui a tenu la main, qui s'est baladé avec elle bras dessus bras dessous, qui l'a embrassée. Le garçon qui tombe amoureux d'elle.

C'est cet endroit, je dois sortir d'ici. Mais il viendra avec moi, n'est-ce pas ? Je l'amène avec moi. Dans le parc, dans la rue, à l'école.

Il vient. Avec moi.

Et maintenant, je sais ce que j'ai à faire. Le père de Neisha a raison. Mais ce n'est pas cette ville qui est toxique, c'est moi. Il faut que je parte d'ici. Partir et emmener Rob avec moi, loin de cet appartement et loin de cette ville. Loin de Neisha.

Il faut que je parte. Ce soir. Que je trouve un endroit où je n'ai jamais fait de mal à personne, ni rien cassé, où je ne sois entré nulle part par effraction. Voir si je peux recommencer. Juste mon ombre et moi-même. Moi et lui, pour toujours.

Tu ne peux pas partir. Je ne te laisserai pas.

Il est encore là. Il sait ce que j'ai l'intention de faire. Bien sûr, qu'il le sait. Je m'éloigne du mur d'un bond et je me lève.

J'ai dit que je te tuerai, bordel, et je le ferai !

Je scrute la pièce, cherche ce que j'emporterai. J'enfile un slip, des chaussettes et un jean, et je cherche un T-shirt de rechange, le fourre avec deux slips dans la poche de mon manteau. Il reste de la place pour mon livre. C'est la seule chose ici qui m'appartienne réellement. Il n'y a rien d'autre. Aucun souvenir. Je veux juste tout laisser derrière moi. Sauf la photo. Ma copine déchirée.

Neisha.

Comment puis-je la laisser comme cela ? La reverrai-je un jour ? Quand je trouverai comment me débarrasser de Rob pour de bon, alors peut-être que je pourrai revenir.

Je pourrais l'appeler demain, quand je serai assez loin. Essayer de lui expliquer. Elle comprendra, n'est-ce pas ? Elle m'attendra.

Je ne sais pas, mais je sais que je fais ce qu'il faut.

Le vent s'est levé dehors. Il gémit quand il touche les appartements, mais je n'entends pas de pluie. Je veux qu'il y en ait. J'en ai besoin sur moi, sur mes cheveux et ma peau, sur mon visage. Tant que je serai mouillé, je pourrai entraîner Rob avec moi.

Je regarde attentivement entre les rideaux et je me dis : *C'est la dernière fois que je regarde dehors.* C'est agréable, comme si j'étais sur la bonne piste.

Juste à ce moment-là, de grosses gouttes se mettent à tomber sur le verre. Ça y est. C'est l'heure. J'attache le manteau autour de ma taille. J'hésite dans le couloir et inspecte la pièce. La traînée sur le mur se transforme en grotte humide et foncée. Si je reste ici, je vais étouffer. Il est l'heure de partir.

Les ronflements ne sont plus qu'un bourdonnement dans la chambre de maman. Je me demande combien de temps il lui faudra pour se rendre compte que je suis parti. Elle ne sera pas contente que je loupe les funérailles. Je devrais laisser un petit mot. Quelque chose pour qu'elles ne me cherchent pas, ne donnent pas l'alarme. Je me retourne et déchire une page d'un vieux manuel scolaire, puis cherche un crayon ou un stylo dans les tas par terre.

Chère maman…

Je sèche. Voilà tout ce que je trouve à dire au bout de quinze ans, et je ne suis même pas sûr du « chère ».

désolé mais je doi partir. c'es ce qu'il y a de mieux, crois-moi. me cherche pas. ça vau mieux pour tout le monde si tu me trouve pas.

Ça devrait aller. Je ne peux pas me résoudre à écrire « Bisous », alors j'ajoute juste mon nom. Carl Adams. Puis je me sens nul d'avoir ajouté « Adams » et j'ai envie de tout chiffonner et de recommencer, mais je veux m'en aller maintenant. Je veux partir.

Je descends sur la pointe des pieds et pose le mot sur la table de la cuisine.

J'ouvre discrètement la porte d'entrée, me faufile à l'extérieur et referme la porte très, très doucement. Ça fait un petit clic quand le loquet se remet en place, et je suis parti.

Je reçois immédiatement un coup de vent froid et humide. Bon sang, je vais me geler sans manteau, mais ce sera comme ça. Alors que la pluie asperge ma peau nue, les murmures cessent, et Rob surgit dans le jardin.

Je me mets à courir.

M'enfuir ?

Je trotte le long de l'allée et descends l'escalier en bondissant. Je regarde derrière moi pour voir s'il saute par-dessus la rampe en métal, mais non, il n'est pas derrière moi. Il est passé le premier, il est devant, attend, observe. Il est plus agité.

Tu as toujours été un lâche, petit frère.

J'ai été un lâche, il a raison, et c'est ce qui nous a fichus dans ce pétrin. Je n'avais pas le cran de m'opposer à lui. Mais je n'en suis plus un. Plus maintenant. Il faut que je sois fort pour Neisha.

Je ne m'arrête pas. Je tourne au coin et me dirige vers le terrain de jeux. Le vent me souffle au visage, transporte la pluie avec lui. J'ai déjà froid, et j'ai mal à la poitrine alors que j'aspire l'air orageux, mais je m'en moque. Je surfe sur une vague de confiance. J'ai un plan et il fonctionne. Pour la première fois depuis longtemps, je maîtrise tout.

Frigorifié et trempé jusqu'aux os, je me dirige en lisière de la ville, vers la voie ferrée, l'usine et les champs au-delà, et Rob me suit comme prévu.

L'espace d'un instant, mon itinéraire me conduit en direction de chez Neisha. Puis, au lieu de traverser le pont et de tourner dans sa rue, je continue le long de la rivière. Même dans le noir, je constate qu'elle est en crue. La pluie des derniers jours l'a fait monter, et elle coule vite et fort. Elle étincelle à la lueur des réverbères comme un gros serpent bien gras.

Quand je m'éloigne de chez Neisha, Rob commence à devenir plus agité. Sa silhouette transparente fait les cent pas sur le trottoir, crie et jure, bat des bras sur ses côtes.

Le vent se lève. Les feuilles vrillent devant moi, virevoltent comme des folles. La pluie tombe, de plus en plus drue.

Il n'y a plus personne par ici. Pas d'autres piétons. Quelques voitures. Les feux de signalisation se reflètent sur la route mouillée, de larges traits vifs de couleur, qui ont l'air d'y avoir été peints.

Tu ne peux pas le faire, espèce de lâche !

Sa voix est un grondement contre mon visage, dans mes oreilles, dans ma tête. Il est juste devant moi et je galope vers lui, continue à courir, me prépare à ce moment de contact. À la dernière minute, je ne peux m'empêcher de fermer les yeux. Quand je les rouvre, il se tient devant moi sur le pont au-dessus de la rocade.

Je cours vers lui. Je me sens exposé, ici. Le vent souffle de toutes parts, me pousse et me tire. En contrebas, les voitures affluent vers nous et s'éloignent. Des traits de lumière blanche d'un côté de la route, des rayons rouges de l'autre. Je pourrais descendre sur la berge, me faire prendre en stop. Mais si je tiens vraiment à disparaître, il faut que je trouve le moyen de le faire sans que l'on me voie.

Un camion traverse le pont en grondant, éclabousse mes pieds d'eau, ses grosses roues tout près de moi. Je recule en titubant et me raccroche à la rambarde, puis cela fait tilt dans ma tête.

Un camion. Ils entrent et sortent de l'usine jour et nuit.

Je devrais pouvoir trouver une camionnette et monter dedans sans me faire remarquer. Il y a bien des vigiles, mais avec un temps aussi pourri, je parie que les gars seront bien au chaud dans un bureau en train de boire un thé.

Je file en direction des portes de l'usine, ouvertes comme toujours. Je me poste derrière un des montants de la barrière en brique et regarde à l'intérieur du site. Une longue allée descend majestueusement au creux de deux rangées d'arbres, menant directement à l'usine. Entre les arbres, il y a des réverbères, mais ils n'éclairent qu'à quelques mètres de chaque côté de la route. Je quitte l'allée et contourne la clôture par la droite.

La pluie tombe pour de bon, martèle mes côtes. Le vent souffle sur mon visage ; c'est une lutte pour avancer. Soudain, un grand coup de vent latéral me projette contre la barrière. Les arbres dans l'avenue s'agitent sur ma gauche. Quelque chose craque et une branche atterrit à quelques mètres de moi.

Je ne te laisserai pas faire. Je vais te tuer.

Et j'ai le sentiment fou que les élements sont de son côté. Et que, si ça se trouve, c'est même lui qui les contrôle. Le vent et la pluie essaient de m'arrêter. Je me propulse loin de la clôture, me fraie un chemin devant la branche et me remets à courir. Le froid m'a eu, ça y est. Mes jambes ont perdu de leurs forces et je ne sens plus mes doigts.

J'arrive aux bureaux de l'usine. Je n'ai pas le temps de vérifier s'il y a des caméras de surveillance, je ne pense qu'à une seule chose, trouver un camion et me tirer d'ici. Je coupe entre deux bâtiments et me retrouve dans une cour derrière. Trois poids lourds sont garés, il n'y a personne alentour, je file donc derrière et cherche un moyen d'entrer. L'un d'eux est un semi-remorque dont le plateau est bâché. La toile ondule au vent, tourbillonne et claque sous la pression. Elle est fixée à l'aide de courroies et de boucles, mais il y a un endroit où elle commence à se détacher et dont le bas s'agite. Je tends la main et essaie de défaire la corde pour agrandir le trou, mais mes doigts ne fonctionnent pas correctement. Je souffle dessus et réessaie. L'un des nœuds cède peu à peu, j'érafle la peau de mon pouce et j'arrive enfin à défaire la corde.

Je tire sur la toile d'un coup sec et me hisse sur la plate-forme du camion. Celle-ci est sèche en grande partie, mais à l'endroit où je suis entré, la pluie s'est frayé un chemin, elle aussi. Je me laisse tomber sur le dos sur la surface humide – rester mouillé, le garder avec moi. Je jette un coup d'œil sur Rob. Il est assis, recroquevillé, serre ses genoux contre son corps. Il me regarde fixement avec la haine qui couve. Et je ressens une douleur froide dans ma tête. Il va me faire souffrir parce que je l'emmène.

Ce n'est pas terminé.

Je respire en dépit de la douleur et j'écoute le vent battre la toile. Il ne gagnera pas. Le camion se balance, craque et se plaint, comme un bateau en mer. Dehors c'est la tempête, et la nuit sera longue.

Mon frère est avec moi, enfonce de la glace dans ma tête, enchaîné à moi par la flaque d'eau sous mon dos. Comme il n'y a personne d'autre dans la cour, j'imagine que nous n'irons nulle part avant le lendemain matin. Je n'ai qu'une chose à faire, attendre. Mais j'ai survécu jusque-là à tout ce que Rob m'a balancé, et je suis sur le départ. Tout marche comme prévu.

Je m'assieds et enfile mon T-shirt de rechange. Mon jean est toujours trempé, et le T-shirt sera suffisamment mouillé à cause de la flaque pour garder Rob avec moi. Je défais mon manteau et le roule en boule pour m'en faire un oreiller. Je m'allonge de nouveau et me pelotonne sur le côté, porte mes mains à mon visage, les mets en coupe pour conserver la chaleur de mon souffle.

Je jette un autre coup d'œil à Rob. Il est recroquevillé et silencieux. Pour la première fois depuis plusieurs jours, je ne me sens pas menacé. C'est moi et lui, comme cela l'a toujours été, mais à présent, les rôles sont inversés.

Je ferme les yeux, et le bruit de la tempête qui se calme et le réconfort progressif de ma température corporelle me bercent peu à peu vers le sommeil.

21

– Je ne sais pas pourquoi ils parlent de fermer. Nous n'avons jamais eu autant de boulot, dit une voix bourrue.

J'ouvre les yeux et essaie de comprendre où je peux donc me trouver. Une ombre qui ressemble à Rob me rend mon regard et, l'espace d'un instant, je crois que je suis chez moi, que nous sommes sur nos matelas parallèles et que débute une autre journée ordinaire.

Puis, je me souviens qu'il est mort.

– C'est fou. Nous gagnons une fichue fortune pour eux, et cela ne suffit encore pas ! fait une autre voix.

Je me trouve sous une immense tente rectangulaire, allongé dans une flaque. Les voix sont très proches, juste derrière la tente. Je ne bouge pas, j'écoute, alors que le souvenir d'avoir déniché cet endroit en pleine nuit me revient lentement.

– C'est de la radinerie, non ? Ils peuvent faire des économies sur des salaires en Pologne, donc c'est ce qu'ils font. Tiens, attends, tu as des soucis ici.

– Quoi ?

– Les courroies ont disparu. Pas étonnant, avec ce fichu vent. Il n'y a que celles-là ?

Des pieds contournent le camion.

– Oui, juste ces deux-là. Mais tu ne peux pas partir comme ça.

– Je vais le signaler, demander si je peux prendre l'autre bahut.

Donc, ce camion ne va nulle part. Merde ! Deux pieds traversent la cour. Les deux autres ne bougent pas. J'entends le type qui joue avec les lanières et les boucles, vois les ombres que ses mains font derrière la toile.

Je me relève sur les mains et les genoux. Cela fait super mal, mes membres sont engourdis et douloureux, après une nuit passée à dormir dans le froid. Accroupi, je me rends à l'autre bout du camion. La toile tient bien en place. Pas moyen d'en sortir. Je recule sans bruit. Je glisse mes bras sous mon manteau. Mon jean et mon T-shirt sont encore humides. Les ombres de mains ont disparu, et je n'entends plus rien.

J'approche mon visage du trou et tire délicatement sur la toile, jusqu'à ce qu'il y ait une fente. Tout ce que je parviens à distinguer, c'est un dos large dans un bleu de travail, à un demi-mètre de moi. Pas la peine d'espérer me glisser au dehors sans qu'il me voie ou m'entende.

Il y a un cri à l'autre bout de la cour.

– On peut prendre celui-là ! Je vais faire marche arrière.

Bleu de travail se met sur le côté. Comme je ne le vois plus, j'agrandis le trou et regarde attentivement. C'est bon. Je me retourne et recule à plat ventre, me laisse lentement glisser, cherche une prise avec mes orteils pour supporter mon poids.

Une fois par terre, je m'accroupis, puis traverse à toute allure l'espace entre mon camion et le suivant. Je me souviens alors que les deux autres dans la cour avaient une remorque métallique. Je ne pourrai pas monter dans ceux-ci, il faudra donc que je m'y prenne autrement. J'ai une image dans ma tête de leur façon de faire dans les films, lorsqu'ils s'accrochent en dessous des camions, des avions et des trains. Quand je regarde sous celui-ci, je constate que ce ne sera pas possible. Il faudrait être Superman pour réussir à s'y cramponner.

Et maintenant ? La douleur froide est de retour dans ma tête, une douleur fulgurante qui menace d'émousser ma réflexion.

C'est terminé. Bien tenté, loser.

Au moins, Rob est encore là. Je ne peux pas lui répondre de peur que l'on m'entende. Mais je n'abandonne pas, quoi qu'il me balance. Pas question.

Je contourne le côté opposé en rampant, ressors, puis me redresse et m'aplatis contre la paroi du camion. Je me trouve entre le deuxième et le troisième. J'avance discrètement en direction de la cabine. Il y a un trou entre celle-ci et la remorque métallique derrière, une sellette d'attelage en métal plat, agrémentée d'épais tuyaux ou fils de fer en spirale qui relient les deux parties. Je me hisse sur la plate-forme en métal. Il y a juste assez de place, mais on ne peut pas se cacher. Je redescends en glissant et me cache de nouveau sous le camion. J'ai un plan. Je vais rester dessous jusqu'à ce qu'ils aient chargé et que le chauffeur soit bien au chaud dans sa cabine. Puis je grimperai sur mon perchoir : la sellette.

Dehors, il bruine, l'air est lourd et humide. Il y a d'autres pieds dans la cour. Mon cœur se met à battre à tout rompre, mais je sais que je peux y arriver.

Je t'avais prévenu.

Ne pas laisser la douleur me distraire. Je dois me concentrer.

Il y a toutes sortes de cris et de blagues qui fusent, puis le cliquetis d'un volet de métal que l'on remonte quelque part en lisière de la cour. La porte de la cabine de mon camion gémit sur ses gonds quand on l'ouvre d'un coup et qu'on la referme bruyamment. Le moteur s'anime en toussant. Ça y est. Il faut que je bouge, mais il y a du monde de part et d'autre du fourgon. Je ne peux pas sortir tout de suite, je me retrouverais juste sous leur nez.

Le moteur vrombit dans mes oreilles, et à présent, une espèce d'alarme résonne, fait bip-bip, et une voix enregistrée gronde. De chaque côté, les roues reculent tout doucement. Le fond de la cabine s'approche de moi. Recule ? Je n'ai pas le choix, je dois y aller aussi.

Sur mes orteils et sur mes doigts, je sillonne la cour à quatre pattes comme un grand singe, traverse des nappes d'huile, des pierres tranchantes et des flaques d'eau, suivant le mouvement du camion. J'essaie de rester au même niveau qu'un essieu pour que l'on ne me voie pas. Le poids lourd avance tout doucement, puis s'arrête contre l'un des bâtiments. Les portes arrière sont ouvertes et un million de pieds entrent et sortent au-dessus de ma tête. J'ai des bourdonnements dans le crâne. Ce véhicule partira aujourd'hui, c'est clair. Si je garde mon calme, c'est mon ticket de sortie. Je vais y arriver.

Cela prend une dizaine de minutes, puis les portières se referment bruyamment. Ça y est. Je ne vois pas de pieds à mon niveau. Il n'y a que les deux autres camions au bout de la cour, et le tarmac vide parsemé de flaques, dont les surfaces dansent à présent, alors que la bruine se transforme en pluie.

Le moteur se met en marche en toussant. C'est maintenant ou jamais. Je grimpe jusqu'à l'avant-train, juste derrière les roues, puis les contourne, et monte sur la sellette. Tout est terminé en un éclair. Je ne regarde pas autour de moi, je m'applique simplement à faire en sorte de m'en aller d'ici. Je m'installe dos à la cabine, les pieds contre la remorque. Je m'agrippe aux tuyaux de chaque côté, bien conscient qu'il n'y a rien pour m'empêcher de tomber.

Une seule chose manque. Rob. La douleur a disparu dans ma tête, mais mes vêtements sont encore mouillés depuis hier soir et la pluie forme des taches, même à travers le minuscule espace entre la cabine et le bahut. Alors, où est-il ?

Le camion roule maintenant, et les papillons dans mon estomac ressemblent à des chauves-souris dont les ailes frappent l'intérieur de mon ventre : leurs petites serres aiguisées le déchiquettent.

Nous sortons de la cour, passons entre les immeubles et nous dirigeons vers l'allée.

Du coin de l'œil, je vois quelqu'un filer devant le camion. Si vite. Un corps blanc et pâle presque nu, qui court vers l'avant du véhicule.

C'est lui.

Le chauffeur freine et ma tête heurte le fond de la cabine. Le Klaxon braille dans mes oreilles, une note longue et continue, et la protestation aiguë lorsque les disques grincent contre les jantes. La cabine tangue, projette mon poids sur mes jambes, puis de nouveau en arrière. La portière s'ouvre et les pieds du chauffeur font un bruit sourd sur le tarmac, quand il descend d'un bond. Dans la cour, les gens arrivent en courant derrière nous.

– Bon sang, bon sang, aidez-moi ! hurle-t-il à pleins poumons, plus un hurlement qu'un beuglement. Une prière criée dans l'air matinal.

– Que s'est-il passé ? Qu'y a-t-il ? font les voix derrière.

– Il y a un garçon, là, sous les roues. Oh bon sang, il est sorti de nulle part ! Il s'est jeté dessous. Je n'ai pas eu le temps de m'arrêter.

Des hommes passent bruyamment devant ma cachette. Je me paralyse sur place. Je n'ai nulle part où aller. Je dois juste m'accrocher.

– Je ne peux pas regarder ! Oh bon sang, je suis désolé, désolé.

– Du calme, mon pote, ce n'est pas ta faute. Du calme.

– C'était un grand garçon, un ado, il n'avait pas de vêtements. Il est juste sorti en courant… Oh ! non. Qu'ai-je fait ?

– Il n'y a personne sous la cabine. Reste là, mon pote, reste là, on va mieux regarder.

Je retiens mon souffle et ferme les yeux. Et j'ai trois ans, je joue à cache-cache. Si moi, je ne peux pas voir, peut-être que l'on ne me verra pas. Des gouttes de pluie atterrissent sur mon visage, mes mains.

Leur bruit se rapproche, quelqu'un qui marche en traînant les pieds, des doux grognements quand ils se penchent pour regarder sous le camion.

La partie est finie, petit frère. Tu as perdu.

Si proche à présent. Il va falloir que je me sauve. J'ouvre les yeux. À ma gauche, un dos se trouve au même niveau que moi, à l'horizontale quand il regarde attentivement sous les roues. Puis une voix, sur ma droite :

– Hé ! Qu'est-ce que… ? Je l'ai ! Il est vivant.

Je me retourne d'un coup. Il y a un type devant moi, les yeux globuleux. C'est un gros baraqué, et il tend la main vers moi, prêt à me saisir au collet, donc je pars dans l'autre sens. Je me lève d'un bond et marche sur le dos de l'autre gars, avant d'en redescendre d'un bond.

Mon tremplin bascule en avant dans un chapelet d'injures et tous les autres crient en même temps.

– Arrêtez-le !

– Il arrive, attrapez-le !

Ils sont une demi-douzaine. J'évite les deux premiers. Quelqu'un m'agrippe les jambes, et d'un seul coup je tombe et mon visage s'écrase sur le béton.

Un cercle de pieds m'entourent. Enfin, quelqu'un me remet debout. Je regarde les visages tout autour. Six ou sept hommes, tous en bleu de travail.

– Comment t'appelles-tu, mon garçon ? Que fais-tu ici ?

– Es-tu anglais ? Parles-tu anglais ?

Ils me bombardent de questions. Trop pour y répondre. J'attends juste qu'un trou apparaisse dans la foule, pour pouvoir m'enfuir. L'un des hommes me regarde longuement et attentivement. Son visage est presque aussi pâle que celui de Rob, ses lèvres exsangues.

– Vous pouvez regarder à nouveau sous le camion, les mecs ? Je ne crois pas que ce soit lui qui s'est jeté sous mes roues.

– Ne sois pas bête, Jimbo.

– Sérieux, reprend-il, il était différent, celui qui s'est rué devant moi… Le gosse qui… il n'avait pas vêtements… enfin, pas de haut en tout cas. Regardez pour moi, vous voulez bien ?

Deux types filent inspecter le poids lourd. Les autres restent sur place, traînent les pieds, regardent le camion, me regardent. Jimbo est incapable d'examiner le camion – il est convaincu qu'un corps gît en dessous.

Celui qui m'a arraché mon manteau quelques minutes auparavant me le tend à présent.

– Tiens. Remets-le.

– Merci, dis-je.

Et les hommes autour de moi se détendent considérablement.

– Tu es donc anglais, mon garçon. Tu habites dans le coin ?

Jimbo n'a pas bougé un seul muscle. Il continue à me fixer.

– Vous étiez deux ? demande-t-il. Vous étiez deux à faire les imbéciles ? Réponds-moi, je ne serai pas fâché contre toi. Personne ne sera fâché.

Je ne veux pas lui répondre, ne peux pas répondre, puis son visage change. On dirait qu'il s'ouvre un peu, l'air sombre disparaît, ses yeux s'écarquillent.

– Attends une minute, je te reconnais. Tu es celui du journal. Celui dont le frère…

Il n'a pas besoin de finir sa phrase. Ils savent tous. Un silence gêné tombe sur le groupe. Les deux hommes qui inspectaient le camion ont terminé. L'un d'entre eux nous crie : « Vous pouvez y aller, la voie est libre ! » Il remarque que quelque chose a changé. « Quoi ? Que se passe-t-il ? »

Les autres lui font signe de se taire.

Jimbo bafouille :

– C'était… c'était lui, n'est-ce pas ? C'était lui…

Alors je tente de prendre la fuite, me fraie un chemin entre Jimbo et son voisin. Je heurte son épaule en passant près de lui, et il n'oppose aucune résistance. L'impact le fait tourner sur place, une petite marionnette molle dont les fils ont été coupés, mais ses potes sont plus rapides. Des mains viriles me retiennent et je sais que je n'irai nulle part.

– Ne t'inquiète pas, mon garçon, dit l'un d'eux. Tu n'as pas besoin de t'enfuir. Tu n'auras pas de problème. Nous allons te raccompagner chez toi, en sécurité.

Derrière lui, désormais invisible pour les autres, il y a une ombre, une silhouette pâle qui observe le drame qui se joue. Il porte une main à son visage, puis dessine le chiffre 1 dans le vide.

Une autre victoire.

Un-zéro pour Rob.

22

Neisha et moi sommes assis côte à côte sur les balançoires du terrain de jeux, nous nous balançons doucement tous les deux d'avant en arrière, traînant les pieds sur le sol doux.

– Je croyais… je croyais… que tu… tu sais…

– Quoi ?

– Tu sais ?

Neisha refuse de croiser mon regard.

– Me serais suicidé ?

Les yeux qui se lèvent rapidement, puis se baissent.

– Oui. Ta maman m'a lu ton petit mot au téléphone, à 5 h 30 du matin. Elle était folle d'inquiétude.

– Je voulais juste lui dire de ne pas me chercher.

– Elle croyait que cela signifiait : « Ne cherche pas, parce que je ne veux pas que tu retrouves mon corps. »

– Merde.

– Ouais.

Neisha a appelé peu après qu'ils m'eurent raccompagné. Elle voulait me voir, n'accepterait pas de « non » en guise de réponse. Entre-temps, je me suis fait sonner les cloches par maman et tatie Debbie, puis des larmes et une autre leçon de morale se sont ensuivies. Les larmes menaçaient de se déverser de nouveau quand

Neisha est arrivée, et d'un seul coup je me suis retrouvé écartelé entre la joie pure et absolue de la revoir et l'immense sentiment d'échec de ne pas avoir réussi à m'enfuir, à éloigner Rob d'elle. Il y avait aussi autre chose, le poids de la culpabilité, le poids écœurant de savoir que je l'avais poussé à la tuer. Tout cela était ma faute.

Maman a accepté que je sorte avec elle, à la seule condition qu'elle puisse me voir depuis la maison.

Il ne pleut plus, mais chaque cavité sur le chemin et le terrain de sport est remplie d'eau stagnante, dont une brise vive froisse la surface.

Emmitouflée dans son anorak, la capuche relevée, Neisha me regarde à travers ses épais cils bruns, et cela me donne envie d'arrêter tout cela, de déchirer le script dans ma tête où je lui parle de mes visions, des voix, et lui raconte que je suis une mauvaise personne. Je veux lui expliquer que m'enfuir a été une grosse erreur et que je désire être avec elle, la tenir dans mes bras, l'embrasser. Mais il y a tellement de choses qu'elle ne sait pas…

– Alors, que faisais-tu ?

– Me suis enfui, c'est tout.

– Et tu ne comptais même pas me dire au revoir ?

Elle est blessée. Je suis un idiot. Pourquoi n'ai-je pas pensé qu'elle en souffrirait ?

– J'allais t'appeler. C'est ce qui me semblait le mieux. Que tu serais mieux sans moi.

– Comment peux-tu dire cela ? Je croyais… que nous… que tu m'aimais bien.

– Je t'aimais bien. Je t'aime bien.

– Alors c'est quoi, ce bordel, Carl ? C'est quoi, ce bordel ?

Je mets ma main sur son bras, et elle me repousse avec une violence qui me surprend.

– Je t'aime bien, Neisha. Je t'aime beaucoup.

– Mais ?

– Comment ça ?

– Il y a un « mais ». « Je t'aime beaucoup, mais… »

– Je ne peux pas te le dire. Je ne suis pas celui que tu crois. C'est mieux si nous ne… si nous… si nous arrêtons.

Cela me déchire de le lui dire, mais mes paroles ont un effet électrisant sur elle.

– Arrêter ? Alors, c'est ça ? Tu ne veux pas me baiser d'abord, comme ton frère ?

Elle a cessé de bouger, clouée au sol par les bouts de ses chaussures qui s'enfoncent dans l'asphalte. Ses doigts agrippent la chaîne si fort que la peau tendue sur ses articulations blanchit.

– Neisha… je…

– Parce que vous êtes pareils, c'est ça ? En fait, je ne t'intéresse pas. Tu te fous bien de moi.

Ça y est. Je peux le faire maintenant, si j'en ai vraiment envie. Je peux la faire sortir de ma vie. Je devrais le faire. Je dois le faire. Pour la protéger.

– Tu as raison, Neisha, nous sommes pareils, Rob et moi. C'est pour cela que tu devrais t'en aller. Parce que je ne suis pas bien pour toi. Je ne le serai jamais.

Mais les paroles qui d'après moi auraient dû la faire fuir ont précisément l'effet contraire.

– Tu vois, dit-elle. Tu vois comme tu te trompes ? Le fait que tu dises cela montre que tu n'es *pas* comme lui. Tu crois que tu es comme lui, mais non.

Ses épaules se détendent un peu, et un demi-sourire se dessine sur ses lèvres.

– Mon pauvre idiot ! Je te connais. Je te connais mieux que toi-même. Tu n'as pas besoin de t'enfuir.

Je sais que je ne devrais pas le faire, mais je descends de la balançoire et me plante devant elle. À ce moment-là, le soleil se lève, fait étinceler toutes les surfaces mouillées autour de nous. Je sens sa chaleur dans ma nuque. Neisha m'attire vers elle. Je m'approche d'un pas chancelant, elle se balance vers moi et enroule ses jambes autour de ma taille.

– Doucement ! dis-je, mais trop tard, la balançoire bouge sous elle, et elle s'accroche à moi avec ses bras et, instinctivement, je la tiens bien. Elle s'accroche à moi comme un petit singe, et nous sommes sur le point de basculer. Sans réfléchir, j'essaie de la redresser, et glisse mes mains sous ses fesses. Mais je n'arrive pas à retrouver l'équilibre, et nous allons passer par-dessus.

– Pose tes pieds ! crié-je.

Mais elle rit et s'agrippe encore plus à moi.

– Neisha, mets tes pieds par terre, je ne peux pas te tenir !

Elle finit par dérouler ses jambes et cale ses pieds par terre.

– Tu es fou à lier, dit-elle en me regardant nerveusement pour voir si elle m'a blessé. Dans le sens positif du terme, ajoute-t-elle. Très, très positif.

Elle jette sa tête en arrière et rit. Mes yeux suivent le contour de sa gorge jusqu'au V foncé de son anorak. Elle pose sa main dans ma nuque et incline la tête juste comme il faut, de sorte que nos lèvres se rencontrent comme si c'était la chose la plus naturelle au monde.

– Oh, Neisha, soufflé-je.

Comment puis-je rester loin de cela ? Loin d'elle ?

– Tu ne vas pas me laisser, hein ?

Ses paroles à la vanille passent de sa langue à la mienne.

– Non, non, bien sûr que non, je ne t'abandonnerai jamais.

Nous nous embrassons pendant des heures, des minutes ou des secondes. Qui sait combien de temps ? Des jeunes passent à côté et se moquent de nous, font des bruits de langues mais nous gardons les yeux fermés et nous embrassons, nous embrassons jusqu'à ce qu'ils soient partis et que nous nous retrouvions seuls de nouveau.

À un moment donné, nous nous éloignons l'un de l'autre. Le visage de Neisha est flou, comme si j'avais taché ses traits avec ma bouche. Nous restons dans les bras l'un de l'autre. Je me sens bien, en sécurité, à l'intérieur du cercle étroit de son amour. En sécurité et au calme. Le soleil réchauffe mon cou, et le monde qui nous entoure est argenté et brillant. Il flotte dans l'air l'odeur de chocolat de l'usine, et elle se mélange dans mes narines à l'odeur sucrée familière de Neisha. Même si une partie de moi sait que ce n'est pas bien d'être heureux, c'est plus fort que moi. C'est ce que je ressens à présent, et c'est bon, si bon…

Neisha pose la tête sur mon épaule.

– Tu sais, tu as dit que tu le voyais… Rob… dit-elle, et son nom, l'entendre haut et fort, envoie un poignard de glace entre mes côtes.

– Oui ?

– Il est là en ce moment ?

Quelque chose, dans sa façon de me poser la question, me pousse à me demander si elle veut qu'il soit là – qu'il voie cela, qu'il nous voie. Je bouge, pour regarder son visage.

– Non, pas maintenant, dis-je.

Sa main sur ma taille se détend un tout petit peu. Un tout petit peu de tension dont je ne soupçonnais même pas l'existence jusqu'alors a disparu, et elle cille, sourit et m'embrasse, juste à côté de la bouche.

– Bien, dit-elle, peut-être qu'il est parti.

Elle me caresse les cheveux. Et je ne peux m'empêcher de me dire : *Ça y est, ça y est, le méchant garçon est parti !* Et la voix dans mon esprit est la sienne.

Je secoue violemment la tête et elle enlève sa main, qui flotte dans le vide.

– Quoi ? dit-elle.

– Il n'est pas parti, Neisha. Il ne partira pas tant que… tant que…

– Tant que quoi ?

– Rien.

– Pourquoi crois-tu qu'il est là ? Qu'est-ce qui le fera partir ?

Le ton de sa voix. L'inclinaison de sa tête. Elle ne me croit pas. Elle pense que tout cela est le fruit de mon imagination.

Je pose mes mains sur ses bras, les serre, peut-être un peu fort.

– Je n'invente rien. Il n'y a pas que moi, Neisha. Le chauffeur l'a vu, à l'usine. C'est pour cela qu'il a arrêté le camion dans lequel je me trouvais. C'est comme cela que l'on m'a découvert.

– Comment le sais-tu ?

Elle tente de se défaire de mon étreinte, mais je ne la lâche pas.

– Il n'a pas cessé de me demander où était l'autre garçon, de dire aux autres que ce n'était pas moi qu'il avait vu. Le garçon qui s'est jeté sous ses roues. Il a cru qu'il l'avait tué.

– Alors… c'est réel. Il est réel ? Comment ça se fait que le chauffeur ait pu le voir, et pas moi ?

Elle tourne la tête d'un côté, puis de l'autre, regarde derrière elle, tout autour.

– Il n'est pas là en ce moment, Neisha. Et je ne sais pas pourquoi le chauffeur a pu le voir. Cela n'était jamais arrivé auparavant. Jusque-là, j'étais le seul. Je peux le voir quand je suis mouillé, c'est tout. Le problème… c'est qu'il est tellement en colère, maintenant… Je crois que quelque chose a changé. Quelque part, il prend de la force.

– Prend de la force ?

– Avant, ce n'était qu'une voix, une forme sous la pluie, mais à présent, on dirait qu'il peut se servir de l'eau contre moi, des éléments, même. La seule chose qui ne change pas, c'est que quand je suis sec, il disparaît.

– À quoi il ressemble ? Il est comme quand…

– Comme quand ils l'ont… sorti de l'eau.

Elle a le souffle coupé.

– Alors, que fait-il là ?

Je la lâche et me détourne.

– Ne me demande pas.

– Carl, tu dois me dire.

– Je ne peux pas.

– C'est à cause de moi ? Un rapport avec moi ?

Si j'ouvre la bouche maintenant, je vais m'attirer des problèmes. Je me tais, mais c'est une aussi mauvaise idée.

– C'est ça, pas vrai ?

– Non, bien sûr que non, marmonné-je.

Je lui tourne toujours le dos. Elle me contourne à toute allure et se baisse pour pouvoir regarder attentivement mon visage.

– Ne me raconte pas de conneries, Carl ! Ne t'avise pas de me raconter des conneries ! Tu ne sais pas mentir. Qu'est-ce qu'il veut ?

Je me détourne d'elle et me mets en route. Elle me rattrape et se cale sur chacun de mes pas.

– Je ne vais pas laisser passer cela, Carl. Tu dis que tu es hanté, tu souhaites que je te croie, et c'est ce que je fais, en tout cas, j'essaie. Mais tu dois être franc avec moi, que veut-il, Carl ? Que veut Rob ?

Je m'arrête de marcher et me tourne vers elle.

– Te faire du mal.

– Me faire du mal ?

– Oui, rien que ça. Il veut te tuer, Neisha. Et il veut que je l'aide. Pour prouver ma loyauté. Pour me faire payer de l'avoir tué et de t'avoir embrassée, avoir envie de toi… t'aimer…

Elle garde le silence un moment. Je ne sais même pas si elle m'a bien entendu. Puis ses yeux s'adoucissent.

– M'aimer ?

– Je suis désolé, c'est trop tôt. C'est trop.

– Non… Non…

Elle tend le bras vers moi et nous nous rapprochons, nous étreignons.

– Pourquoi me déteste-t-il autant ? Pourquoi ne peut-il pas laisser tomber ? Je ne comprends pas ce que j'ai fait pour mériter cela.

C'est le moment, l'occasion de lui dire toute la vérité, de cracher le morceau. Je prends mon courage à deux mains.

– Tu sais qu'il croyait que l'on se voyait, et puis tu as menacé de tout raconter à propos du cambriolage. Pour lui, cette affaire n'est pas réglée. C'est pour cela que je t'ai éloignée du lac l'autre jour. C'est pour cela que je t'ai fait promettre de ne pas y aller. Il veut que tu y retournes, il veut te noyer. Je te demande donc de me refaire la promesse. Promets-moi que jamais, jamais tu ne retourneras au lac.

Je l'embrasse sur le sommet du crâne.

– Bien sûr.

– Non, dis-le, Neisha, j'ai besoin de l'entendre.

– Carl, je te promets que je ne retournerai pas au lac.

– Et tu es sincère ?

– Oui, bien sûr.

– Parce qu'il n'y a que cela qui compte, Neisha. C'est pour cela que je me suis enfui. Je veux te protéger. Je t'aime, Neisha. Je t'aime sincèrement.

Mes paroles disparaissent dans sa bouche quand elle s'approche pour m'embrasser. Elle les aspire, les avale. Et, l'espace d'un instant, je suis encore perdu, dans le monde doux et mouillé que nous formons alors tous les deux. Et la houle chaude de bonheur est revenue, et je me surprends à penser : « Ça va aller. Je l'aime. Elle m'aime. Tout ira bien pour nous. »

Mais je sais aussi que ce n'est pas vrai. Parce que même si tout ce que je lui ai dit est la vérité, et que chacun de mes mots est sincère, je ne lui ai pas dit toute la vérité.

Elle croit qu'elle embrasse Carl, le garçon qui l'a sauvée. Mais non. Elle embrasse le garçon qui l'a trahie.

23

Quand j'embrasse Neisha, quand je l'embrasse vraiment, j'ai l'impression que le reste du monde se dissipe. Sinon qu'il rétrécit pour n'être plus que cela, que nous deux, la seule chose qui compte. C'est choquant, délicieux.

Mes sens se concentrent sur l'endroit doux où nous nous retrouvons et ce contact, quelques centimètres carrés de chair qui bougent contre la chair, envoie des messages à chaque autre cellule de mon corps. Je vais exploser ou fondre, ou les deux. Je suis nu, électrique.

Même si je portais dix couches de vêtements, je serais tout de même nu. Et elle aussi. Mon corps nu est connecté à son corps nu. Et il n'y a nulle part où se cacher.

Et c'est à ce moment-là que je sais que je dois le dire. Ce moment nu. Parce que je n'ai encore jamais ressenti cela, et je souhaite que ce soit parfait. Je ne veux pas avoir de secrets. Je veux qu'elle me connaisse, qu'elle m'accepte, qu'elle m'aime.

Je m'éloigne d'elle et la tiens encore un peu loin de moi, pour pouvoir voir son visage.

– Il faut que je te dise quelque chose. Quelque chose d'énorme. J'aurais dû t'en parler dès que je m'en suis souvenu. J'ai essayé. J'ai vraiment essayé, mais je n'ai pas réussi à faire sortir les mots.

– Qu'est-ce que c'est ?

On dirait que le monde entier est devenu silencieux. Comme si tout et tout le monde attendait ce que je vais dire.

– C'était ma faute.

Elle secoue la tête, essaie d'avancer, de m'embrasser encore, mais je la retiens. À présent, il y a de la tension entre nous, elle me pousse, je résiste.

– Carl, la page est tournée. Tu as fait ce que tu as fait pour me sauver. Endosser la responsabilité comme cela, ça ne sert à rien.

– Non, pas ça.

– Quoi, alors ?

Je sens ses bras se détendre dans mes mains. Elle est prête à écouter.

– C'était ma faute si tu es allée au lac, à la base.

– Bien sûr que non, je t'ai demandé de m'accompagner. Il voulait me voir, mais je tenais à ne pas y aller seule, à ne pas me retrouver seule avec lui une fois de plus.

J'aurais voulu que ce soit aussi simple. J'aurais voulu ne pas avoir à lui avouer cela.

– Non, c'était ma faute. Je lui ai dit quelque chose qui a tout déclenché. Je suis responsable de tout cela, parce que j'ai été lâche, il me menaçait parce que tu me plaisais. Je lui ai dit que je me fichais bien de toi, que ça me serait égal qu'il te tue.

– Quoi ?

Elle se paralyse maintenant, un peu comme si quelqu'un avait appuyé sur PAUSE, et qu'elle s'était arrêtée, morte. Je ne peux plus la regarder.

– Une fois où vous êtes revenus ensemble, je t'ai entendue parler avec lui et vous vous moquiez de moi. Tu lui disais que je ne te plaisais pas, que je ne te plairais jamais… j'étais tellement… tellement brisé, Neisha, tellement jaloux, et il me faisait si peur, parce qu'il était furieux. Il a donné trois coups de poing dans la porte de notre chambre, puis il s'en est pris à moi… C'est idiot de dire ce genre de chose. Il croyait que je le défiais de le faire. J'étais énervé, et dans l'ardeur du moment… j'ai sorti une chose stupide, vraiment stupide.

Je trouvais que c'était calme, juste avant, mais, là, c'est tout autre chose.

Je la regarde, les yeux à moitié fermés. C'est dur, vraiment très dur. Le choc fait s'affaisser son visage, sa mâchoire est toute molle. Mais ce sont ses yeux qui me touchent. Ils sont inondés de larmes.

– Je ne comprends pas. Je croyais que tu m'aimais bien. Tu viens de dire que tu m'aimais.

– Oui je t'aimais, je t'aime, Neisha. Je t'ai toujours aimée.

– Alors, comment as-tu pu… ?

– Je voulais que Rob arrête de me frapper, et j'étais furieux parce que tu ne voulais pas de moi. Ce n'était que pour un moment, et puis j'ai sorti ça et je croyais que Rob oublierait. Mais non.

Je ne peux plus parler. J'attends simplement qu'elle s'en prenne à moi. Mais elle ne fait rien. Elle fait comme si je n'existais pas et tourne les talons, puis sort de l'aire de jeux. Ses mains sont fourrées dans ses poches, ses épaules levées et son visage baissé.

Je l'observe une seconde ou deux, puis lui cours après.

– Neisha ! crié-je.

Elle ne se retourne pas.

Je saute par-dessus la clôture et atterris devant elle. Elle essaie de passer devant moi, tourne la tête. Je me mets sur son chemin. Elle m'esquive et je lui prends la main.

– Non ! crache-t-elle. Ne me touche pas !

Je la tiens, et sous ses vêtements, ses muscles sont tendus.

– Je voulais juste que tu saches la vérité.

– Et maintenant, je la connais.

Nos yeux se croisent un instant, et j'ai l'impression que mes globes oculaires se vaporisent dans l'ardeur de sa haine.

Tout a changé.

Je l'ai perdue.

– Mais c'était l'ancien moi, dis-je rapidement. Je ne suis plus comme cela, je…

– La ferme, Carl. Ferme-la, bordel !

– Mais…

– Je ne veux rien entendre. Rien.

Elle chasse ma main de son bras et s'éloigne.

– Neisha…

Elle se tourne vers moi.

– Je croyais que tu étais différent, Carl, mais tu étais comme lui. Tu es comme lui. Je te déteste. Je te déteste plus que tout, Carl !

Et elle est partie. Et je me tiens près de l'aire des jeux des petits, la regarde sortir de ma vie en courant. Comment est-ce possible, alors que j'ai encore son goût dans ma bouche ?

Le soleil est reparti. Tout ce qui était argenté devient gris terne, et vert et marron. Je frissonne et lève les yeux, un énorme nuage masque la moitié du ciel, avançant rapidement de gauche à droite.

Je suis dans le lac avec un mélange de ciels au-dessus de moi, je me débats dans l'eau. Je ne les vois plus. Neisha et Rob. Le premier éclair me fiche une trouille bleue, mais il les fait apparaître dans sa lumière stroboscopique. Deux têtes au-dessus de l'eau.

J'ai les jambes en coton. Il faut que je parte d'ici. Il faut que je retourne chez moi. Neisha a disparu et je rentre chez moi en courant ; la première goutte de pluie touche le haut de mon oreille, et sa voix claire et proche surgit dans ma tête. Et ensuite, le ciel s'ouvre, et c'est comme si quelqu'un renversait un seau d'eau sur le terrain de jeux, la rue et les appartements. Les gens devant la boutique hurlent quand ils se retrouvent trempés en une seconde. Le froid, le choc me coupent le souffle.

Je viens te chercher, Cee. Tu ne peux pas m'arrêter.

J'essaie de faire partir l'eau de mes yeux et continue à courir. Autour de moi, les gens s'éparpillent, paniqués. Rob se tient au milieu du terrain de jeux, ne me poursuit pas, reste planté sur place, sa silhouette pâle est la seule chose immobile dans un monde grouillant d'eau.

Tue-la, ou je te tuerai.

– Dégage ! Fiche-moi la paix !

Les marches en béton qui mènent aux appartements sont inondées, transformées en cascades. Je me fraie un chemin et avance sur la passerelle en titubant, pousse la porte d'entrée à fond et la claque derrière moi.

Tu ne peux pas me fermer la porte au nez.

Il est encore là. Tout près.

Je monte les marches et vais dans ma chambre. Notre chambre. Les rideaux sont fermés. L'odeur dans l'air me colle à la peau. Elle envahit mes poumons et les contracte, les verrouille. Je ne vois rien dans le noir. J'allume la lumière et le regrette. Le mur près de mon matelas est noir à présent. Noir, puant et suintant. Des gouttes mouillent la surface. Dans le coin au-dessus du lit de Rob, l'endroit où la tache a commencé, l'eau dégouline sur le mur. Elle arrive. Elle vient me chercher.

Je ne peux pas rester ici. Je ne peux pas.

Je vais me changer et sortir. Je me déshabille, me penche et me mets à fouiller dans le tas. Tout est moite et froid au toucher. Je creuse dans un autre tas, le balance derrière moi et par la porte en faisant le tri. Je ne trouve rien.

Tout est poussiéreux, humide, dégoûtant. Je ne veux pas que cela touche ma peau.

– Carl, quel est le problème ?

Je regarde derrière mon épaule. Maman se tient sur le pas de la porte. Elle attrape la dernière chose que j'ai jetée, un T-shirt de foot.

– Je n'ai rien à me mettre. Tout est mouillé, dis-je.

Elle contemple le T-shirt dans ma main.

– Tout ça pue. Je n'arrive pas à m'en débarrasser. Je veux juste me sécher, maman. Je n'arrive pas à me sécher…

Elle me regarde à présent, presque comme si elle avait peur de moi, puis son regard se pose sur le mur derrière.

– Bon sang, dit-elle, ce mur est plein d'humidité. Depuis combien de temps c'est comme ça ?

– Quoi ?

J'essaie d'empêcher la voix de Rob d'entrer, de me concentrer sur maman, de comprendre ce qu'elle dit.

– Depuis combien de temps ?… Oh, on s'en moque, trouve-moi juste des vêtements, OK ?

Écouter maman. Trouver des vêtements. M'habiller. Mais tout est humide.

Elle te déteste carrément, maintenant, Cee...

– Je ne peux pas, maman, je ne peux pas mettre ça. Je ne peux pas, je ne peux pas, je ne peux pas...

Je la bouscule sur le palier. Je suis nu comme un ver, mais ça m'est égal. Debbie a à moitié gravi l'escalier. Elle pousse un petit cri quand elle me voit et se retire dans le salon.

– Oh nooon, Kerry, il est redevenu fou ! Dois-je appeler la police ?

– Non, n'appelle personne, crie maman en retour.

Puis, à moi :

– Couvre-toi, Carl, pour l'amour de Dieu.

Elle me balance le maillot de football.

– Non maman. Je ne peux pas le mettre !

Je le jette dans l'escalier.

Elle se tourne vers moi.

– Du calme ! Ça devient n'importe quoi.

Mais maman est tout, sauf calme. Son visage est rouge, et les veines de son cou sont protubérantes.

– Du calme ! tonne-t-elle, mais je tourne sur moi-même dans l'entrée sans savoir où aller ni que faire, je tourne sur moi-même, j'essaie de faire disparaître tout cela.

– Attends ici, hurle-t-elle. Attends ici !

Elle est partie, mais juste une minute. Elle revient et attrape mon bras. Je continue à tourner, et mon bras se tord dans mon dos, jusqu'à ce que je sois immobilisé. Je me détache, face à elle.

– Tiens, dit-elle. Enfile ça.

Elle tient une robe de chambre. La sienne. Rose

pastel et un peu miteuse. Elle m'aide à passer les bras dans les manches, la drape sur moi et noue la ceinture.

J'étire le haut de la robe de chambre devant mon visage. Elle est douce et sent la fumée de cigarette, le déodorant et le parfum. J'inspire plusieurs fois, mon propre souffle se mélange aux odeurs du vêtement, et j'ai l'impression que mon visage se trouve sous une tente ou un masque, ou autre chose, un petit monde mal aéré différent de l'extérieur.

Mon souffle se ralentit. Je me rends compte que je ne peux plus entendre Rob. Tout est silencieux. Toute la maison est silencieuse.

– C'est mieux ? dit maman.

Je ne peux pas parler. Pas encore.

– Assieds-toi une minute, dit-elle. Et j'obéis. Elle s'accroupit à côté de moi.

Elle fouille dans sa poche et en sort un paquet de clopes et un briquet. Ses mains tremblent quand elle en allume une et aspire la fumée.

– C'est bon, dit-elle. Ça va maintenant, n'est-ce pas ? Tu veux une taffe ?

Je secoue la tête. Elle incline la tête en arrière en expirant.

– Tu t'es mis dans un sacré état, pas vrai ? Mais je comprends pourquoi. Je ne savais pas que ta chambre était aussi pourrie. Ce n'est pas normal, pas du tout. Je vais appeler les bailleurs. Nous allons arranger cela. Et je vais apporter tes vêtements à la laverie, les faire laver, d'accord ? Tu ne peux pas vivre comme cela, personne ne peut vivre comme cela.

Elle tire une autre taffe.

– J'ai laissé les choses partir un peu en vrille, Carl, je suis désolée.

– Non, maman, tu ne comprends pas. Ce n'est pas l'appart. Je crois que je deviens fou.

Elle se laisse tomber par terre. Je pose une main sur son bras et voilà qu'elle la couvre de la mienne, de sorte que nous nous tenons… à distance.

– Bien sûr que non, tu as juste eu une sale journée, c'est tout.

– Je veux aller quelque part, maman. Me faire aider.

Ramène-moi dans la chambre d'hôpital, j'ai envie de dire, là où ils m'ont amené après le lac – chaude, propre et claire.

– Je suis là, Carl. Je suis là pour toi, je vais t'aider.

– Mais je l'entends, maman. Il me parle. Je le vois aussi.

– Tu n'es pas le seul, Carl. Je le vois partout.

– Non, tu ne comprends pas…

Elle soupire.

– Je le vois dans le bain, quand il était bébé. N'arrivais pas à l'y faire entrer, et quand j'y arrivais, ne pouvais pas le faire sortir. Une petite terreur ! Je le vois dans la cuisine, manger à même la boîte de conserve. Je le vois sur le canapé à côté de moi, en train de regarder ces films et de faire comme s'il n'avait pas peur. Il est toujours là, Carl, n'est-ce pas ? Il sera toujours là.

Mon cœur se serre. Ce n'est pas la même chose.

– Tu te souviens de lui, c'est tout, dis-je.

– Oui, dit-elle, comme toi. C'est normal. Tout va bien. Tu vas bien. Viens ici.

Elle m'attire vers elle, et passe ses bras autour de moi. Je me laisse faire, ne l'étreins pas en retour mais ne résiste pas.

– Ça va aller, dit-elle. Ça va aller.

Je ferme les yeux et je vois son visage, les yeux grands ouverts et la fermeture que l'on remonte et qui l'enferme. J'essaie de me redresser, mais maman me tient bien.

– Il faut que j'y aille, maman, je ne peux pas rester ici.

Je n'arrive pas à me détacher de son étreinte, et je sens son corps trembler.

– Ne me laisse pas, dit-elle. S'il te plaît, Carl, ne me laisse pas. Tout ira bien pour nous. Je te le promets.

Elle pleure, sanglote dans mon cou.

On frappe à la porte.

En bas, Deb ouvre et se met à parler à quelqu'un. Des mots et phrases bizarres nous parviennent.

« L'a frappée… nu comme un ver… complètement fou… frère au lac… sécurité… » Debs a dû appeler la police, en fin de compte.

Maman nous berce tous les deux, côte à côte.

– Tu es tout ce qui me reste. Ne me laisse pas. Ne me laisse pas, Carl !

– Mademoiselle Adams ?

Quelqu'un l'appelle d'en bas. Maman arrête de nous bercer.

– Mademoiselle Adams ?

Elle respire un bon coup.

– Juste une minute, crie-t-elle.

Elle me serre affectueusement une dernière fois, puis me lâche. Elle essuie son visage sur sa manche et respire deux fois à fond.

– Tu ne veux pas partir, hein ?

Si, si, si, un million de fois « si ».

– Je ne sais pas, je ne peux pas dormir ici, maman, je ne peux pas.

– Et le canapé ?

Je hausse les épaules.

– Attends l'enterrement. Nous passerons cette épreuve ensemble, je te le promets, Carl, OK ?

Elle descend les escaliers. Je remonte mes genoux dans mon peignoir rose et pose la tête dessus, l'écoute essayer de passer pour quelqu'un de normal. Proposer aux flics d'entrer. Dire : « Toute cette pluie, c'est affreux, non ? » et « Voulez-vous une tasse de thé ? »

La porte d'entrée s'ouvre de nouveau et les voix sont plus basses, plus étouffées quand ils se rendent tous dans le salon. Brusquement épuisé, je coupe le son, laisse leur conversation se transformer en bruit, pas des mots, un murmure de fond étrangement apaisant.

Au bout de dix minutes environ, maman remonte et s'agenouille à mon côté.

– Ils veulent te parler, vérifier que tu vas bien. Tu devrais t'habiller.

– Je suis bien comme cela.

Le peignoir est comme une couverture confortable. Je suis sec et j'ai chaud à présent. Ça m'est bien égal de ne jamais l'enlever.

– Je ne crois pas.

Elle jette un coup d'œil sur le fatras de vêtements le long du palier, puis se rend dans sa chambre. Elle réapparaît avec un jean et un T-shirt.

– À qui ?…

– Ne me demande pas, dit-elle. Je n'ai pas pu trouver de slip.

Je lui prends les vêtements. Je me lève et lui tourne le dos pour enfiler le jean. Il est de deux tailles trop grand et je ne peux m'empêcher de penser aux antécédents bizarres de maman en matière de mecs, et je frissonne. J'enlève le peignoir et plonge dans le T-shirt. Je baisse les yeux sur l'illustration devant et tourne la tête de côté pour voir ce qu'il y a écrit : « Les surfeurs le font debout ! »

Je repose les yeux sur maman.

Elle fait la grimace.

– Désolée, dit-elle, et je sais qu'elle ne s'excuse pas seulement pour ce T-shirt pourri.

En dépit de tout, je me surprends à sourire, je sens un rire me chatouiller le fond de la gorge.

– Bon sang, maman !

– Je sais.

Je me penche et retourne le pantalon, replie chaque ourlet deux fois, jusqu'à ce qu'il effleure le bas de mes jambes.

– Ça va maintenant ? Tu es prêt ? demande-t-elle.

– Oui, prêt.

Plus tard, une fois qu'ils sont tous partis et que Debbie est allée faire « trempette » dans la baignoire, maman me prépare un lit sur le canapé. Elle a dormi ici assez souvent, ou plutôt a perdu connaissance, ivre morte, et n'a plus bougé, mais c'est différent. Elle enlève les coussins du fond, va chercher un oreiller et mon sac de couchage. Quand je le vois, je crois que je vais étouffer. Même à l'autre bout de la pièce, je peux sentir l'odeur de moisi. La fermeture Éclair reflète la lumière et j'entends le bruit de l'autre fermeture, celle qui l'a enfermé. Et la panique monte en moi, avec tout le contenu de mon estomac.

– Je ne peux pas, maman, dis-je. Pas le sac de couchage.

Elle pince les lèvres, mais ne dit rien. Elle l'emporte à l'étage et redescend avec un drap et deux couvertures.

– C'est mieux ?

– Oui.

– Je devrais t'acheter une couette, observe-t-elle. Il y en avait au supermarché il y a deux semaines. Cinq livres seulement, mais je ne les avais pas. Enfin, il m'aurait fallu dix livres parce que vous étiez deux…

Elle sombre dans le silence. Puis :

– Mon Dieu, Carl, comment allons-nous faire ?

Je décide délibérément de mal la comprendre, je ne veux pas parler de trucs importants, pas maintenant.

– Étends le drap sur le canapé, et je mettrai la couverture par-dessus.

Elle a un instant de confusion.

– Oui… d'accord.

Elle secoue le drap et le borde.

– Nous irons le voir demain, annonce-t-elle.

– Quoi ?

– Debbie et moi. Nous irons voir son… Lui rendre visite… Lui dire au revoir à la chapelle du Repos.

Je feins d'arranger l'oreiller.

– Tu devrais venir, il le faut, Carl. Nous avons toujours fait cela dans ma famille, cela aide.

Les poils se hérissent dans ma nuque à l'idée de le revoir, de voir son corps tel qu'il était la dernière fois.

Elle a disposé les couvertures sur le drap, les a bordées au bout et sur les côtés. J'installe l'oreiller à une extrémité, et on dirait un vrai lit.

– Ça va aller, comme cela ?

– Oui, je crois.

Pour être honnête, c'est bien mieux que là où je dors d'habitude.

– Je vais monter alors, dit-elle. Je suis épuisée. Je parie que Deb s'écroulera aussi après son bain. Elle ne te dérangera pas.

– Elle est obligée de rester ? demandé-je, culpabilisant aussitôt.

– Il n'y en a que pour quelques jours. Je sais qu'elle est casse-pieds, mais elle essaie d'aider. Elle partira après les funérailles.

– Alors, il n'y aura plus que toi et moi ici ?

– Ici… ou ailleurs.

– Quoi ?

– J'ai appelé les bailleurs. Ils ont dit qu'ils étaient au courant pour l'humidité. Nous ne sommes pas les seuls. Il a beaucoup plu, ces derniers jours. Ils n'ont pas l'air de savoir que faire. Cela concerne tout le pâté de maisons. Il faut réparer le toit, plein de trucs comme ça. Ils pourraient même nous faire déménager.

Il pleut à verse, la pluie tambourine sur la fenêtre sans arrêt.

– Ça te dérangerait, si nous déménagions ?

– Je ne sais pas. Non, je ne crois pas.

– Tu ne veux pas rester pour les souvenirs ?

Souvenirs. Bon sang, trop de souvenirs.

Elle n'attend pas de réponse, mais se dirige vers l'escalier.

– Maman ! crié-je. (Elle marque une pause.) J'ai un peu froid. Est-ce que je peux avoir ta robe de chambre, juste pour ce soir ?

Elle s'apprête à dire quelque chose, mais n'en fait rien.

– Oui, dit-elle, avec un semblant de sourire. Je te la descends.

Plus tard, le coton doux sur ma peau et les couvertures remontées sous mon menton, j'écoute le vent et la pluie tambouriner sur la fenêtre. Ils ne peuvent pas m'atteindre ici, et Rob non plus. Ce soir, je suis en sécurité.

Je pense à Neisha et me demande si elle aussi, allongée dans son lit, écoute la pluie. Ce qui nous est arrivé aujourd'hui ne me semble pas réel. Se rapprocher, sentir sa chaleur me guérir, tout arranger en apparence, puis se séparer si violemment. L'entendre crier qu'elle me déteste. Mon estomac fait une embardée quand je me souviens de sa voix, de l'expression dans ses yeux. Mais il y a un semblant d'autre chose aussi. Une sensation infime d'avoir gagné quelque chose.

Je ne pouvais pas supporter de la repousser, mais je l'ai fait, et c'est la meilleure action que j'aie pu accomplir. Parce qu'elle restera loin de moi à partir de maintenant. Elle restera loin de Rob et de moi. Et il ne pourra pas lui faire du mal. C'est merdique, mais c'est la vérité. Plus elle me détestera, plus elle sera en sécurité.

Peu importe si je vieillis et si je reste seul sans elle. Peu importe si je ne couche jamais avec personne. Peu importe si les voix dans ma tête me poussent à bout. Si je peux protéger Neisha, tout cela vaudra le coup.

Et à présent, bordé dans mon lit de fortune et pensant à Neisha, j'ai retrouvé un peu de cette chaleur. Ce n'est pas la même chose que de la tenir dans mes bras, que de l'embrasser, mais cela devrait faire l'affaire.

Le bruit de l'eau sur la vitre me fait sombrer peu à peu dans le sommeil. La pièce est légèrement obscure, mais quand je ferme les yeux, on dirait que l'angle supérieur où le mur touche le plafond est plus foncé que le reste. Qu'il y a une tache qui n'y était pas quand maman a éteint la lumière. Je me dis que c'est mon imagination. Je suis au chaud, au sec, et j'ai envie de dormir.

Je ferme les yeux et remonte un peu plus les couvertures.

Bonne nuit, Cee.

Mes yeux sont de nouveau ouverts. En un éclair, j'ai des sueurs froides.

Encore une longue nuit.

24

Il n'a cessé de pleuvoir de toute la nuit. Et Rob non plus n'arrête pas. Chaque fois que je suis à deux doigts de m'endormir, il est là. Un mot à mon oreille. Le bruit de son souffle.

Tu n'as plus le temps, petit frère.

À un moment donné, les couvertures se mettent à glisser et je reprends brusquement conscience. Était-ce lui ? Les a-t-il déplacées ? Et tout ce temps, je pense à la tache obscure dans le coin, je me dis qu'il s'approche furtivement de moi, qu'il empeste en silence.

Tu n'as plus le temps, espèce de lâche.

Sa voix est comme un robinet qui goutte. Un bruit qui se répète sans cesse. Il ne fait que murmurer, mais mon esprit le transforme en autre chose de plus gros, jusqu'à ce que chaque mot soit un coup de marteau, et quand il se tait, j'écoute, me recroqueville, anticipe le prochain coup. Et avec tout ça, mélangé à tout ça, le robinet de la cuisine goutte – non, c'est plus qu'un goutte-à-goutte, il fuit désormais. Puis le tuyau glougloute dans le mur, le robinet dans la salle de bains à l'étage doit couler lui aussi.

Je finis par me traîner à quatre pattes dans la cuisine, et m'écroule sur l'une des chaises. Je croise les bras sur la table et y pose la tête. La pluie tambourine encore à la fenêtre, mais cela ne me dérange pas trop. Ce qui m'énerve, c'est le robinet de la cuisine. Et plus j'essaie de l'ignorer, plus mon esprit se concentre dessus.

Je me lève et me dirige vers l'évier. Je tourne le robinet à fond, mais l'eau continue à couler. Bon sang ! Ce n'est qu'un robinet ! Je peux sûrement arrêter ce satané truc. J'essaie encore, m'attends presque à l'arracher de mes mains.

J'attrape un torchon à vaisselle sur le dos d'une chaise et le pose dans l'évier. Et le bruit a pratiquement disparu. Juste un semblant de bruit terne et étouffé.

De retour à la table de la cuisine, je repose la tête dessus. Je suis tellement fatigué, je crois que plus rien ne peut m'empêcher de dormir désormais. Je ne peux plus entendre sa voix. Je ne peux plus le sentir. Je remonte un peu plus le col de la robe de chambre et ferme les yeux.

Mais bien vite, l'eau trempe le tissu. Le bruit, qui était étouffé, devient de plus en plus fort. De l'eau tombe sur le tissu mouillé.

C'est l'heure.

Je m'assieds.

– Bon sang, Rob, laisse-moi tranquille. Tu es mort. Tu es mort. Je t'ai vu mort.

Ma voix est celle qui a été la mienne durant quinze ans de chamailleries et de bagarres, de supplications et de taquineries. Ma voix quand je parle à mon frère. Mais les mots sont furieux. Ce ne sont pas ceux que j'aurais jamais pensé dire. Si quelqu'un d'autre les entendait, s'il y avait quelqu'un ici, à part lui et moi, il s'en irait très vite ou appellerait les hommes en blouse blanche.

– À qui parles-tu ?

Je me retourne.

Maman se tient sur le pas de la porte.

– Personne. J'sais pas, maman. Lui. Rob. Il est là. Il est encore là.

– Il n'est pas là, pas comme ça, dit-elle. Il n'y a personne, à part toi et moi.

– Mais si, il est là. C'est le robinet et la pluie et le moisi et tout et tout. C'est lui. C'est lui, maman.

Elle ne recule pas et ne cherche pas son téléphone. Elle avance d'un pas et caresse mes cheveux.

– Chuut, dit-elle. Ça suffit maintenant, ce n'est pas réel, Carl. Ce n'est pas réel. Tu viens avec nous demain. Enfin, tout à l'heure, plus tard dans la journée. Cela va t'aider, je te le promets.

– Quelle heure est-il ?

– 4 h 30. Tu as dormi ?

– Non.

Elle caresse de nouveau mes cheveux.

– Moi non plus. Je prépare un thé ?

– Comme tu veux.

– Nous pourrions voir ce qu'il y a à la télé.

– Je ne peux pas… je ne peux pas rester assis ici, dis-je. Le truc, l'humidité, elle descend sur le mur.

– Vraiment ?

Elle allume dans le salon et jure.

– Cet appart, dit-elle, c'est une vraie porcherie.

Elle éteint de nouveau la lumière et se rend dans la cuisine.

– Essayons la radio.

Il passe une musique mièvre. Maman baisse le volume pendant qu'elle nous prépare une tasse de thé.

– Que fait ce torchon ici ?

Elle en attrape un coin de l'index et du pouce.

– Rien, je voulais faire cesser le bruit du robinet qui goutte, c'est tout.

Elle fait la grimace et le pose sur le rebord de l'évier. Puis elle tâche de fermer le robinet, abandonne, pose nos tasses sur la table et s'assied en face de moi. Son visage est vieux et ridé. Ses yeux sont injectés de sang, à cause de la picole et du manque de sommeil. Mais elle est calme. Bien plus que moi.

La musique se tait peu à peu pour laisser place à un D.J. fatigué.

« C'est une nuit pluvieuse en Géorgie, et ici aussi, d'ailleurs, c'est sûr. J'ai même une alerte météo pour vous. Les services météorologiques disent qu'étant donné le niveau de la nappe phréatique ces derniers jours, ces nouvelles précipitations risquent d'occasionner une inondation localisée. Alors, restez chez vous, tout le monde. Ne sortez pas et montez le volume. Voici Travis… »

– Il ne va jamais s'arrêter de pleuvoir, bordel ! Nous allons tous nous noyer à ce rythme, observe maman en sirotant son thé.

Puis elle réalise ce qu'elle vient de dire et, affligée, lève les yeux sur moi.

– Mon Dieu, qu'est-ce que je raconte ? Carl, tu sais que je ne pensais pas…

– C'est bon, dis-je, et je me surprends à tendre la main par-dessus la table, à la poser sur la sienne et à la serrer affectueusement. C'est bon, ce ne sont que des mots.

Nous allons tous nous noyer.

Mais sous l'eau ou pas, j'ai l'impression que je suis en train de me noyer, en ce moment.

25

Le corps gît sur un lit au milieu de la pièce. Il est couvert jusqu'à la taille et porte une sorte de robe, comme une nuisette. Elle est si propre, plus propre et plus blanche que tout ce que nous avons à la maison, et lui aussi. Je m'attendais que lui, son cadavre, soit comme lorsqu'il vient me voir – maculé de boue, trempé, suintant d'eau. Mais il n'est pas du tout comme cela. Sa peau est lisse et sèche, son visage est dénué de marques. Ses cheveux ont été lavés et séchés. Ses yeux sont fermés. À première vue, on le croirait endormi.

Mais ce n'est qu'un corps. Un corps vide.

Ce n'est pas Rob, pas vraiment. C'est une coquille, quelque chose qui lui appartenait auparavant. Une partie de moi est horrifiée, choquée de partager la même pièce que son… Que ça.

Je me force à regarder le lit, puis je détourne les yeux. Ça y est, je l'ai fait. J'ai contemplé le corps et suis prêt à repartir. Mais maman vient se planter à côté de sa tête et me serre la main très fort. Je n'ai pas d'autre choix que de la suivre. Debbie reste à la porte, silencieuse pour une fois, la main flanquée sur sa bouche.

Dehors, le vent mugit et soupire, projette la pluie sur le petit vitrail en hauteur, au-dessus de la tête de lit.

Le visage de maman est vivant, il se tord et tremble, ses émotions bouillonnent et se contorsionnent sous sa peau, prêtes à sortir précipitamment. Puis elles arrivent, avec un immense soupir à vous soulever le cœur, et d'énormes sanglots affreux et mouillés. Elle lâche ma main et se penche au-dessus de lui, pose sa tête sur sa poitrine. Ses mouvements, ses convulsions secouent le corps et le lit.

Je regarde autour de moi, me demande si elle a le droit de le toucher, de faire tout ce bruit. La Femme en tailleur noir qui nous a fait entrer est encore là, près de la porte, à côté de Debbie. Elle est bien campée dans l'entrée, les mains délicatement serrées devant elle. Elle me voit regarder et sa bouche bouge un peu. Pas un sourire, pas tout à fait autre chose, quelque chose qui dit que tout va bien.

Debbie entre comme une flèche.

Elle passe son bras dans le dos de maman et se penche, de sorte que son visage se retrouve tout près du sien. Elles pleurent toutes les deux à présent. Leur bruit emplit toute la pièce. C'est incontrôlable, totalement incontrôlable, c'en est presque effrayant. Je suis gêné pour elles. Je meurs d'envie qu'elles arrêtent, mais ensuite, je me dis que ce n'est pas elles qui sont gênantes, c'est moi.

Je l'ai tué. J'ai tué mon frère. Je l'ai enlevé à maman. Et pourtant, je suis là comme une planche de bois. Je ne ressens rien. Qu'est-ce qui ne va pas chez moi ?

J'ai conscience du regard de la Femme en tailleur sur moi, et mon envie urgente de partir, de sortir d'ici s'intensifie. Je n'aurais pas dû venir. Je ne voulais pas. Je tourne les talons, mais maman s'en rend compte.

– Carl ! gémit-elle. Carl, viens ici !

Elle ouvre les bras et je la rejoins. Que puis-je faire d'autre ? Debbie et elle m'enveloppent et elles m'étouffent presque. Leurs manteaux sont mouillés à cause de la pluie. Leurs visages sont mouillés à cause de leurs larmes. Et maintenant, moi aussi, je suis mouillé.

Elles me tiennent, me bercent et pleurent. De si près, le bruit est déformé, à peine humain. C'est celui de la détresse absolue, et il commence à me taper sur le système. Tout semble encore irréel, mais je commence à y croire maintenant, à toute cette suite d'événements : la vieille dame, le collier, Neisha et Rob, et le lac. Tout cela menait ici, dans cette pièce triste et austère.

À un corps sur un lit.

Je regarde attentivement par-dessus l'épaule de maman, et il est là, près du mur, il observe.

Rob. L'autre Rob. Crotté de boue et dégoulinant d'eau. Sa bouche est ouverte, et du liquide marron coule des deux côtés.

Je ferme les yeux et les rouvre. Il est plus près, cette fois. À présent, ses lèvres bougent.

Tu me le dois.

En dépit du bruit que font maman et Debbie, je peux l'entendre, clairement et distinctement.

Je ne peux plus t'attendre.

Une grosse boule bien grasse de quelque chose grandit en moi. Elle gonfle et durcit, appuie sur mon diaphragme et mes côtes, m'empêche de respirer.

C'est l'heure, Cee.

Je peux voir les pores fuir, du liquide suinter sur son visage. Je peux voir l'eau fétide qui colle ses cils.

Elle grandit encore, la chose en moi, appuie sur mes intestins, comprime mes boyaux. Mes jambes tremblent, je ne sais pas comment cela va finir. J'ai l'impression que, quoi que ce soit, c'est gros, trop gros pour sortir de moi. Cela va me démolir.

Une partie de moi se contracte convulsivement et un étrange haut-le-cœur sort de ma bouche. J'ai désespérément mal à la gorge et mes yeux me piquent.

– C'est bon, Carl, dit maman. Laisse-le sortir. C'est bon.

Quelqu'un me frotte le dos et les convulsions se mettent à me traverser. Et me voilà de nouveau sous l'eau, avec la pression à l'intérieur et la pression à l'extérieur qui s'intensifie, jusqu'à ce que cela devienne insupportable.

J'ai besoin d'air. Il me faut de l'air.

J'avale et déglutis, mais plus rien ne veut rester en bas. Quelle que ce soit la chose qui se trouve en moi, la voilà en train de sortir, et elle surgit d'un coup de ma bouche, de mon nez, de mes yeux.

Je me plie en deux, et maman et Debbie me soutiennent.

– C'est bon, c'est bon, laisse-le sortir.

Il y a un autre bruit à présent, qui vient de l'intérieur de moi, qui noie tout le reste, maman, Debbie, Rob. Un bruit grinçant, strident, fort. Un cri d'agonie étranglé et déchirant.

Elles n'arrivent pas à me tenir. Je m'écroule, et maintenant que je suis à quatre pattes, les larmes se déversent de mon visage, des fils de bave surgissent de ma bouche. Je ne peux pas l'arrêter, quoi que ce soit – chagrin, apitoiement sur moi-même, colère, terreur. Son raz-de-marée m'a balayé. Me voilà emporté, impuissant ; je ne peux rien faire, à part partir avec lui jusqu'à ce que cela cesse.

Je vois ses pieds devant moi, les orteils courbés comme des griffes, de la boue sous ses ongles. Le bruit, le mien, se répercute dans toute ma tête, mais sa voix perce de nouveau.

Je t'aurai, et je l'aurai, elle. Personne ne peut m'arrêter. Je vous tuerai tous.

Mon esprit cherche le mot à tâtons. Ma langue et mes lèvres essaient de trouver la bonne forme, de se former autour de ce bruit, de le façonner en quelque chose de logique. Quelque chose qui mettra un terme à cela une bonne fois pour toutes.

Je ferme les yeux et hurle.

– Non. Non ! Nooooon !

– Tout va bien, tout va bien.

Maman s'accroupit à côté de moi. Elle place ses mains de chaque côté de mon visage, essuie les larmes et la salive avec ses pouces. J'ouvre les yeux. Tout ce que je peux voir, c'est elle, sa figure marbrée et mouillée.

Ma mâchoire appuie sur sa main quand j'ouvre la bouche et hurle.

– Nooooon !

La salive jaillit et se retrouve coincée entre ma peau et la sienne, mais elle ne bronche pas. Elle est là pour moi, même si son visage est plissé d'inquiétude.

– Carl, Carl, tout va bien. Je t'aime. Ça va aller.

La pièce devient glaciale. Il y a un coup violent, le bruit du verre qui se brise et une femme qui hurle.

Maman et moi levons les yeux. C'est Femme en tailleur qui braille. Elle porte les mains à son visage et fixe le mur au-dessus du lit. Le cadre en métal du vitrail est toujours là, mais le verre, pour la majorité, est parti. Il reste quelques morceaux, comme des dents cassées pendillant dans une bouche qui se serait fait tabasser.

Et voilà que la pluie tombe à l'horizontale à travers le trou noir. Quelques gouttes me touchent, mais la plupart éclaboussent le corps sur le lit.

Je me relève tant bien que mal.

Femme en tailleur essaie de se ressaisir.

– Je vais devoir vous demander de partir, dit-elle d'une voix tremblante en avançant vers nous, nous indiquant la porte.

– Que se passe-t-il ? s'enquiert maman.

Je l'aide à se relever.

– La tempête ! gémit Debbie. Elle a enfoncé la fenêtre !

Personne d'autre ne semble remarquer qu'il n'y a pas de verre dans la pièce. Que quelque chose a défoncé la fenêtre.

– S'il vous plaît, je dois vous demander de partir, je suis désolée.

Femme en tailleur pose une main sur l'épaule de maman.

– Il faut que je lui dise au revoir, insiste celle-ci. Une minute, une seule minute, c'est tout.

La robe blanche est marbrée de gouttes de pluie qui rendent le tissu transparent, le collent à la chair froide en dessous. La peau sur le visage de Rob est mouillée. L'oreiller et les couvertures aussi. Maman l'essuie délicatement avec son mouchoir, se penche et l'embrasse.

– Carl… veux-tu… dire quelque chose ?

Je regarde le corps. Il souffle un courant d'air de l'extérieur qui fait entrer des feuilles marron mélangées à la pluie. Deux se posent à la surface du corps. Des petites mouchetures foncées qui, l'espace d'un instant, ressemblent à de la boue.

– Oh ! mon Dieu, mon Dieu !

Maman essuie de nouveau son visage, ses gestes sont paniqués, cette fois. Quand elle le tamponne, sa tête bouge sous ses doigts.

Elle halète, et un cri perçant paniqué s'échappe de ses lèvres.

– Laisse-le, maman, dis-je, il faut y aller.

– Mademoiselle Adams, je suis désolée, vraiment désolée que cela se soit produit. Nous allons le nettoyer, je vous le promets. Nous allons prendre soin de lui.

– Je ne peux pas le laisser comme cela. Pas comme cela…

– Ce n'est pas lui, maman, pas vraiment, dis-je. Il est parti, maman, Rob est parti.

Et en inspectant la pièce, je me dis qu'il est vraiment parti, oui. Non pas que je ne puisse pas le voir ni l'entendre, non, c'est différent. Il ne reste plus rien de Rob ici.

Debbie et moi conduisons maman dans la salle d'attente. Le vent de la fenêtre cassée souffle sur les fleurs en plastique dans leur vase. Quelques morceaux de feuilles se sont posés sur le tapis.

Femme en tailleur a presque retrouvé ses esprits. Elle défroisse sa jupe et dit :

– Je tiens à vous présenter mes sincères excuses, cela n'est jamais arrivé. C'était inadmissible. J'ai été très… peu professionnelle. Je suis vraiment désolée.

Maman la regarde, légèrement perplexe.

– Ce n'était pas votre faute, dit Debbie. C'est le temps, n'est-ce pas ? Le vent fait vibrer la porte, maintenant ? J'imagine que l'on va devoir repartir sous cette tempête.

Femme en tailleur fouille la pièce du regard.

– Je peux vous offrir un parapluie.

– Nous en avons un, merci, répond Debbie. Mais il ne servira pas à grand-chose, ça tombe si fort ! Il faudra juste faire avec. Mais merci, merci pour tout. (Elle nous regarde maman et moi.) On est prêts ?

Je croyais que j'étais prêt. Je voulais sortir d'ici dès le début, mais maintenant, je n'en suis plus si sûr.

Rob n'est pas là, après tout. Donc il doit être dehors. Quelque part dans la tempête.

26

Maman et Debbie se dirigent vers la porte, mais je reste derrière, à la traîne.

– Carl ? dit maman. (Elle revient vers moi, quelque peu instable sur ses pieds, et passe son bras sous le mien.) Tu me tiens et je te tiens, OK ?

Je remonte la capuche de mon sweat-shirt et tire celle de la veste par-dessus le plus possible, puis descends mes manches sur mes doigts et les mets dans mes poches. Je sais qu'elles me regardent bizarrement, mais personne ne dit rien.

– OK, dis-je, et Debbie ouvre la porte.

Aucun d'entre nous n'est préparé à la force du vent qui nous frappe. Il traverse la pièce à toute vitesse et nous secoue sur place. Des papiers volent sur le comptoir de la réception ; dans la chapelle derrière nous.

– Oh, seigneur !

Femme en tailleur court derrière eux, nous la laissons faire et nous frayons un chemin au-dehors.

Il est 14 heures, mais il fait si noir que l'on a l'impression d'être en pleine nuit. Il y a de l'eau partout à présent, les rues sont inondées. Les quelques personnes que nous croisons pataugent, courbées sous le vent, ou sont projetées en avant, leurs jambes s'efforçant de suivre leurs corps.

Je garde la tête baissée. Debbie flanque maman de l'autre côté, bras dessus, bras dessous, et ensemble nous sortons péniblement de la grand-rue et tournons au coin, au niveau des pavillons pour personnes âgées, marchant, courant à moitié. Nous croisons des gens en file indienne qui se passent des sacs de sable et les entassent devant les portes d'entrée. Je lève les yeux : Harry est à sa fenêtre. Il me fait signe de la main, et je hoche la tête en retour.

Une autre fois que je m'étais enfui d'ici en courant en pleine nuit me revient à l'esprit.

Nous laissons la porte du fond ouverte et nous courons. La femme est étendue par terre. Je rattrape Rob.

« On appelle quelqu'un ? Les urgences ?

– La ferme, continue à courir.

– Mais elle a des problèmes… elle…

– Je t'ai dit de la fermer. Alors, fais-le. La ferme ! »

Et maintenant, Harry est tout seul. Et Rob… Rob est quelque part dans la tempête.

La pluie traverse déjà le tunnel de ma double capuche et s'infiltre par les coutures de mon manteau. Mes chaussures de sport sont trempées, celles de maman et Debbie aussi. L'eau sur la route a l'air de plus en plus haute. Je ne cesse de regarder autour de moi, m'attends à le voir, à l'entendre. Il va bientôt apparaître, ce n'est plus qu'une question de temps et de lieu.

Nous remontons l'allée en direction de l'aire de jeux. C'est trop étroit pour marcher de front, alors nous y allons à la queue leu leu et je ferme les rangs. Ce sera peut-être ici, dans cet espace sombre et confiné. Il se mettra sur mon chemin, et je ne saurai pas s'il faudra l'arrêter ou essayer de lui passer devant, de passer… à travers lui.

À peine ai-je pensé cela que nous nous retrouvons à découvert, et il n'a toujours pas fait son apparition. Le vent plaque les arbres chétifs sur le bord du chemin. Maman et Debbie sont encore accrochées l'une à l'autre, mais je ne me joins pas à elles. Je m'arrête et regarde autour de moi. La pluie tombe à torrents. Je sors ma main droite de ma poche et la tends, paume vers le haut. Elle est aussitôt trempée. L'eau se met à former une flaque au creux de ma main, dégouline sur mes doigts, il pleut à torrents.

Les seuls bruits sont ceux de la tempête, des pas mouillés, du vent dans les arbres. Sa voix n'est pas là.

J'ouvre les yeux. Maman et Debbie, à une vingtaine de mètres devant moi, sont blotties l'une contre l'autre. Il n'y a personne d'autre sur le terrain de jeux. Près des boutiques, quelqu'un sort du magasin d'Ashraf en courant et file dans sa voiture, un sachet en plastique sur la tête.

Je scrute les recoins du terrain, les portes d'entrée, cherche une silhouette pâle. Je ne le vois nulle part. Je baisse mes capuches et penche la tête en arrière, incline mon visage vers le ciel, essaie en vain de garder les yeux ouverts quand les gouttes d'eau tombent sur eux. Je les chasse d'un battement de cils et regarde de nouveau.

Il n'est pas là.

Voilà des jours que je suis terrorisé, que je redoute un robinet qui fuit, la moindre trace d'humidité dans l'air. Et maintenant, ça. L'eau se déverse sur mes cheveux et dégouline dans mon cou.

Pas de Rob.

J'ouvre mon manteau et l'enlève, ôte mon pull et mon T-shirt. La pluie est atrocement froide, mais je m'en moque. Elle me cingle la peau. Je fais tomber mes vêtements par terre et tends les bras à l'horizontale, paumes vers le haut, le visage vers le haut, la bouche ouverte.

Un coup de vent me souffle presque sur le chemin, et je me surprends à rire.

Il est parti, il est vraiment parti.

Je n'ai plus besoin d'avoir peur.

Je ne suis pas en train de devenir fou.

Et puis je comprends. Il est parti, il est vraiment parti. Mon frère est mort. Je l'ai tué.

Mes bras tombent. La pluie continue à tambouriner, et ce n'est plus exaltant. Et j'ai froid. J'ai froid, je suis trempé, stupide et seul.

Et tout ce qui reste de lui, c'est le corps que nous venons de voir. Le reste est parti, et sera parti aussi demain.

Rob est parti. Je l'ai tué.

De l'eau goutte au bout de mon nez et de mon menton. Je reste immobile comme une statue et la laisse couler.

– Carl, Carl, que fais-tu ?

Maman et Debbie courent vers moi.

– Carl, que se passe-t-il ?

Maman ralentit et se penche pour ramasser les vêtements que j'ai fait tomber.

– Carl, Carl tu es trempé. Ne reste pas là. Viens, rentrons, viens.

Toutes les deux s'affairent autour de moi comme deux corneilles qui picorent un animal écrasé par une voiture. Et c'est ce que j'ai l'impression d'être. Quelque chose de mort et de vide. Quelque chose d'inutile et de pourri. Quelque chose qui s'est fait écraser par un camion qui passait.

Elles me poussent et me tirent, et me voilà entraîné à travers le terrain de jeux, le long de la rangée de magasins et en haut des marches, jusqu'au bout. J'ai très, très froid, et je suis très, très fatigué.

– Je vais te faire couler un bain. Ne râle pas. Un bon bain chaud te fera sacrément du bien, lance Debbie en montant bruyamment l'escalier.

Je jette un coup d'œil dans le salon. La tache noire s'étend maintenant du sol au plafond sur tout un côté de la pièce. Une épaisse rayure foncée. L'odeur familière de pourriture est là, mais pas Rob.

– Amène-toi dans le bain, m'ordonne maman.

Je ne bouge pas.

– Tu ne veux pas que je te porte jusque dans la baignoire, hein ?

La menace brise mon engourdissement.

– Non, non, ça va. J'arrive.

Je croise Debbie sur le palier. Elle refuse de me regarder dans les yeux. Je suppose que se trouver si près d'un cinglé la rend nerveuse, ou peut-être que c'est parce que je suis torse nu. Quoi qu'il en soit, elle ne peut pas rester à côté de moi et s'empresse de descendre l'escalier.

Je ferme la porte de la salle de bains et glisse le loquet. De l'eau coule en cascade dans la baignoire, fait monter un nuage de vapeur. Au lavabo, le robinet goutte. Il y a une éternité, quand je suis revenu de l'hôpital, c'était la première chose qui me faisait vraiment flipper. Je tends le bras et le tourne dans le sens des aiguilles d'une montre. Et il s'arrête.

La baignoire est presque remplie à ras bord. J'enlève mes chaussettes mouillées, mon jean et mon slip et coupe les deux robinets. Je suis sur le point d'y entrer, lorsque j'entraperçois une image dans ma tête, une image de Rob, son corps pâle qui gît au fond de la baignoire. Ce n'est pas le Rob qui me hantait. C'est celui que je viens de voir, étendu sur un lit, dans une robe blanche toute propre. Ses yeux sont fermés. Son visage est propre.

Ce n'est pas lui, me dis-je. Ce n'est pas lui.

Et ce n'est pas lui. C'est juste mon cerveau qui enregistre tout, qui essaie de se faire à tout cela. Je me demande s'il y aura un jour un moment où l'eau ne sera plus que de l'eau pour moi. Je me demande si un jour j'oublierai même à quoi il ressemble.

Je regarde le bain de nouveau. Il n'y a personne dedans. C'est juste une baignoire remplie d'eau propre et bouillante. J'y entre et m'y assieds ; chaque centimètre de moi tressaille lorsque ma peau gelée entre en contact avec la chaleur. L'espace d'un instant, je crois que j'ai mal évalué la température, que je vais m'ébouillanter, mais quand mon corps s'adapte, je me détends un peu. L'eau est chaude, mais pas trop. C'est juste bon, délicieux même.

Je m'allonge, les genoux pliés, ma tête adossée à l'extrémité de la baignoire, et respire l'air embué. C'est pratiquement le premier bain que je prends depuis une semaine. La première fois que je parviens à me relaxer réellement…

J'essaie de me vider la tête et de me concentrer sur le fait d'être simplement ici. Maintenant.

Aujourd'hui était une journée bizarre et effrayante. Demain sera difficile. Respirer lentement. Lâcher prise.

Juste quelques minutes. Lâcher prise et savourer la chaleur.

Mais je n'y arrive pas. Quelque chose me travaille, et dans ma tête il y a certains passages du livre de Harry. La fin de l'histoire.

Et George leva le revolver, l'immobilisa et en approcha le canon tout contre la nuque de Lennie. Sa main tremblait violemment, mais, bientôt, son visage se figea et sa main se raffermit. Il pressa la gâchette. La détonation gravit les collines et en redescendit. Lennie eut un soubresaut, puis il s'affaissa doucement, la face dans le sable, et il resta étendu sans le moindre frisson.

Elle se termine dans la mort. Et j'ai l'horrible pressentiment que cette histoire n'est pas encore arrivée au bout. Rob n'a pas de revolver. Cela ne se produira pas avec une balle derrière la tête. Mais pour lui, ce n'est pas fini. Je connais le dénouement. Si je réfléchis bien et regarde en moi, la réponse s'y trouve.

Je recommence à paniquer. Je suis mouillé. Aussi mouillé que l'on peut l'être sans mettre la tête sous l'eau. Alors, où est-il ? À la chapelle, il a menacé de nous tuer tous. Et cette fenêtre ne s'est pas brisée toute seule. Quelque chose a donné un coup dedans. Puis il est allé… où ? Il n'est pas revenu à la maison avec moi. Je ne crois pas qu'il soit vraiment, enfin, monté au Ciel ou descendu en enfer, ou je ne sais ce qu'il y a après.

Je me triture les méninges pour essayer de trouver ce qu'il a dit.

Je t'aurai toi, et je l'aurai, elle. Personne ne peut m'arrêter.

Je vous tuerai tous !

Cela signifie-t-il qu'il n'a plus besoin de mon aide ? Qu'il peut tuer tout seul ?

Puis je me rappelle la puissance de sa colère lorsqu'il a surgi devant le chauffeur du camion, alors qu'il voulait à tout prix m'empêcher de partir. Il n'est pas là, donc il doit bien être ailleurs. Avec quelqu'un d'autre.

C'est l'heure.

Neisha. Elle n'est pas en sécurité. Elle n'est pas du tout en sécurité.

27

Je sors du bain d'un bond, l'eau dégouline partout. Je ne prends pas la peine de me sécher, je sors discrètement de la salle de bains et me rends dans ma chambre, où j'attrape les premiers vêtements que je trouve. Trois côtés du cube qu'est ma chambre sont complètement noirs, à présent. De l'eau suinte par le plafond. L'odeur est surpuissante.

J'enfile un short, je me moque bien qu'il sente aussi mauvais que la pièce dans laquelle il se trouvait, et je me retrouve au bas de l'escalier en quatre bonds. Je cherche le téléphone dans la poche de ma veste et compose le numéro de Neisha, bien conscient que maman et Debbie m'observent sur le pas de la porte du salon. Il sonne pendant une éternité.

– Allez, allez !

Maman a encore cette expression, celle où elle essaie de ne pas montrer qu'elle pense que je suis devenu fou.

Enfin, la voix de Neisha.

– Allô ? Papa, c'est toi ? Papa, j'ai peur ! Tous les robinets coulent ! Je n'arrive pas à les couper ! Il y a de l'eau dehors. La rivière…

– Neisha, c'est moi, Carl. Écoute, tu dois…

– Carl ?

Plus personne en ligne. Elle a raccroché. À la seconde où elle a su que c'était moi, elle a raccroché. Elle me déteste encore. Mais que disait-elle ? Les robinets… la rivière…

– Merde !

Il vient la chercher.

– Maman, dis-je, maman, elle refuse de m'écouter. Il faut que tu lui parles. Dis-lui… (Dis-lui quoi ? De rester à la maison ? D'essayer de sortir maintenant, d'aller ailleurs ?) Dis-lui de rester au sec.

– Quoi ? Carl, du calme ! Tout va bien.

– C'est important, maman ! Elle n'est pas en sécurité. Il va l'attraper. Il va la tuer, maman ! Tu dois l'appeler, s'il te plaît, maman ? S'il te plaît !

Je m'entends délirer. J'entends que ce que je dis a vraiment l'air fou.

– Carl, tu n'as pas besoin de t'inquiéter. Elle ne sortira pas par ce temps, non ? Quel temps de cochon !

– Mais elle est en danger aussi bien dedans que dehors. Il faut qu'elle reste au sec.

Voilà que Debbie ajoute son grain de sel :

– Kerry, d'abord il a peur de se mouiller. Ensuite, il te frappe. Puis il se déshabille en plein milieu du terrain de jeux. Maintenant, il ne veut pas que cette fille soit trempée. Tu ne trouves pas cela… bizarre ? Hein ?

– Debbie, je te l'ai dit. Je m'en charge. Occupons-nous d'abord des funérailles, et ensuite…

Cela s'appelle perdre du temps, alors qu'il n'y a pas de temps à perdre.

– Maman, c'est une question de vie ou de mort. Appelle-la, s'il te plaît.

Je lui tends le téléphone.

– Carl, je ne sais pas ce qu'il y a eu entre vous deux, mais elle n'a pas besoin d'autres histoires en ce moment. Demain, ce sont les funérailles. Laisse-la tranquille. Fiche-lui la paix.

– Tu ne vas pas lui téléphoner ?

– Non.

– Bon sang !

Le téléphone encore à la main, je sors de la maison en claquant la porte. Je suis juste en short, je n'ai rien aux pieds, mais je m'en moque. Il pleut à verse. Je cours le long du passage, et je vole au-dessus du mur en béton, atterris fermement sur mes pieds, ignore la douleur dans mes jambes nues.

Personne ne joue près des garages, aujourd'hui. La cour est recouverte d'une nappe d'eau, la surface danse sous l'assaut de la pluie. Au milieu, l'eau monte en bouillonnant à travers une grille, fait s'agiter un ballon de foot tout fripé qui rebondit sur l'eau sans pouvoir s'échapper.

Je cours sans m'arrêter, j'ai de plus en plus froid et je suis de plus en plus mouillé à mesure que mes pieds martèlent le sol inondé. Ce n'est que lorsque je passe devant le terrain de jeux et que j'emprunte les allées qui mènent chez Neisha que les images font vraiment tilt : sacs de sable, eau, ballon de foot. L'eau qui monte.

Tout ce temps, j'ai été terrifié à l'idée que l'eau me tombe dessus, mais j'ai oublié ce que c'était quand elle monte tout doucement, progressivement, qu'elle nous inonde.

Toujours en courant, je rappelle Neisha.

Elle répond immédiatement.

– Carl ? Carl ? Aide-moi !

Elle est terrorisée.

– Qu'y a-t-il, Neisha ? haleté-je, presque trop à court de souffle pour parler. Qu'est-ce qui se passe ?

– Je suis coincée. Il y a un mètre d'eau dehors. Elle commence à passer sous la porte. Tous les robinets coulent. Je n'arrive pas à les arrêter. Je…

– C'est bon, c'est bon… Où es-tu en ce moment ?

– Je suis en bas, dans l'entrée.

– Monte. Tu peux le faire ? Monte, reste loin de l'eau, reste au sec. Je serai là dans cinq minutes.

Elle se met à hurler. Je n'entends pas ce qu'elle dit, juste la note brute à un seul ton de sa terreur. Je crie, j'essaie de la pousser à m'expliquer ce qui se passe.

– Neisha ! Neisha !

– Oh non, les toilettes débordent ! Il y a un truc… de l'eau d'égout qui monte ! Oh ! non, oh ! non !

– Neisha, file à l'étage. Tout de suite ! Je t'en prie, je suis presque arrivé. Monte, c'est tout. Je vais rester en ligne. Dis-moi quand tu seras en haut.

Je colle le téléphone à mon oreille. Une série de sirènes gémit quelque part en ville. Je suis pratiquement au pont. Je ne peux plus en voir les arches, la rivière arrive au niveau de la route. Il y a des voitures garées de chaque côté ; un véhicule de police, phares allumés, en bloque l'accès. Un flic en gilet fluo installe des cônes de signalisation jaunes.

Un groupe de badauds s'est amassé au bord de l'eau, la rivière déborde sur les deux rives.

– Le pont est fermé, mon pote, me lance l'un d'eux. Il y a des fissures dans le macadam, il va lâcher.

Son appareil photo est prêt. Une pour l'album.

Je continue à courir et essaie de me frayer un chemin devant le flic.

– Eh, ralentis ! On ne peut pas passer par là ! crie-t-il en me saisissant le bras.

Je me libère en me débattant, et perds le téléphone en même temps. Il me glisse des mains, et atterrit dans l'eau qui m'arrive à la cheville.

Je laisse le flic derrière moi et cours sur le pont. Et là, je constate que tout le monde a raison : la surface s'ouvre sous mes pieds. Il y a une fissure en plein milieu. Je la sens bouger et je cours plus vite, de sorte que je ne touche pratiquement plus le sol. Je fonce vers l'autre côté de la rivière. Il y a un bruit doux derrière moi, un lapement, un bruit de gadoue, presque un soupir. Un chœur de cris s'élève. Me voilà sur l'autre rive, je regarde en arrière.

Un pan du pont a disparu, s'est écroulé dans la rivière qui tourbillonne, juste un trou à la place de la route. Une seconde de plus, et je serais parti avec lui.

Je ne suis plus très loin de chez Neisha. Le paysage urbain a complètement changé. La moitié des points de repère familiers ont disparu. Kingsleigh est une série d'îles occupées par des maisons et des arbres.

J'avance dans de l'eau qui m'arrive aux genoux. Elle est froide, épaisse et marron. Je ne peux pas voir ce qui se trouve sous la surface. Chaque pas en avant est un pas vers l'inconnu. J'essaie de suivre le tracé de la route, me fiant à mon instinct. Le sol descend en pente et l'eau monte encore plus le long de mes jambes. L'eau bouge et le mouvement est étonnamment puissant. Elle me secoue et, pour le coup, je suis content de ne pas porter de pantalon. Je n'ai ainsi pas de poids supplémentaire à tirer dans le courant. J'avance avec lui, ce qui devrait être facile, n'est-ce pas ? Mais lorsque je lève un pied, l'eau essaie de le retenir, de me le prendre.

C'est comme s'il y avait quelqu'un dedans qui me tirait, qui tâchait de me faire sombrer. Je regarde attentivement l'eau autour de moi. Elle est tellement boueuse que je ne peux pas voir en dessous. Rob est-il là, au fond ?

Mes pieds cherchent la terre ferme, mes orteils essaient de s'agripper aux bosses invisibles. Le courage me manque – il faut que je le retrouve, que je croie qu'il existe quelque chose ici à quoi me raccrocher.

Il y a d'autres gens qui pataugent dans l'eau, qui se fraient un chemin en dehors des cottages, qui se dirigent vers des terrains plus élevés. Un type porte une petite fille sur ses épaules, elle rit, et lui caresse la tête comme si cela était un jeu. Il a l'air lugubre, serre ses jambes bien fort. Il lui hurle de ne pas bouger. Son visage change quand il l'agrippe encore plus, et elle se met à pleurer.

Le gars crie dans ma direction :

– Elle monte trop vite ! Fais machine arrière, fiston !

Je regarde derrière lui, la rangée de maisons au-delà. L'eau arrive aux fenêtres du rez-de-chaussée. Neisha a-t-elle réussi à monter à l'étage ?

– Il faut que j'aille là-bas, crié-je en retour. Mon amie s'y trouve !

Il secoue la tête et continue d'avancer avec peine.

Je suis en face de la maison. Le mur du jardin se trouve quelque part sous l'eau. Je m'en approche lentement, je ne tiens pas à le percuter, à trébucher dessus, à me blesser.

L'eau m'arrive à la taille.

Une branche de deux mètres flotte dans ma direction. Je l'attrape et m'en sers pour sonder l'eau devant moi. Je trouve le mur et réussis à grimper dessus. Quelque chose racle la peau sur mes jambes. Je pense aux ongles de Rob, à la boue séchée dessous, mais je continue et me débarrasse de la branche pour pouvoir me servir de mes mains et pagayer dans l'eau. Je suis toujours debout, mais c'est limite. L'eau m'arrive pratiquement à la taille.

– Carl !

Je lève les yeux. Neisha est à la fenêtre du haut, qui est ouverte.

– Entre, crié-je, reste au sec !

– Quoi ?

Elle ne m'écoute pas. Au contraire, elle se penche encore plus.

– Qu'est-ce qu'il y a dans l'eau ? crie-t-elle.

Je regarde autour de moi. Je ne vois rien, hormis la branche que j'ai jetée et qui dérive rapidement devant les maisons.

– Rien, crié-je en retour.

– Dans l'eau derrière toi, qu'est-ce que c'est ?

Je vérifie de nouveau. À part les gens qui se fraient un chemin en dehors de l'inondation, je suis tout seul. C'est peut-être un effet d'optique ou autre. Il y a peut-être des débris que je n'arrive pas à voir.

– Je suis coincée, Carl, je ne peux pas sortir. Il y a de l'eau dans l'escalier. Est-ce que je saute ?

– Bon sang, reste où tu es ! Ça va aller ! Je vais essayer d'entrer.

Elle se penche encore plus en avant sous la pluie.

– Rentre ! hurlé-je. Rentre ! Je viens te chercher !

J'avance dans l'eau jusqu'à la maison à l'aide de mes mains. Je regarde par la fenêtre du séjour. Une table basse flotte tristement au milieu de la pièce. Le niveau d'eau semble légèrement plus bas qu'à l'extérieur, mais il y en a au moins un demi-mètre. La fenêtre est à l'ancienne, du genre où la moitié inférieure coulisse vers le haut. C'étaient les préférées de Rob. Bien plus faciles à fracturer que les doubles vitrages modernes en plastique. Le problème, c'est que je ne suis pas très bien placé, là où je me trouve, pour avoir une prise. Je tente le coup avec une première ouverture, mais ne parviens pas à la faire bouger. Je me maudis d'avoir laissé partir la branche. J'aurais pu m'en servir pour soulever la fenêtre, ou la briser et entrer.

Je regarde autour de moi, mais il n'y a plus rien d'utile flottant à proximité. Puis je me souviens qu'il y a des pots de fleurs en pierre à côté de la porte d'entrée. Ils sont sous l'eau, maintenant, mais je sais très bien où ils se trouvent. Je pense que l'un d'eux ferait l'affaire.

– Carl, Carl, que fais-tu ?

Neisha se penche carrément, à présent, elle tend le cou pour me voir.

– Je vais chercher un pot de fleurs pour casser la fenêtre.

– Ne fais pas ça, papa va devenir fou ! Je peux essayer de te faire entrer par la porte. Je descends.

– Non, ne viens pas dans l'eau ! Neisha, je t'en prie ! Reste où tu es. Bon sang, rentre ! Reste au sec !

Je me fraie un chemin vers la droite, en me tenant au mur, cherche les pots avec mes pieds. Mon orteil heurte quelque chose de dur. Je respire un bon coup, plonge sous l'eau et cherche le pot. Il est vraiment lourd, et je n'arrive pas à l'attraper correctement. Il bouge un peu, mais pas assez. L'eau au-dessus de ma tête me fait flipper. J'essaie désespérément de ne pas penser à cette autre fois, mais c'est plus fort que moi.

Une confusion de bras et de jambes, de mains et de

pieds, le tout mélangé dans l'eau. Il a dû la lâcher, parce qu'il me donne un coup de poing au visage, puis m'attrape le cou et le serre. Il me met la tête sous l'eau de force, je panique et me déchaîne, essaie de le frapper, de le griffer, de lui donner des coups de pied, n'importe quoi pour qu'il me lâche.

Je me redresse et secoue la tête pour ôter l'eau de mes cheveux, me frotte les yeux. L'espace d'un instant, je ne sais plus où je suis. J'aspire de l'air dans mes poumons. Puis ça me revient, ce n'est pas un cauchemar, ce n'est pas un rêve. La rivière est en crue, Neisha en danger.

– Ça va ? crie-t-elle.

Elle se penche par-dessus le rebord de fenêtre. Ses cheveux mouillés tombent comme un rideau de chaque côté de son visage.

– C'est lourd, c'est tout.

– Vous pouvez y arriver à vous deux. À deux, ça devrait aller.

– Quoi ?

Elle raconte n'importe quoi.

– Vous pouvez y arriver ensemble. Toi et… Toi et je ne sais pas qui est derrière toi. Oh non ! Non, non, non !

Elle regarde fixement l'eau derrière moi.

– Non, non, non ! Oh ! mon Dieu, mon Dieu !

Elle est terrorisée par quelque chose qu'elle a vu dans la boue. Rob ? Je regarde frénétiquement autour de moi, mais il n'y a rien.

Elle est retournée dans sa chambre, comme je le souhaitais, comme je n'ai pas cessé de le lui demander, mais son visage, le dernier aperçu avant qu'elle ne se retire, était l'image vivante de l'horreur. Rob est-il ici ?

Peut-elle le voir ? Mais comment est-ce possible ? Elle n'a jamais pu le voir auparavant.

Si j'étais terrorisé, c'est dix fois pire à présent. Il faut que j'entre. Elle a besoin de moi.

Je respire un bon coup et retourne sous l'eau, me baisse complètement afin d'avoir une meilleure prise et me servir de mes jambes pour soulever le pot. Et ça y est, il bouge. Je porte tout son poids dans mes deux mains, le pousse avec mes jambes, et ça y est. Je fends l'eau en titubant jusqu'à la fenêtre, grognant sous l'effort. C'est la première et dernière fois que je fais ce genre de chose. Pour essayer de garder un peu de vitesse, je lève le pot et l'éloigne de moi avec toute la force qui me reste. Il se fracasse contre la vitre, mais sans la briser. Il retombe dans l'eau et je recule d'un bond pour qu'il n'atterrisse pas sur mes pieds.

– Merde !

Haletant, je suis déçu et furieux d'avoir échoué. Je regarde de nouveau la fenêtre et constate que le verre est fissuré. J'y suis presque arrivé, il me manque juste autre chose pour finir le boulot. Je lève le poing et me demande si je peux y parvenir tout seul. Il faut que j'enveloppe ma main dans quelque chose pour la protéger, pour ne pas m'ouvrir une artère ; la seule chose que j'aie, c'est mon short…

Sans prévenir, une douleur vive me transperce l'épaule. Je tourne la tête. Une chaise en bois flotte sur l'eau, et une blessure superficielle me fait saigner.

– J'ai appelé la police ! crie Neisha. J'ai appelé mon père. Ils arrivent, tu as intérêt à t'en aller !

C'était elle, elle a balancé la chaise.

– Va-t'en, va-t'en tout de suite !

– J'essaie de t'aider !

– Espèce de pauvre branque, de menteur dégueulasse, Carl Adams ! Casse-toi, casse-toi avant qu'ils t'arrêtent !

Elle est devenue folle. Mais je n'ai pas le temps de la raisonner. Elle m'a donné l'outil qu'il me fallait pour entrer chez elle. Et il faut que je l'atteigne. Avant Rob.

J'attrape la chaise et la balance au-dessus de ma tête en visant le verre fissuré. Il se brise en morceaux et j'entre. Au-dessus de moi, Neisha hurle à pleins poumons. Quelque chose fend l'air et atterrit dans l'eau à quelques centimètres derrière moi.

J'inspecte le contour de la fenêtre pour vérifier l'absence de verre cassé et, dans un petit saut, relève les jambes pour me jucher sur le rebord. Je me lance dans le salon et traverse l'eau jusqu'au couloir. Sauf qu'il n'y a pas que de l'eau. Il y a des morceaux de papier, et toutes sortes de débris mélangés. J'essaie de ne pas penser au reste. Je lève les yeux au lieu de les baisser, m'attends à voir Neisha en haut de l'escalier, mais non, elle n'y est pas.

Un silence sinistre règne dans la maison. L'eau clapote doucement sur les marches. Les meubles émettent des bruits sourds contre le papier peint. L'eau tambourine sur les fenêtres.

– Neisha ? crié-je.

Pas de réponse.

Le silence rend tout cela bizarre, comme si je n'avais rien à faire ici. Mais je suis là pour la sauver, me dis-je. Je suis là pour être le héros pour lequel elle me prenait.

– Neisha ?

Je jette un œil autour de moi. Toujours pas de Rob. Je suis au bas de l'escalier, à présent. Je commence à grimper, émerge de l'eau marche après marche. Mon cœur bat comme un fou dans ma poitrine, je plisse les yeux pour mieux voir et tends l'oreille pour essayer de comprendre ce qui se passe. Mes jambes sont écorchées et saignent. Il y a du sang qui coule sur mon torse aussi, à cause de la coupure sur mon épaule.

En haut des marches, j'hésite. Elle se trouvait dans la première chambre quand elle criait. Elle doit encore y être.

– Neisha ! C'est moi, Carl, où es-tu ?

Je tourne sur moi-même et arpente le couloir. Les portes des chambres sont toutes ouvertes, sauf celle de Neisha. Je regarde à l'intérieur en passant. Elles sont vides, chaque pièce est aussi magnifiquement propre et rangée que la suivante. En haut, il n'y a aucune trace du carnage qui se déroule dehors et en bas. C'est bizarre qu'un endroit puisse être aussi normal, alors que, quelques mètres plus bas, le monde est englouti, détruit, changé à jamais.

Je dégouline, laisse des traces mouillées et ensanglantées sur la moquette moelleuse. Dans l'état actuel des choses, ce n'est pas grave, mais cela accentue mon inquiétude, le sentiment que je n'ai pas le droit d'être ici, que je m'introduis dans une propriété privée, que je fais des dégâts.

Je m'arrête devant la porte de la chambre de Neisha et frappe doucement, prononce son nom.

Pas de réponse. J'attrape la poignée, la tourne et entrouvre délicatement la porte.

Je ne peux pas la voir. La fenêtre est ouverte, et j'entends le vent et la pluie dehors, mais rien à l'intérieur. C'est presque comme si la pièce retenait son souffle. Je pousse la porte complètement et entre.

Tout me revient d'un coup. J'ai déjà vu cette chambre. Le lit. C'est là que les photos ont été prises. C'est là où…

Quelque chose heurte le côté de ma tête. Tout devient rouge, puis noir, alors que la douleur explose dans mon crâne. Je titube, mais parviens à rester sur pied, et alors que ma vision commence à s'éclaircir, quelque chose me frappe de nouveau, cette fois dans le dos, me projette vers l'avant. Je tends les mains pour amortir ma chute et tombe sur le tapis à côté de son lit.

– Je t'ai dit de foutre le camp !

Tenant le côté de mon visage, je me retourne et lève les yeux. Neisha, à quelques mètres de moi, brandit le pied en métal d'une lampe de chevet comme une batte de base-ball. Elle l'agite dans le vide devant elle, fronçant les sourcils sous l'effort, comme un gosse qui se bat contre Dark Vador avec un sabre laser en plastique.

– Bon sang, Neisha !

Elle reporte son attention sur moi, relève la lampe, avance d'un pas, et l'abats sur mon côté de toutes ses forces, me coupant le souffle.

– Je ne veux pas de vous ici ! Aucun de vous deux ! Barrez-vous, barrez-vous !

Je bouge le bras pour essayer de protéger ma tête le plus possible.

– D'accord, d'accord, crié-je. Je vais m'en aller. Mais je ne peux pas si tu continues à me frapper. Laisse-moi une chance, bon sang !

Je me mets à ramper vers la porte, regarde ses pieds se retirer, se tenir désormais à distance. Sur le pas de la porte, je m'arrête.

– Qu'as-tu vu, Neisha ? C'est Rob ? Écoute, tu m'as demandé de t'aider, c'est pour cela que je suis ici.

– Espèce de salaud de menteur ! crie-t-elle en postillonnant. Tu as prétendu que tu avais changé, mais tu as menti tout du long.

Ses yeux sont fous et écarquillés, les muscles de ses bras tendus, les veines ressortent comme des mèches de fouet.

– Pourquoi tu l'as amené ici, Carl ? Pourquoi me refaire ça ? J'étais prête à te faire confiance !

– Dis-moi ce que tu vois, Neisha. Je n'ai amené personne. Il n'y a que moi.

Elle avance d'un pas. J'arrête de ramper, me recroqueville plus près du sol, remonte mes genoux contre ma poitrine.

– Tu mens ! Il est là ! (Elle me montre désespérément un point dans le vide.) Ton salaud de frère. Il est là, juste à côté de toi. En tout cas, il était là. Je ne le vois plus. Où est-il passé ? Oh mon Dieu, où est-il ? (Elle virevolte sur elle-même, agite la lampe à trois cent soixante degrés.) Il était là, je te jure qu'il était là !

– Il était là. Et maintenant, il n'y est plus.

D'un seul coup, ça fait tilt.

– Tu es train de sécher.

– Quoi ? dit-elle.

– Tu le vois quand tu es mouillée. Comme moi, mais à présent, je ne le vois plus du tout. Je ne peux pas le voir. Il a disparu tout à l'heure. Il est venu te rendre visite, à ma place. C'est pour cela que je t'ai appelée. J'avais compris…

Elle tient toujours la lampe comme une arme. Elle plisse les yeux.

– Qu'as-tu vu, Carl ?

– Rob. Mais Rob tel qu'il était quand il s'est noyé. Il avait juste son short.

Je prends brusquement conscience de ma tenue.

– Rien d'autre. Très pâle, et maculé de…

– … boue, dit-elle. Regarde-toi, Carl, regarde-toi. Tu es exactement comme lui. Mais tu as du sang… À quoi joues-tu ?

– Je peux t'expliquer.

Je m'assieds un peu, tout de même prêt à me recroqueviller si elle redevient agressive.

– J'étais dans le bain quand j'ai pigé ce qui se passait. Il n'était pas là, tu vois. J'étais complètement mouillé, et il n'était pas là. Alors, j'ai compris qu'il était chez toi.

La lampe pend au bout de son bras, désormais. Elle me regarde, toujours vautré par terre, et j'ai l'impression qu'elle revient vers moi.

– Bon sang, Carl, je ne t'ai jamais cru. Tout ce temps, je pensais que tu perdais la tête. Je suis vraiment désolée. Que va-t-il faire, Carl ? Que va-t-il me faire ?

Ce n'est pas facile à dire. Je me mets debout. Je veux m'approcher d'elle. Je veux lui tenir la main ou la prendre dans mes bras, mais je ne souhaite pas précipiter les choses. Elle me tabassait il y a quelques minutes. Je reste donc où je suis, près de la porte, et je lui explique.

– Il veut te tuer, Neisha. J'ai refusé de l'aider, alors il va essayer tout seul. Mais je ne le laisserai pas. Je ne le laisserai pas faire, Neisha.

Elle se laisse choir sur le lit, s'assied tout au bord, et pose la lampe à côté d'elle.

– Il va me noyer.

Elle a l'air étrangement calme, mais sa voix mal assurée trahit ce qu'elle ressent réellement. Et pour le coup, je me déplace. Je m'assieds à côté d'elle et, sans réfléchir passe un bras autour de ses épaules.

– Mais il ne peut pas te faire de mal, dis-je. Pas si tu restes hors de l'eau. C'est ce que j'essayais de t'expliquer au téléphone.

J'appuie ma tête contre la sienne. Elle pousse un petit cri, puis siffle :

– Il est là, Carl. Il est ici.

Où avais-je la tête ? Ma peau est mouillée. Mes cheveux sont mouillés. Je me lève d'un bond, m'éloigne d'elle.

– Essuie-toi le visage, aboyé-je. Vite, essuie-le sur le dessus-de-lit, je suis désolé ! Je voulais juste être tout près de toi. C'est ma faute, je suis trempé. Je suis désolé, désolé.

– Bon sang, Carl, tu veux le faire revenir ?

Elle soulève un bord du dessus-de-lit et se sèche, les gestes tremblants et paniqués. Puis elle inspecte la pièce.

– Un instant, je pense que je peux te croire, et puis…

– Je sais, je suis désolé, j'ai oublié. Tu peux me faire confiance, Neisha, je te le jure. Je ne le laisserai pas gagner. Je ne laisserai personne te faire du mal, plus jamais. Il est parti ?

Elle m'observe durement pendant un moment, me jauge de ses grands yeux marron. Puis elle regarde alentour.

– Oui, dit-elle, il est parti. Je vais chercher une serviette dans la salle de bains. Tu fermes la fenêtre. Tu l'empêches d'entrer.

Je vais jusqu'à la fenêtre. Dehors, l'eau a encore monté. Elle ne peut pas continuer indéfiniment, si ? Il faudra bien qu'elle s'arrête un jour.

Je baisse la fenêtre. Elle se referme en coulissant : j'appuie sur le cadre et tourne le loquet pour m'assurer que rien ne peut entrer. La pluie crépite sur la vitre, mais elle ne peut plus nous faire de mal.

Neisha est revenue avec quelques serviettes et des vêtements. Elle se tient sur le seuil et je me sens mal à l'aise : elle complètement habillée, et moi presque nu. Mes bras et mes jambes sont maigres, ceux d'un petit garçon, pas d'un homme. Mais je n'ai pas l'impression d'être un petit garçon quand je la regarde.

Je la surprends en train de me jauger de la tête aux pieds. Lever les yeux sur mon visage, puis les baisser sur mon…

– Tiens, dit-elle, et elle balance le tas de serviettes et de vêtements vers moi.

Je les attrape et les jette sur son lit.

– Merci, dis-je.

Je rougis, et c'est un soulagement d'enfouir mon visage dans une serviette un instant pour essayer de me reprendre.

– Ce sont les fringues de mon père, mais c'est mieux que rien…

Je plonge dans un polo jaune, passe une polaire pardessus. Mon short dégouline encore.

– Tu peux finir de te changer dans la salle de bains, propose-t-elle. Je t'ai trouvé un jean. Je ne savais pas trop, pour le slip…

J'attrape le jean sur le lit.

– C'est cool, dis-je. Je me vois mal porter le slip de ton père, même si ma vie en dépendait.

Son visage se fend d'un petit sourire lent, puis d'un grand sourire.

– Je sais. Berk !

Dans la salle de bains, je m'empresse d'enlever mon short, de me sécher et d'enfiler le pantalon. Il est beaucoup trop grand, mais il fera l'affaire. J'ai déjà plus chaud. Je sors de la salle de bains en traînant les pieds et regarde par-dessus la rampe. Il y a de l'eau jusqu'à mi-étage à présent, elle clapote sur le papier peint de l'entrée. Je regarde fixement pendant une minute, essaie de voir si elle monte ou pas, mais elle bouge beaucoup trop pour que je puisse en juger.

Ça va aller. Nous n'avons qu'à attendre que cela s'arrête. Cela ressemble à une île déserte, et je ne vois personne d'autre avec qui j'aimerais être, à part Neisha.

Je suis sur le point de retraverser le couloir, quand je lève les yeux. Elle vient vers moi.

– Me demandais où tu étais passé, dit-elle. Oh, tu es… bizarre… dans les vêtements de mon père. C'est vrai, quoi, pas terrible, le look ! Mais bon, au moins tu es sec.

Elle met ses mains sur mes hanches. Je l'imite. Nous hésitons, un peu gênés, puis elle glisse ses bras autour de ma taille, m'attire contre elle et m'étreint.

Je dépose un baiser sur le côté de son visage, un tout petit bisou, mais elle se tourne et nos bouches se rencontrent et nous nous embrassons silencieusement et tendrement. En bas, la table dans le couloir cogne doucement contre le mur.

Nous nous séparons. Je tiens son visage entre mes mains.

– Neisha, dis-je, je suis vraiment désolé. Pour tout.

– C'est bon, répond-elle. Tu n'as pas besoin de le dire.

– Si, c'est important. Je suis désolé pour tout ce que j'ai fait. J'ai fait des choses vraiment horribles.

– C'est bon, ajoute-t-elle en posant un doigt sur mes lèvres. Chuuut ! je sais.

J'ouvre la bouche, et le bout de son doigt se recourbe à l'intérieur. Je l'embrasse, puis saisis ses deux mains et les tiens entre nous.

– Je veux le dire. Si je ne le dis pas, alors ce n'est pas réel. Maintenant ou après, il faut que je prononce ces mots et il faut que tu les entendes. Bon sang, ce que je peux être nul dans ce domaine ! J'aimerais pouvoir exprimer ce que je ressens vraiment.

– Tu n'es pas nul, continue.

Son visage est sérieux à présent. Elle écoute attentivement, et elle a quelque chose de tellement confiant dans son expression, même après tout ce que nous avons vécu.

– Je ne peux pas tout arranger, dis-je, mais je peux commencer à améliorer les choses. J'ai fait quelque chose de tellement nul que je pourrais très bien comprendre que tu me détestes, et je sais que ça a été le cas. Je ferais n'importe quoi pour me rattraper. Je passerais le reste de ma vie à essayer de te faire oublier, de me faire pardonner.

– Le reste de ta vie ? dit-elle. Si c'est une demande en mariage, elle est originale…

Un semblant de sourire se dessine sur ses lèvres, et j'ai l'impression de me planter sur toute la ligne, de tout ficher en l'air. Cette fois, cet instant me glisse entre les doigts. Je lève les yeux au plafond.

– Waouh, je m'y prends vraiment mal ! Je t'avais dit que j'étais nul.

– Mais non, désolée, je t'écoute.

Elle me caresse le visage.

– Je ne te demande pas de m'épouser, mais je t'aime sincèrement, Neisha. C'est tout, je t'aime.

Je voudrais qu'elle me réponde la même chose, très vite, comme si elle n'avait pas à y réfléchir.

Pourtant, elle n'en fait rien.

Mon cœur se serre. J'ai honte, je suis gêné. Mais elle m'embrasse de nouveau, et c'est tendre et doux, plein de chaleur et de réconfort. Et peut-être que ce n'est pas grave si elle ne veut pas me le dire, ne peut pas le dire, pas encore.

Quand nous arrêtons de nous embrasser, je la tiens tout contre moi.

– J'ai peur, dit-elle.

– Je crois que l'eau a cessé de monter. Je crois que ça va aller.

Puis, partout autour de nous, les fenêtres explosent et tout devient noir. L'eau entre à flots et l'emporte loin de mes bras.

28

Pas le temps de reprendre son souffle. Pas le temps de dire : « Tiens bon ! »

L'eau est rapide et brutale, elle me coupe les jambes et me projette contre un mur, une rampe ou un plafond, je ne sais pas. Je ne peux pas me battre contre elle. Où grimper ? À quoi me raccrocher ? L'eau est partout, elle tire sur mes vêtements. D'un seul coup, je me retourne, impuissant. Je suis violemment propulsé, j'essaie de m'accrocher, mais mes doigts tâtonnants ne trouvent aucune prise.

Ma bouche est pleine d'eau. Mes poumons sont vides à présent, et mon esprit me dit d'inspirer. Je réprime le besoin urgent de rouvrir la bouche, mais l'instinct est trop fort. Bouger empire encore les choses, alors je reste immobile, et ce faisant, mon corps arrive à remonter, sauf que cela me projette sur le côté. Je surgis à la surface et tourne la tête, avalant de l'air. Tout me fait mal. Je me sers de ma première bouffée pour tâcher de me débarrasser de l'eau qui se trouve encore dans mes bronches, inspire profondément, expire aussi profondément. Une autre inspiration, et je fais sortir de force l'air par mon nez. Comment l'eau peut-elle faire aussi mal ?

Neisha n'est plus là.

Je reprends pied, fends l'eau, tâchant de me repérer. Il y a environ une vingtaine de centimètres entre le sommet de mon crâne et le plafond. La pièce où je me trouve est toute petite, et vu le luminaire en son centre, je suis dans la salle de bains.

Ne pense pas aux canalisations. Ne pense pas aux eaux d'égout. Trouve Neisha, c'est tout. Trouve-la.

Elle n'est pas là. Pas en surface, en tout cas.

« Je déteste avoir le visage dans l'eau… »

L'eau atteint les deux mètres de hauteur à présent dans cette pièce, mais dans le couloir, ce sera bien plus. Oh non, où est-elle passée ?

Elle a sûrement dû être projetée dans la même direction que moi, non ? Je respire de nouveau profondément et me laisse couler sous la surface jusqu'à ce que mes pieds touchent le sol, avance à l'aide de mes mains, me retourne et regarde. Une petite lueur provient de la fenêtre de la salle de bains, fait ressortir tout ce qui est blanc – la baignoire, le lavabo, les toilettes – dans l'eau sale. Je ne cesse de penser au bateau, le *Titanic*, quelque chose comme ça, qui a coulé tout au fond de la mer. Mais ce n'est pas un bateau, c'est une maison, une maison telle que je n'en avais encore jamais vu.

Elle n'est pas là. Je décolle du sol et remonte d'un coup jusqu'au plafond pour aspirer de l'air. Une grande inspiration et je redescends, cette fois je nage sous le cadre de la porte qui donne sur le couloir. J'essaie de me représenter clairement le plan de sa maison. La salle de bains est située à côté de sa chambre, sur le devant de la maison. Si elle a été emportée dans la même direction que moi, alors elle se trouvera soit dans la chambre voisine, soit dans le couloir.

Je refais surface, scrute les environs pour la retrouver. Il y a une couche de débris qui flottent à la surface, à présent. J'ai le souffle coupé quand j'aperçois un enfant flottant sur le ventre à quelques mètres. Je le rejoins à la nage et le retourne, pousse un cri quand je découvre son visage. Les yeux ne sont que des fils qui se croisent, les cheveux de la laine détrempée. Pas un enfant, une grosse poupée de chiffon. Révulsé, je m'en vais à la nage.

Je m'arrête pour l'appeler.

– Neisha ? Neisha ?

Puis je me rends compte que ma tête touche presque le plafond. L'eau monte. Nous n'avons plus de temps.

Une autre inspiration, et je plonge sous le cadre de porte de la première chambre, la sienne. Je fais la grenouille avec mes jambes pour nager plus profondément dans l'eau, regarde à droite et à gauche. Je nage jusqu'au mur d'en face, et mes mains trouvent du verre. La fenêtre est encore fermée. Si je l'ouvre, vais-je faire sortir un peu d'eau… ou en laisser entrer ? Je regarde la vitre attentivement. Elle est d'une seule couleur, grise de bas en haut. Il y a un mur d'eau à l'extérieur. C'est plus profond de l'autre côté, et l'eau essaie encore de se frayer un chemin vers l'intérieur.

Je me retourne et repars. La pression augmente dans mes poumons, alors je me dirige vers la surface, mais quand ma tête sort de l'eau, elle effleure quelque chose de dur. Il n'y a plus que quelques centimètres entre la surface de l'eau et le plafond à présent, et ce sera bientôt terminé. Merde !

Si elle n'est pas là, alors elle doit être quelque part dans le couloir. À moins que l'eau n'ait été canalisée ?

Aurait-elle pu atteindre le devant de la maison avant de faire machine arrière ?

Je ne sais plus que faire. Chercher dans les autres chambres ? Plonger ? Emportée dans une autre pièce en bas, elle n'aurait aucune chance. Emportée... emportée par l'eau. Emportée par Rob. Je ne peux pas le voir, mais je sais qu'il est là. Il est là avec elle, et elle doit être terrorisée.

Je n'ai pratiquement plus le temps de la retrouver et de la faire sortir. Décide-toi ! Il faut juste que j'essaie ailleurs. N'importe où. Réfléchis, Carl, réfléchis. Si Rob est ici, dans l'eau, il l'aura emmenée au pire endroit, au plus profond, là où c'est le plus difficile de s'échapper.

J'inspire à fond, évitant de me demander si ce sera mon dernier souffle. Je fais un saut de carpe et plonge. Il y a d'étranges courants, par ici. Alors que je brasse l'eau des deux mains, je suis entraîné vers l'arrière de la maison. Je mobilise toutes mes forces pour parvenir au rez-de-chaussée, et voilà que j'avance avec le courant. Et l'étau se resserre, lorsque l'eau m'emporte de la cage d'escalier vers le plafond de l'entrée. On dirait un tunnel sous-marin – dont je crains de ne plus jamais sortir.

J'essaie de retenir l'air, mais il veut vivre sa vie. La surface n'est pas tout près et il veut y aller. J'en laisse sortir un peu par le nez. Les bulles passent devant mon visage en remontant. Il faut que j'économise le reste, mais il appuie sur ma gorge, essaie de s'échapper de force.

Malgré mes yeux qui me piquent, j'arrive à distinguer trois portes devant moi. L'une en face, et deux de part et d'autre. Je n'ai pas le temps de toutes les vérifier. L'air finit par s'échapper, sort brusquement de ma bouche, emplit l'eau de bulles. Je tends la main pour essayer de les attraper, puis les regarde s'en aller en dansant, moqueuses. Ce corps ne m'appartient plus. Je suis spectateur, juste spectateur.

Je n'ai plus qu'à respirer profondément, et tout sera terminé. J'ai peur, mais pas pour moi – pour Neisha.

Je suis en suspension dans l'eau. Je suis vide, et bientôt je serai plein. Ma vie n'est-elle pas censée m'apparaître d'un moment à l'autre ? Mais non. Je ne vois rien. Je me sens mal. Je l'ai laissée tomber. Je l'ai trahie. Une fois de plus.

D'un seul coup, sur ma gauche, quelque chose bouge. Quelque chose d'obscur qui vient vers moi dans l'eau. Les mains tendues devant, les pieds qui donnent des coups derrière. De longs cheveux s'agitent comme des algues autour de son visage. Neisha ?

Oui, c'est elle ! Elle avance à toute vitesse. Elle sourit et passe devant moi en glissant, se fraie un chemin le long du couloir, puis monte l'escalier. Je me retourne dans l'eau et la suit. Ma tête heurte le plafond avant que je refasse surface. Je tourne mon visage de côté et ma bouche trouve la minuscule couche d'air qui persiste encore. Deux centimètres. Pas plus. J'embrasse presque le plâtre, mais je respire. Pour l'instant, je respire.

Je tourne la tête pour retrouver Neisha. Elle est sous la surface, avance dans l'eau. Je ne comprends pas pourquoi elle ne suffoque pas comme moi. Elle sourit de nouveau et se détourne, nage à contre-courant.

La fenêtre de la chambre du fond a disparu, brisée par le torrent d'eau. L'eau continue à se déverser à flots, mais le courant n'est plus aussi fort. Neisha le traverse à la nage. Je suis juste derrière elle. Nous sommes sortis.

Nous nageons en direction de la lumière, et cette fois, quand j'émerge, il y a le ciel clair au-dessus de moi. Une percée dans les nuages, et le soleil brille sur l'eau. Le contraste est saisissant. L'espace d'un instant, je suis aveuglé.

Je me protège les yeux et cherche Neisha. J'avance en flottant comme un bouchon, me retourne pour essayer de la voir. Elle doit être tout près – elle était juste devant moi. Où est-elle à présent ? Nous nous trouvons derrière la rangée de maisons, dans la rivière en crue, poussés par le courant. Mais il n'y a pas de « nous », je suis tout seul. Je ne vois Neisha nulle part.

Des cris proviennent du bord de l'eau, à une vingtaine de mètres. Je lève les yeux. Les gens me montrent du doigt et agitent la main.

Puis je l'entends, elle.

Je t'aime, Carl.

Sa voix est tout près. Je me retourne d'un coup, mais sans la voir.

– Neisha ? Neisha ?

Je te pardonne. Je t'aime, au revoir...

Je sens son souffle dans mon oreille, respire une bouffée de miel et de vanille. Puis plus rien.

Mon cerveau fonctionne si lentement. Peut-être est-ce le froid ? Depuis quand a-t-elle appris à nager comme cela ? Pourquoi n'avalait-elle pas d'air quand nous étions dans la maison ?

Parce que ce n'était pas Neisha. C'était une partie d'elle ? La part libérée de son corps quand elle est morte ?

Parce qu'elle s'est noyée dans la maison, dans cette pièce au rez-de-chaussée ?

– Non, non, je vous en supplie, non !

Ça ne sert à rien de la chercher ici, dans ce gros océan en crue qui se fraie un chemin entre les toits. Elle est partie.

Rob a gagné. Je ne voulais pas qu'elle s'approche de l'eau, alors c'est lui qui a ramené cet élément vers elle.

Je regarde derrière moi. Je me trouve à une dizaine de mètres du bout de la rangée de maisons, et je m'éloigne de plus en plus. Mon corps est plombé par mes vêtements. Je devrais peut-être laisser l'eau m'emporter. À quoi bon continuer ? J'ai perdu mon frère. J'ai perdu ma copine. Je n'avais pas grand-chose dans ma vie, et voilà qu'il ne me reste plus rien.

Le courant me tire vers le bas. Ma bouche plonge sous l'eau, puis mon nez. Ce serait tellement facile de lâcher prise maintenant, de laisser cela se produire.

Et pourquoi ne le ferais-je pas ?

Quand mes oreilles s'enfoncent, j'entends une autre voix. Pas de mots cette fois, un rire bas et discordant. Rob. Il ne me met plus la pression. Il ne me menace plus. Il a gagné.

Je n'ai pas été assez intelligent, ni assez rapide, ni assez fort pour la sauver.

Elle a eu ce qu'elle méritait.

Il jubile. Je ferme les yeux. Je ne veux plus revoir son visage. Je ne veux plus rien voir.

Quelque chose tombe en éclaboussant ma figure. Je pousse sur mes mains pour regarder furtivement au-dessus de la surface. Un grand cercle en plastique orange flotte à un mètre de moi environ.

– Attrape, attrape !

Des gens hurlent dans ma direction. Ils m'ont jeté une bouée de sauvetage. Mon instinct entre en action, je bats des jambes et tends les bras, parvenant à l'attraper.

– Passe les bras au travers, et nous te ramènerons !

Je plonge sous l'eau et ressurgis à l'intérieur de la bouée. Il y a des applaudissements lorsque je sors la tête et les épaules, reposant mes coudes de chaque côté. La rivière m'attire dans l'autre sens, mais je ne bouge plus. La bouée est attachée à une corde et les gens me tirent en amont. Je me rapproche de la rangée de maisons, et lorsque j'atteins la dernière, je pense au corps de Neisha, coincé quelque part à l'intérieur à la merci de l'eau, et cela m'est insupportable.

Je l'ai laissée tomber, mais je peux faire une dernière chose pour elle : je vais la sortir de là.

Toujours étayé, je m'extirpe de mon jean en me contorsionnant. Je lève les bras au-dessus de ma tête, enlève mon T-shirt, puis me glisse en dehors de la bouée et replonge dans l'eau.

29

Sorti de la bouée, je lutte contre le courant. Je crawle en direction des habitations, mais c'est un combat, même sans mes vêtements trempés. Mon plan est de nager jusqu'à la maison et de plonger sous l'eau près de la fenêtre brisée, mais je n'ai plus de forces. Le pire est que je ne parviens pas à retrouver précisément l'habitation de Neisha. L'eau arrive juste sous les toits. Puis je pige que l'on peut deviner où une maison jouxte la suivante, là où la gouttière rejoint les chenaux. La maison de Neisha devrait être la troisième à partir du fond. J'avance vers elle à contre-courant.

Je nage jusqu'à l'immeuble, m'agrippe à des gouttières, et il me faut quelques minutes pour me ressaisir. Le PVC auquel je m'accroche ploie et se déforme. De l'autre côté de l'eau, les gens hurlent. Quelqu'un a poussé un cri d'angoisse lorsque j'ai lâché la bouée de sauvetage. Maintenant, ils me hurlent de rester où je suis, de tenir bon jusqu'à ce qu'un bateau vienne me chercher.

Si j'arrive à faire sortir Neisha, je hisserai son corps sur le toit, plutôt que d'essayer de nager n'importe où avec elle. *Quand*, pas *si*. Je vais le faire. Je lui dois bien cela.

Je jette un coup d'œil rapide autour de moi. Le soleil tape encore sur l'eau. Je peux sentir sa chaleur sur mes épaules et me revois avec Neisha sur l'aire de jeux, elle m'embrasse, la chaleur de sa peau et celle du soleil ne font qu'une. Elle me tient dans ses bras, m'entoure de ses jambes, me fait tomber et me fait rire.

Plus jamais je ne connaîtrai cela.

Quand je m'en rends compte, le choc me fait l'effet d'un coup de couteau. Il me transperce, me coupe le souffle. Mais j'ai besoin de mon souffle. J'en ai besoin une dernière fois pour aller la chercher. Elle ne peut plus se tenir à moi, mais moi je peux.

Je me demande si l'eau s'est arrêtée de monter, maintenant qu'il ne pleut plus. Combien de temps faudra-t-il pour qu'elle baisse, pour que le monde redevienne tel qu'il devrait être ? Je me demande si je le verrai, et je m'aperçois que je m'en moque. Le monde ne redeviendra jamais plus tel qu'il devrait être. Neisha est morte. Rien ne sera jamais plus comme avant.

Allez, fais-le, fais-le maintenant.

Je contracte mon diaphragme, oblige mes côtes à s'ouvrir et remplis en douceur d'air mes poumons. Si ça se trouve, c'est mon dernier souffle. Alors, soit.

Je m'enfonce dans l'eau, me guide de mes mains sur la brique jusqu'à la fenêtre de sa chambre. J'agrippe le cadre de chaque côté et me glisse à l'intérieur. La panique palpite dans mon ventre, quand je me remémore jusqu'où je dois nager, jusqu'où je dois aller. Plus je m'éloigne de la fenêtre, pire c'est. Il n'y a aucune surface ici, juste de l'eau au-dessus, en dessous et autour de moi. Je sens son poids, sens la pression des murs et du plafond. Mais je ne peux pas laisser cela m'arrêter. Je dois rester calme. Je dois me concentrer sur mes mouvements, et rien d'autre.

Je traverse sa chambre jusqu'au couloir. Maintenant vers le rez-de-chaussée. Je resserre mes doigts pour refouler l'eau, me propulse en avant. Je bats des jambes façon crawl, quand je plonge, plonge, plonge, passe devant les rampes et les photos – toujours accrochées au mur, ces inconscientes. J'écarte des débris, des pages de magazines, des paniers en rotin, des cartes d'anniversaire, des livres de poche. Les trucs qui faisaient de cette maison une vraie maison, les trucs normaux qui n'ont plus d'importance. Je les chasse de mon chemin et nage le long du couloir.

C'est calme, ici. Le seul bruit, le murmure, le gloussement de l'air qui sort de ma bouche, c'est moi qui le fais. La pression monte en moi. Je tiens ma bouche bien fermée. Il règne un calme sinistre. Me voilà près de la porte, celle d'où j'ai vu Neisha sortir en nageant. Je suis terrorisé, mais je veux la revoir. J'y tiens plus que tout au monde.

En battant des jambes, j'entre dans ce qui était une salle à manger. Une table flotte désespérément sur le côté quelque part près du plafond. Des assiettes et tasses en porcelaine gisent sur le fond, en mille morceaux.

Il y a deux corps dans la pièce.

Ils traînent à la verticale dans l'eau, comme deux marionnettes cassées.

Une foncée. Une claire.

Neisha porte son jean et son sweat à capuche, des vêtements lourds, les vêtements qui ont aidé à la tuer. Ses cheveux dansent autour de sa tête comme un halo noir. Ses yeux et sa bouche sont ouverts. Elle a l'air surprise. Non, terrifiée.

Le corps à côté d'elle me tourne le dos, tête baissée, bras sur les côtés, nu à l'exception d'un boxer. Chair pâle striée de boue.

Neisha se balance doucement au rythme de l'eau, prise au piège dans une discothèque silencieuse. Mais ici, ce n'est pas silencieux. Il y a une voix qui remplit la pièce, la maison, ma tête.

Je savais que tu viendrais.

Lentement, le second corps se met à bouger, les mains se lèvent d'un coup brusque, le corps se retourne, et enfin le visage se tourne vers moi. Ses yeux sont des trous noirs de douleur, sa bouche une balafre foncée tendue en un sourire hideux.

Je hurle, le bruit est déformé par l'eau, des bulles explosent autour de ma tête.

La bouche de Rob s'ouvre encore plus, il penche sa tête en arrière et rit.

Et à présent, quand la dernière bulle d'air me quitte, je pige enfin. Je croyais qu'il voulait tuer Neisha. Il menaçait de l'attraper, mais ce n'était que la moitié du jeu. Il me voulait, moi aussi. Il savait qu'il allait me tuer.

Mon estomac se contracte. Je suis vide.

Il me regarde, savoure mes derniers instants.

Il faut que je finisse le boulot.

Il l'a fait. Le boulot est terminé. Je fixe son visage, attends qu'il disparaisse, que tout cela prenne fin. Ses yeux ne sont plus noirs, ils brûlent d'une étrange lumière froide, presque trop vive pour le regard. Mais je ne peux détourner les yeux.

C'est donc ainsi que cela se termine. Moi et lui. Ça a toujours été moi et lui. Lui et moi. Rob et Carl.

Jusqu'à Neisha, qui a tout changé.

Il me fait oublier Neisha.

Je ne veux pas mourir en le regardant.

Je ne veux pas mourir. Pas encore. Pas comme cela.

Je suis venu ici la chercher, cela me revient en mémoire. Je ne suis pas encore mort. Et je peux faire cette dernière chose pour elle.

Je veux inspirer, mais ne le ferai pas. Je serre les dents, serre ma mâchoire à fond, tends chaque muscle de mon visage. Je ne vais pas inspirer.

Les fenêtres coulissantes sont ouvertes, le loquet cassé par la force de l'eau. Je parviens tout juste à distinguer le contour d'un barbecue en briques, le carrelage du patio. Et, au-delà, un mince trait de lumière qui filtre, avec la promesse de l'air et du soleil.

Je me propulse vers Neisha, coince mes bras sous les siens, la tire vers l'ouverture. Je suis à bout de forces, mais je vais me servir du peu qu'il me reste pour nous faire sortir d'ici.

Rob beugle dans mes oreilles.

C'est fini, c'est fini, Cee !

Il se plante devant moi comme une flèche, tourbillonne encore et encore, hurle à l'intérieur de mon crâne.

Mais il ne peut m'arrêter. C'est terminé. Il a gagné, mais ce sera comme je l'ai moi-même choisi.

Nous avons passé la fenêtre, je ne peux plus battre des jambes. Il n'y a pas d'oxygène dans mon corps, il n'y en a plus. Tout ce qui me reste à faire, c'est m'accrocher à elle.

C'est moi et elle. Neisha et moi. Et ce n'est pas un dénouement malheureux, après tout. Nous sommes ensemble, flottons, tournons, tourbillonnons ensemble. Et en fin de compte, nous retrouverons la surface et le soleil touchera de nouveau nos visages, soufflera sur notre peau, nous embrassera une dernière fois.

30

J'ouvre les yeux. Il y a des trucs dans ma bouche. Je tourne la tête et crache.

Un visage à un mètre du mien. Cheveux plaqués sur le front. Lèvres charnues entrouvertes. Peau couleur miel, tiède. Yeux fermés, cils épais collés par l'eau.

Le visage bouge, bercé d'arrière en avant, la tête pivote.

Le mouvement cesse.

Un homme se penche sur elle. Il incline sa tête en arrière et lui soulève le menton. Puis il pince son nez, se rapproche d'elle et l'embrasse. Il se retire, reprend sa respiration et l'embrasse de nouveau.

Je me sens mal. Il la viole. Neisha, ma copine. Juste devant moi.

« Casse-toi ! », crié-je, mais ce n'est que dans ma tête. Mes lèvres ne bougent pas. Tout ce que je peux faire, c'est regarder.

Il s'arrête et s'assied sur ses talons. Maintenant, il joint les mains, les applique l'une sur l'autre et les colle au milieu de sa poitrine. Il appuie, appuie si fort que tout le corps bouge, que la tête se balance d'avant en arrière.

Il essaie de la sauver.

L'effort le fait transpirer. Le soleil tape et la vapeur s'élève du sol mouillé autour de moi. Mais je ne peux sentir que la chaleur sur mon visage, qui picote ma peau mouillée. Je baisse les yeux. Je suis recouvert d'une couche de manteaux.

Quelqu'un me serre affectueusement la main.

– Comment t'appelles-tu, mon garçon ?

Une voix de femme.

Je ne me souviens pas. Je me souviens juste du nom de la fille. De ma copine. Neisha. Je tourne la tête vers elle.

– Ne t'inquiète pas, dit la femme en me serrant de nouveau la main. L'ambulance sera là bientôt. Tout ira bien.

La tête de Neisha roule en arrière et en avant. Ses yeux sont fermés.

– Tout va bien, ça va aller.

31

Je n'avais encore jamais assisté à des funérailles.

Il y a plus de monde ici que je ne l'aurais cru, mais quand nous attendons qu'elles commencent, je ne pense qu'à ceux qui ne sont pas là.

Je suis assis au premier rang, avec maman et tatie Debbie. Je suis venu directement de l'hôpital, dans des vêtements qu'un travailleur social m'a trouvés. Il ne fait pas froid, mais je tremble et je transpire. Les coupures sur mes jambes et mon épaule ont commencé à s'infecter. Ils m'ont donné des antibiotiques, mais j'imagine qu'ils n'ont pas encore fait effet. Je m'essuie le visage avec un mouchoir.

– Ça va ? me demande maman.

Elle-même a une mine de déterrée.

– Oui, dis-je. C'est juste que…

Je m'arrête. Les doubles portes s'ouvrent. Le cercueil entre. Une boîte en bois brillant, portée par six types en costume noir.

Maman se met à pleurer.

– Je ne peux pas faire cela. Je ne peux pas…

J'entreprends de passer un bras autour de ses épaules, mais de l'autre côté Debbie l'entoure déjà et la serre fort, l'éloignant de moi. Je me retrouve assis tout seul et les regarde le porter vers l'intérieur.

Les poils se hérissent dans ma nuque.

J'ai peur. Peur de cet endroit, de la façon dont tout se passe autour de nous comme une machine bien huilée. C'est fini, c'est comme ça et l'on n'y peut rien.

Je me dis que ça aurait pu être moi à l'intérieur de cette boîte. D'abord au lac, et ensuite chez Neisha. Il s'en est fallu de peu. De très peu. Et un jour, ce sera moi, et peut-être est-ce de cela dont j'ai peur. La fin. Ma fin. Il n'y a pas d'échappatoire.

Le service commence et je fais comme tout le monde, je me retourne pour vérifier quand il faut s'asseoir et se lever. Pas de chants, pas de prières. Juste regarder et écouter. Laisser les choses se faire. Nous nous approchons de la fin. On m'a expliqué ce qui allait se passer. Un rideau va tomber. Sans qu'on le voie, le cercueil s'en ira.

L'un des enseignants de l'école s'avance et se met à parler de Rob. École ? Vous vous fichez de moi ? Il détestait l'école, et l'école le détestait. Il n'y mettait pratiquement jamais les pieds. Le professeur s'efforce de trouver quelque chose de bien à dire. Des mots comme « vif et plein d'entrain » sortent de sa bouche. Des mots codés, tout le monde le sait.

Il y a quelques murmures d'approbation quand il retourne s'asseoir. Quelqu'un dit : « Bravo ! »

Le vicaire le remercie et nous invite à prier.

Et d'un seul coup je sais, je comprends que ce n'est pas normal. Ce service, ces gens, ces paroles, tout cela n'a rien à voir avec lui.

Je me lève et me dirige vers le cercueil. Je pose la main dessus, je l'y laisse. Puis je me retourne, face aux autres. Des têtes qui étaient baissées se relèvent désormais, et le mouvement parcourt l'église. Tout le monde se tait. Me regarde. Attend.

– Mon frère est là-dedans, dis-je.

Au premier rang, maman ne pleure plus. Debbie et elle me regardent bouche bée. Quelques rangées derrière, je remarque Harry, assis à côté du professeur et de deux flics. Le reste de la salle est rempli de jeunes de mon âge, de gosses qui n'ont jamais été nos amis.

Je veux tout leur dire. La vérité. L'histoire de nos vies. Que ça a toujours été moi et lui, dès le début. Les coups que l'on a reçus. Sa façon de s'occuper de moi. Les aventures que l'on a connues. Les problèmes que l'on a causés. Je veux leur parler d'Iris et de son chien. Je veux leur parler de Neisha, la fille qui a tout changé.

Je veux leur parler de l'eau. Je veux leur parler des bruits, des odeurs, des visions et de la douleur. Je veux leur parler des trous dans votre crâne à la place de vos yeux, des traces laissées par la boue qui ne partiront pas. Je veux leur expliquer ce que c'est que de devenir fou au point d'être terrorisé par un robinet qui goutte. Je veux leur dire que parfois les morts ne partent pas sans bruit. Que quelqu'un que vous aimez peut être celui dont vous avez le plus peur.

Je regarde leurs visages. Ils n'ont jamais vraiment connu Rob. Ils ne savent pas ce qui s'est passé. Personne ne le sait, excepté Rob, Neisha et moi.

Rob est mort. Neisha est toujours à l'hôpital.

Je pourrais leur dire, tout leur dire. La vérité, toute la vérité et rien que la vérité.

Ou je pourrais la fermer.

Laisser tomber. Le laisser partir.

– Mon frère…, commencé-je, et ma voix se brise.

Il a essayé de me tuer, il me détestait, mais ça n'a pas toujours été ainsi. C'était lui qui m'essuyait la bouche quand j'étais malade. C'était lui qui dormait à l'autre bout de la pièce, nuit après nuit ; lui dont la respiration m'aidait à m'endormir, auprès du visage duquel je me réveillais.

– Bonne nuit, Rob.

Mes paroles résonnent dans la pièce, et j'essaie d'entendre la réponse.

Bonne nuit, Cee.

Mais elle ne vient pas. Je reste debout, j'écoute. Perdu.

Le vicaire me prend par le coude et me reconduit à ma place. Il récite la dernière prière. L'orgue se met à jouer, et le rideau glisse silencieusement autour du cercueil.

Épilogue

Trois mois plus tard

La première lueur filtre à travers le trou dans les rideaux. La douleur n'aurait pas été plus forte si j'avais été un vampire. C'est le début de la journée que je redoute depuis trois mois : le jour du déménagement.

Neisha s'agite dans son sommeil, bouge un peu. Sa main se tend, puis se détend sur ma poitrine. Je l'attrape et la porte à mes lèvres, embrasse ses doigts un à un.

Elle ouvre les yeux et sourit.

– Salut, murmure-t-elle.

– Salut, je réponds.

– Quelle heure est-il ?

– 6 heures passées.

Elle grommelle.

– Tu ferais mieux d'y aller. Papa va bientôt se lever.

– Je n'ai pas envie.

Je la serre plus fort.

– Je sais.

Elle me prend dans ses bras et se pelotonne tout contre moi. Nous restons allongés ainsi une minute ou deux, puis elle s'assied.

– Carl, dit-elle, il faut vraiment que tu y ailles.

Je ne vois pas comment me faire piquer pourrait aggraver quoi que ce soit. Elle va, après tout, déménager à des centaines de kilomètres. Un nouveau boulot pour son père. Nouvelle maison, nouvelle école, nouveaux amis, nouvelle vie.

– OK, OK, dis-je.

Je rampe hors du lit et enfile mon jean sur mon boxer. Neisha reste où elle est, tire les couvertures jusqu'à son menton. Je me dirige vers sa fenêtre à pas feutrés et regarde au-dehors. On dirait l'Arctique : voilà deux semaines qu'il fait froid, et il y a une nouvelle couche épaisse de givre. Le ciel est clair et le soleil va se lever.

– Viens avec moi, dis-je.

– Carl, tu sais que je pars. Je pars aujourd'hui.

– Je sais, viens avec moi. C'est magnifique dehors.

Elle me regarde comme si j'étais devenu fou. Puis elle ôte la couette d'un coup d'épaule et se glisse en dehors du lit. Ses jambes douces, couleur caramel, dépassent de sa chemise. La douceur de ses courbes me donne envie de la prendre de nouveau dans mes bras, de m'allonger et d'essayer d'oublier le monde en dehors de notre nid une place.

– Passe-moi ce pull, murmure-t-elle en entrant par effraction dans mon délire.

Je fais ce qu'elle me demande et, pendant qu'elle s'habille, j'enfile le reste de mes vêtements. Nous passons devant la chambre de son père sans un bruit. L'appartement est silencieux, chaud et vide. Pas de bazar. Rien de personnel. Un endroit temporaire, c'est tout. Un refuge après l'inondation.

Nous enfilons nos chaussures et ouvrons la porte d'entrée. Le froid me coupe presque le souffle.

J'attrape la main de Neisha et nous prenons l'escalier. Tout est recouvert d'une couche épaisse de givre blanc. Ce n'est pas du givre ordinaire. L'herbe, les arbres et les fils téléphoniques sont parsemés de crêtes de glace, une frange d'épines. C'est magique.

– Où allons-nous ? demande-t-elle.

Son souffle s'élève en volutes devant elle.

– J'sais pas, là où il y a des arbres, ils sont magnifiques, tout blancs !

– Le parc, dit-elle.

L'herbe crisse sous nos pieds, nous nous arrêtons pour regarder une toile d'araignée, son motif parfait mis en relief par la glace. De la lumière filtre dans le ciel, mais nous ne pouvons toujours pas voir le soleil.

– Je n'oublierai jamais cela, déclare Neisha.

– Ni moi. Tu ne m'oublieras pas, n'est ce pas ?

J'ai l'air pathétique, en manque d'affection, mais c'est plus fort que moi.

– Bien sûr que non.

– Hier soir... commencé-je.

Je veux lui dire que je n'ai pas fermé l'œil, que j'ai passé tout ce temps à l'observer, à écouter sa respiration. Que je suis tombé si amoureux d'elle que c'était comme tomber dans le vide intersidéral. Que c'était la plus belle nuit de ma vie.

– Quoi ? dit-elle.

– Rien... Tu ronflais.

– Tais-toi, c'est faux.

Elle a l'air blessée et, l'espace d'un instant, je crois que j'ai tout fichu en l'air, mais elle sourit et me tient encore la main. Puis elle m'entraîne en bas de la colline.

– Non, je ne crois pas, Neisha, pas là.

– Quelqu'un a dit qu'il était gelé.

– Je ne sais pas, je…

– C'est bon, dit-elle.

Peut-être que oui. Hier, à l'issue de l'enquête, c'était comme si l'on nous annonçait que c'était terminé. Comme si ce type, le coroner, écrivait *Fin* au bas de la dernière page pour nous. Ce n'était pas la fin pourtant, si ? C'était une « Mort accidentelle ».

Une aventure qui a mal tourné.

Il a dit que ce n'était pas ma faute. Ce n'était celle de personne. Les marques sur les chevilles de Rob indiquaient qu'il s'était retrouvé coincé dans quelque chose au fond du lac, du fil de fer ou des roseaux. Ce lac n'était pas sans danger. Cela aurait pu arriver à n'importe qui.

Neisha continue à marcher quelques pas devant moi, me conduisant toujours en direction du lac.

– C'était comme un dénouement, hier, non ? lance-t-elle, comme si elle lisait dans mes pensées. Mais maintenant, je veux te dire au revoir. Le faire correctement.

Les buissons craquent quand nous nous frayons un chemin entre eux, puis nous revoilà au bord du lac. Il est parfaitement plat aujourd'hui, ni vagues ni ondulations, rien qui clapote sur la rive. Nous sommes seuls ici, enfin presque. Dispersés, par petits groupes, il y a des canards et des mouettes sur la glace, recroquevillés et malheureux.

– Viens, dit Neisha.

Elle avance petit à petit.

– Je ne sais pas, dis-je encore.

Mais je suis là avec elle, à son côté. Il y a une couche de cristaux, et en dessous de la glace solide. Nous avançons lentement. J'examine la surface, cherche des fissures, cherche je ne sais quoi. La glace n'est pas la même partout : il y a des parcelles plus foncées, différentes nuances de gris. Je regarde plus attentivement. Et dans ma tête, je peux le voir, Rob, son visage collé sur le dessous de la glace, le nez et la bouche écrasés, de biais. Je vois ses mains, ses paumes qui appuient fort, qui essaient de se frayer un chemin au-dehors.

J'arrête de marcher.

– Je ne peux pas, Neisha, je ne peux pas aller plus loin.

À quelques pas devant moi, elle se retourne. Sa main a lâché la mienne.

– Qu'est-ce qui ne va pas ? demande-t-elle.

– Il y a des ombres, là-dessous… je veux rentrer.

– Il n'y a rien, Carl. Il n'y a rien là-dessous.

Elle me prend la main et me fait avancer.

Mais elle se trompe. Le passé est là-dessous, des souvenirs qui ne s'en iront jamais. Et quelque part, il y a un médaillon. Un médaillon en argent qui appartenait à une femme qui s'appelait Iris.

Elle me serre affectueusement la main.

– Ne regarde pas en bas. Regarde vers le haut. Regarde tout autour de toi. Lève les yeux, Carl, et continue à avancer.

Je me force à lever la tête. Le soleil monte lentement dans le ciel. Ce qui était blanc est devenu argenté, transfiguré par la lumière. Les arbres, les buissons, le lac même.

Je fais glisser mes pieds et me retrouve face à Neisha. Je l'embrasse et elle me rend mon baiser. Puis je passe mes bras autour de sa taille, la soulève et nous tournons sur nous-mêmes. Elle s'accroche et je ris aussi, le genre de rire qui se rapproche des larmes. *Ne pleure pas, continue à tourner. Tourne, tourne, et ne t'arrête jamais.*

Tout s'estompe peu à peu. J'ai le soleil dans les yeux, et le ciel est plein de lumière. Le monde est rempli de cristaux de glace, et chacun d'entre eux est un diamant. Et ils sont des millions et des millions autour de nous.

Composition PCA
44400 – Rezé